d

Friedrich Dönhoff

# Heimliche Herrscher

*Ein Fall für Sebastian Fink*

ROMAN

Diogenes

Covermotiv: Foto von Evelyn Mazanke
Copyright © Foto-Augenweide®

*Originalausgabe*

Alle Rechte vorbehalten
Copyright © 2017
Diogenes Verlag AG Zürich
www.diogenes.ch
120/17/852/1
ISBN 978 3 257 30037 6

# I

Sie knipste den Mixer an und beobachtete, wie das Mehl sich mit den Eiern, der Butter und dem Zucker vermischte.

Während das Gerät langsam vor sich hin rührte, fiel ihr Blick auf das Poster. Das verdammte Poster. Zu groß sei es, hatte Dirk gesagt. Zu groß! Das musste man sich mal vorstellen. Aber so war er eben, ließ sich etwas schenken, und wenn es nicht genau so war, wie er es haben wollte, nörgelte er herum.

Sie stach mit der Gabel in den Teig und machte die Probe. Füllte ihn zur Hälfte in die runde Form, schüttete zum Rest den Kakao und etwas Milch.

Das Poster war ihre Idee gewesen, und wenn sie Poster sagte, meinte sie auch Poster. Platz hatte Dirk genug. Bei ihrem Auszug hatte sie das Blumenbild mitgenommen und Dirk ein schönes helles Quadrat an der Wand hinterlassen. Das Poster hätte da genau hineingepasst.

Sie mischte den dunklen Teig mit der Gabel unter den hellen, und ein hübsches Muster entstand.

»Dein Marmorkuchen ist der beste der Welt«, sagte Dirk immer. Ach, es hätte doch etwas werden können mit ihnen. Etwas Großes.

Sie schob die Kuchenform in den Ofen und stellte den

Wecker. Fünfundfünfzig Minuten. Dann schaute sie wieder zum Fenster hinaus. Drüben war immer noch alles beim Alten. Balkontür offen. Wahrscheinlich lag Dirk noch im Bett.

Sie wählte seine Nummer. Es tutete. Sie legte wieder auf, schloss das Fenster und ging ins Bad.

Sieben Haarklammern lagen bereit, alle in leuchtenden Farben. Sie nahm die grüne, die Dirk die »giftgrüne« nannte, obwohl sie eindeutig neongrün war, und klemmte sich damit die dunkle Locke aus dem Gesicht. Malte ihre Lippen an, machte einen Kussmund, und drehte ihr Gesicht ein wenig zur Seite. Alles schön.

Sie trug den mit Puderzucker bestäubten Marmorkuchen vor sich her, wie man einen perfekten Marmorkuchen vor sich herträgt, und die Leute auf der Straße drehten sich nach ihm um, als hätten sie noch nie einen Marmorkuchen gesehen.

Als sie vor Dirks Wohnungstür stand, hielt sie mit der einen Hand den Teller, mit der anderen drückte sie den Klingelknopf – und wartete.

Sie klingelte noch einmal.

Dann stellte sie den Kuchen auf die Fußmatte und wühlte in ihrer Tasche nach dem Schlüssel.

Schlüssel ins Schloss. Sie drehte ihn, hob den Kuchen hoch, gab der Tür einen Schubs – und stieß einen Schrei aus.

Der Teller geriet aus der Balance, der Kuchen ins Rutschen. Das Porzellan zerschellte auf den Fliesen.

Überall Scherben und Blut. Und die Kuchenstücke dazwischen.

Monika würgte und wusste: Dieses Bild würde sie nie wieder vergessen.

## 2

D ürfte ich bitte mal durch?«

Sebastian kannte die Stimme und schaute auf. Frau Börnemann aus der Verkehrsabteilung trug wie immer ein Kostüm mit einer Brosche am Kragenaufschlag, heute war es der bunte Vogel. Ihre blondierten Haare hatte sie aufgesteckt, ihr rundes Gesicht war vom Make-up leuchtend braun, über den Augen glitzerte es bläulich. Auf einem Tablett balancierte sie mehrere Kaffeetassen und einen Teller, auf dem sie verschiedene belegte Brötchen arrangiert hatte.

Sebastian stellte seinen Becher in den Kaffeeautomaten und trat beiseite.

»Haben Sie nicht bald Urlaub, Herr Fink?« Frau Börnemann schaute über ihre Schulter. »Wohin geht's denn eigentlich?«

»Ist noch nicht entschieden.«

»Allein?«

Sebastian lächelte.

»Sehen Sie! Ich habe doch gleich gemerkt, dass Sie verliebt sind! Sie federn beim Gehen, und Sie sehen so entspannt aus.«

Das überraschte ihn. Er hätte nicht gedacht, dass man ihm so schnell ansehen konnte, wie er sich fühlte. Geschweige denn, dass man ihn überhaupt so genau anschaute. Er langte nach dem Zucker und folgte Frau Börnemanns Blick zur Theke, wo Eva Weiß, seine Chefin, am Obstkorb stand und auf einen Kollegen vom Rauschgiftdezernat einredete.

Frau Börnemann seufzte. »Ich muss hoch. Schicken Sie mir ein Kärtchen?«

»Aber klar doch«, sagte Sebastian. Er drückte den Knopf für Kaffee schwarz, und die Maschine begann zu dröhnen.

»Die ist noch Generation Postkarte«, sagte er zu Pia, als er sich zu ihr setzte. Hier am Fenster der Cafeteria war Pias Stammplatz. Seine Kollegin hatte eine Tasse Tee vor sich und las mit einer steilen Falte auf der Stirn ein Papier – wahrscheinlich war es der Bericht, den Jens gestern noch schnell vor Feierabend in die Tasten gehauen hatte. Die Tote aus Norderstedt, tragisches Familiendrama, demenz-kranke Frau, mit einem Jagdgewehr erschossen von ihrem Ehemann, der sich dann freiwillig bei der Polizei meldete – Fall geklärt.

»Wie geht's heute?«, fragte Sebastian.

»Alles okay«, antwortete Pia knapp, schaute kurz auf, blinzelte durch ihre runden Brillengläser hindurch, bevor sie sich wieder in ihre Lektüre vertiefte.

Gerade als Sebastian seinen ersten Schluck nehmen wollte, rief Eva Weiß quer durch den Saal: »Wann bekomme ich denn Ihren Bericht, Herr Fink?«

Die Leiterin des Morddezernats war drahtig und so dünn, dass man sich wundern musste, wie ihr Organismus über-haupt funktionieren konnte. Als würde die Disziplin, die Eva Weiß an den Tag legte, auch noch das letzte Milligramm Fett verzehren.

»Den schicke ich Ihnen gleich«, antwortete Sebastian. Er

hatte den Eindruck, dass einige Kollegen am Nachbartisch grinsten. Sie waren von der Nachtschicht und vermutlich froh, dass sie bald nach Hause konnten.

Kurz darauf verließen Sebastian und Pia gemeinsam die Cafeteria.

»Ist doch eigentlich schade, dass man kaum noch Postkarten schreibt«, sagte Sebastian, als sie nebeneinander die Stufen hinaufstiegen. »Oder schreibst du noch Briefe?«

»Früher mehr. An meine Omi.« Pia klemmte die Papiere unter den Arm.

»Lebt sie noch?«, fragte Sebastian.

Pia schüttelte den Kopf.

»Wann ist sie gestorben?«

»Ist schon lange her.«

»Vermisst du sie manchmal?«, wagte Sebastian zu fragen, denn eigentlich mochte Pia private Fragen nicht.

»Ich liebte sie«, antwortete Pia. »Über alles.« Und bevor Sebastian etwas sagen konnte, lenkte Pia das Gespräch auf ihn. »Du verstehst dich ja auch gut mit deiner Oma. War sie nicht zu dir gezogen?«

»Ja, vorübergehend. Sie wohnt noch in meiner Wohnung, ist aber gerade verreist.«

Die Kollegen saßen schon bei der Arbeit, schauten in Bildschirme, telefonierten, tippten. Das Großraumbüro war durch Scheiben in verschiedene Bereiche getrennt, wo man einigermaßen in Ruhe arbeiten konnte und trotzdem Sichtkontakt hatte.

»Brauchst du Hilfe wegen dem Bericht?«, fragte er.

Pia setzte sich an ihren Schreibtisch, starrte auf das gerahmte Foto von ihrem Hund, einem Golden Retriever, und machte eine Kopfbewegung, die sowohl »nein« als auch »raus hier« bedeuten konnte.

Sebastian ging den Gang hinunter, an dem sein Büro lag, ein eigener Raum, der ihm als Hauptkommissar zustand. Nur noch wenige Tage, dann ging ihn die Arbeit hier für eine Weile nichts mehr an. Sebastian fühlte sich bei dem Gedanken so leicht und froh, dass er sich schon fast dafür schämte. Er stellte seinen Becher ab, hängte seine Jacke an den Haken und öffnete das Fenster.

Heringsdorf an der Ostsee. Seit ein paar Tagen stand der Vorschlag im Raum. Man käme da relativ schnell hin, hatte Marissa gesagt, und es sei der ideale Ort, »um mal komplett die Birne freizukriegen«, wie sie es nannte.

Sebastian schaute aus dem Fenster in den grauweißen Himmel. Das Wetter war noch nicht stabil, an der Ostsee hieß das womöglich Wind, Regen, Gummistiefel.

Er ging ins Internet und klickte auf die Wettervorhersage für Italien. Weiter zu den Hotelangeboten. Fotos mit blauem Himmel. Kleine Balkons, verschnörkelte Geländer, schiefe Fensterläden, wild wuchernder Efeu. Vespa-Verleih um die Ecke. Sebastian stellte sich das Knattern des Rollers in den engen Gassen vor, mit Marissa an seinen Rücken geschmiegt. Fischrestaurant am Meer. Hand in Hand durch die Altstadt bummeln, verwunschene Plätze finden, sich treiben lassen. Er griff zum Telefon.

Marissa war sofort dran.

»Hör mal, mein Schatz«, sagte er. »Ich habe mir etwas überlegt.«

»Sekunde.«

Er hörte undeutlich, wie sie auf der anderen Leitung telefonierte, lachte, mit kurzen Sätzen das Gespräch zu Ende brachte.

»Liebling?« Ihre Stimme klang etwas atemlos. »Ich habe die Zusage!«

»Echt?«, antwortete Sebastian.

»Nur Topleute, und das Honorar ist der Hammer.«

»Wann ist noch mal das Festival?«, fragte er.

»Wie süß du bist. Keine Sorge. Im Herbst.«

»Zweite Frage«, sagte Sebastian. »Warst du schon mal in Neapel?«

»Neapel?«

»Es gibt ein wunderschönes Hotel an der Piazza Bellini.« Marissa lachte leise. »Manchmal denke ich: Das mit uns kann doch gar nicht wahr sein.«

»Heißt das, ich kann buchen?«

»Ja! Und wann sehen wir uns?«

»Um fünf bin ich hier raus.« Sebastian hörte noch ihren Kuss. Dann hatte sie aufgelegt.

Er buchte das Hotel für einige Tage, alles andere würden sie vor Ort entscheiden. Er schloss die Augen und vergegenwärtigte sich noch mal Marissas Kuss an seinem Ohr.

Als sich hinter ihm jemand räusperte, drehte er sich herum. Pia stand in der Tür. Ihrem Gesicht war sofort anzusehen, dass etwas passiert war.

»Was gibt's?«, fragte er.

Pia antwortete mit beherrschter Stimme: »Mord in Billstedt.«

Sebastian merkte, wie ihm der Blutdruck absackte.

»Wo?«, fragte er.

»Schiffbeker Weg. Jens ist schon unterwegs.«

Sebastian stand auf und nahm seine Jacke vom Haken. Bevor er das Büro verließ, klickte er die Wettervorhersage für Neapel weg.

# 3

Der Schiffbeker Weg durchzog den Stadtteil Billstedt, der zu den sozialen Brennpunkten Hamburgs gehörte: Von seinen siebzigtausend Einwohnern waren zehn Prozent arbeitslos, dreiundzwanzig Prozent Ausländer und zweiundzwanzig Prozent Hartz-iv-Empfänger. Damit lag Billstedt deutlich über dem Hamburger Durchschnitt.

An der Ecke stand das Hochhaus – sechzehn Stockwerke, kleine Fenster, kleine Balkons. Auf dem von Blumenrabatten eingefassten Gehweg parkten zwei Polizeiautos und ein Krankenwagen. Auf der Straße hielt ein Leichenwagen, wendete und setzte rückwärts über den abgetretenen Rasen zum Eingang.

Sebastian folgte dem Plattenweg zum Haus. Jugendliche in Bomberjacken, Rentner und Hausfrauen mit Einkaufstüten drängelten sich, rauchten, glotzten und hielten Handykameras in die Höhe.

»Bitte machen Sie Platz«, bat ein uniformierter Polizist. »Gehen Sie nach Hause.«

Die Leute traten stumm zur Seite und bildeten eine Gasse für Sebastian. Neben dem Eingang, einem gläsernen Kasten, der wahrscheinlich nachträglich an das Hochhaus gebaut worden war, stand das Motorrad von seinem Kollegen und Freund Jens.

Im Treppenhaus roch es schon ein wenig nach Verwesung. Warum, dachte Sebastian wieder, verabschiedete sich eigentlich die Seele auf so hässliche Weise?

Im zweiten Stock stand die Wohnungstür offen. Ein kaputter Teller und marmorierte Kuchenbrocken lagen auf dem Boden. Scheinwerfer verbreiteten ein gleißendes Licht. Die Kollegen von der Spurensicherung in ihren weißen Ganzkörperanzügen waren schon bei der Arbeit. Der leblose Körper lag in der Diele auf dem Rücken.

Sebastian zog sich die hellblauen Tüten über seine Schuhe, die ein Kollege ihm reichte. Es herrschte eine spezielle, fast feierliche Stimmung. Das empfand Sebastian oft, wenn er an einen Tatort kam, wo die Leiche noch lag.

»Darf ich vorstellen: Dirk Packer.« Jens machte einen großen Schritt über die Leiche hinweg.

Das war typisch Jens, er verhielt sich natürlich alles andere als feierlich, dachte Sebastian, als er näher an den Toten herantrat. Der Mann trug eine hellgraue Jogginghose und ein sauberes weißes T-Shirt mit einem riesigen dunklen Fleck auf der Brust. Arme und Beine waren gespreizt.

»Volltreffer«, sagte Jens. »Ist wahrscheinlich direkt hier an der Tür erschossen worden und einfach zu Boden gefallen.«

Der Gerichtsmediziner nickte Sebastian zur Begrüßung zu. »Zwei Tage liegt er schon hier. Genaue Uhrzeit kann ich aber noch nicht sagen.«

»Wer hat ihn gefunden?«, fragte Sebastian.

»Seine Exfrau«, antwortete Jens. »Monika Packer. Sie hat einen Schlüssel und wird gerade unten vom Notarzt versorgt.«

»War die Tür verschlossen?«

»Daran kann sie sich nicht mehr erinnern. Sie steht unter Schock. Kein Wunder, bei dem Anblick.«

Sebastian ging in die Hocke und betrachtete den Toten. Die Gesichtszüge waren verzerrt, als hätte der Mann, kurz bevor die Schüsse fielen, noch eine Grimasse gezogen. Der Mund stand offen, die Zähne waren nahezu perfekt, die aufgedunsene Haut im Gesicht war fleckig, ebenso die Haut an den Händen. Die Augen waren aufgerissen. Sie guckten starr ins Nichts, als wäre dort irgendetwas Hypnotisierendes.

»Welche Infos gibt es schon?«, fragte Sebastian.

Kollege Niemann schaute auf seinen Notizblock. »Vierundvierzig Jahre alt, KFZ-Mechaniker, zuletzt arbeitssuchend. Keine Familie.«

Hinter dem Kollegen hing ein Foto an der Wand. Sebastian musste genauer hinsehen, um zu erkennen, was es zeigte. Auf den ersten Blick war es ein großes grünes Insekt, auf den zweiten Blick war es Dirk Packer mit grün angemaltem Gesicht und verkleidet mit einem grünen Ganzkörperanzug, wahrscheinlich zu Karneval.

»Dirk Packer als Grashüpfer?« Jens trat näher an das Foto heran.

Sebastian betrachtete die Abbildung, den knallgrünen Anzug, die falschen dünnen Arme, die rechts und links vom Anzug abstanden. Der Mann auf dem Foto lachte. »Du hast recht«, sagte Sebastian, »als Grashüpfer. Da hinten, die Flügel.«

»Haben wir schon Aussagen von den Nachbarn?«, fragte Jens.

Kollege Niemann verneinte. Die Kollegen hätten die Befragung gerade erst begonnen.

Als Sebastian sich von dem Foto abwandte, um sich in der Wohnung umzuschauen, erfasste ihn auf einmal ein Schwindelgefühl, und ihm wurde übel. Er musste sich zusammenreißen und hoffte, dass von den Kollegen keiner etwas gemerkt hatte.

»Ist was?«, fragte Jens.

Das war ja zu erwarten. Jens ließ sich nichts vormachen. Aber jetzt klingelte zum Glück sein Handy, und Jens zog sich damit zurück.

Im Zentrum der Schrankwand im Wohnzimmer befand sich ein Fernseher, ein ziemlich großes Gerät. Im Regal darüber eine lange Reihe DVDs – Spielfilme, deutsche, amerikanische, und mehrere Ausgaben Schlagerparade. An der Seite, aber nach vorn gerückt, war das Foto einer Erdbeere im silbernen Rahmen. Sebastian schaute genauer hin. Links und rechts ragten Arme aus dem voluminösen roten Körper, unten zwei dünne Beine. Auf dem Kopf, über dem grinsenden Gesicht von Dirk Packer, saß wie eine Krone ein Kopfschmuck – das Erdbeergrün. Der Mann, der hier bis vor kurzem gelebt hat, war ganz offensichtlich ein Karnevalsfreund.

Sebastian ging durch die Diele in die Küche. Eine kleine Küche. Auf der Wachstuchdecke lagen ein paar Zettel, beschrieben mit krakeliger Schrift. Auf einem stand: *Wir wollen unser Land behalten, so wie es ist!* Sebastian schob ihn vorsichtig zur Seite und las den nächsten Spruch: *Go home!* Und dann noch: *Nein zum Heim!*

Sebastian zog eine kleine Tüte aus der Jackentasche, streifte die Handschuhe über, schob die Blätter zusammen und steckte sie in die Tüte. In diesem Augenblick brach die Sonne durch die Wolken und ließ die Blumen auf der Wachstuchdecke aufleuchten.

Sebastian schaute hinunter auf die Straße. Neben dem Leichenwagen war der Krankenwagen zu sehen, in dem die Exfrau des Ermordeten, Monika Packer, behandelt wurde. Die Menge da unten war angewachsen, und die Leute ließen sich kaum davon abhalten, durch die Milchglasscheiben des Krankenwagens zu gaffen.

»Einen Moment, bitte«, sagte der Notarzt im Krankenwagen, nachdem Sebastian sich vorgestellt hatte. »Sie braucht noch eine.«

Sebastian sah zu, wie der Mann eine weitere Spritze aufzog, und beobachtete, wie die geschiedene Ehefrau des Toten vor Erleichterung die Augen schloss, als das Beruhigungsmittel in ihre Venen schoss. Rundes Gesicht, spitze Nase, dunkel gefärbte lockige Haare, die von einer giftgrünen Spange aus dem Gesicht gehalten wurden. Ihr Alter war schwer zu schätzen. Sie konnte Mitte fünfzig, aber auch zehn Jahre jünger sein.

»Fühlen Sie sich in der Lage, ein paar Fragen zu beantworten?«, fragte Sebastian Frau Packer.

Die Frau seufzte tief, öffnete die Augen und wandte sich widerstrebend Sebastian zu.

»Bitte erzählen Sie: Was haben Sie gesehen, als Sie heute Morgen zu Ihrem Exmann kamen?«

Sie legte ihre Hände ineinander und presste die Lippen zusammen. Ihre Stimme war ganz leise. »Also«, sagte sie. »Ich habe noch überlegt, ob ich etwas für Dirk einkaufen soll, vielleicht ein paar Bananen, damit er auch was Gesundes zu essen bekommt, aber mit dem Kuchen wollte ich nicht in den Supermarkt, also bin ich doch direkt zu Dirk ins Haus. Ich bin zu Fuß in den zweiten Stock.« Sie griff nach Sebastians Hand. »Ich habe geklingelt … Ich hatte kein gutes Gefühl. Es hat so komisch gerochen. Da war nichts, kein Laut. Dann habe ich aufgeschlossen«, sagte sie und stockte gleich wieder.

»War die Tür abgeschlossen?«, fragte Sebastian.

»Ich weiß es nicht mehr. Ich habe die Tür aufgemacht … Und da lag er.« Sie schluchzte laut auf.

Sebastian reichte der Frau ein Päckchen Taschentücher. Sie bediente sich und putzte sich geräuschvoll die Nase.

»Haben Sie einen Verdacht, wer Ihren Exmann getötet haben könnte?«, fragte Sebastian.

Sie antwortete nur mit einem Kopfschütteln. »Dirk ist nicht ans Telefon gegangen«, sagte sie. »Ich weiß nicht, wie oft ich es bei ihm versucht habe.«

»Seit wann haben Sie es versucht?«

»Seit gestern Morgen. Dann in Abständen immer wieder. Zuletzt vorhin. Dann bin ich los.«

»Sie hatten also noch engen Kontakt zu Ihrem Exmann?«

Der Frau schien irgendetwas durch den Kopf zu gehen. »Was haben Sie gefragt? Ach so – ja, der Kontakt war gut.«

»Was war denn das Problem gewesen, wenn ich fragen darf?«

Sie stutzte. »Soll ich Ihnen jetzt etwa von meiner Ehe erzählen?«

»Es wäre gut …«

Tränen standen in ihren Augen. Sie wandte sich ab und schaute aus dem Fenster. Dann richtete sie sich wieder an

Sebastian: »Ich sag's mal so: Er war ein Muttersöhnchen. Total verwöhnt. Hat immer gleich alles hingeschmissen. Bei keiner Arbeit hat er's ausgehalten. Immer hat er sich mit Kollegen gestritten. Und wenn er nicht rausgeschmissen wurde, hat er selbst gekündigt. Dann saß er wieder zu Hause herum.« Frau Packer sah Sebastian eindringlich an. »Sie können es sich wahrscheinlich nicht vorstellen, wie es ist, wenn der eigene Mann den ganzen Tag vor dem Fernseher sitzt und den Arsch nicht hochbekommt. Natürlich kriegt man sich dann in die Wolle. Wir haben uns viel gezankt. Richtig gut haben wir uns eigentlich nur einmal im Jahr verstanden.«

»Einmal im Jahr?«

»An Karneval. Im Kostüm war Dirk echt zuckersüß. Er war ja Rheinländer. Ich bin aus Erfurt, da gibt es so was nicht.« Sie lachte kurz auf. »Wir sind immer als Paar gegangen: Ich war Dick, und er war Doof, er Frosch und ich König; er Aladin, ich die Wunderlampe. Kein Scherz! Zuletzt, im Februar, waren wir Biene Maja und Willi.« Monika Packer lachte, und ihr rundes Gesicht mit den sprühenden Augen bekam einen völlig neuen Ausdruck.

»Hatte Ihr Mann Feinde?«, fragte Sebastian.

Monika Packer verstummte, und die schlaffen Wangen zogen die Mundwinkel herab. »Feinde?« Sie schüttelte heftig den Kopf. »Quatsch!«

»Oder hatte er andere Probleme?«

»Allerdings.«

»Welche Probleme waren das?«

Die Frau machte eine Schnute und schwieg.

»Drogen?«, fragte Sebastian.

»Haschisch, manchmal auch Koks. Aber nur am Wochenende.«

»Wo bekam er das Zeug her?«

Monika Packer blickte kurz zum Dach des Krankenwagens. »Jörn. Das Arschloch, das über Dirk wohnt. Junkie und Dealer in einem – das Schwein.«

»Haben Sie versucht, Ihren Mann davon abzubringen?«

Empört schaute sie Sebastian an. »Ich habe ihm immer wieder gesagt: Dirk, habe ich gesagt, mach Schluss mit den Drogen – sonst ist Sense. Und lange habe ich mir das nicht angeschaut. Habe mir eine andere Wohnung genommen und die Scheidung eingereicht. So schnell konnte Dirk gar nicht gucken.«

Sebastian holte die Zettel, die er vom Küchentisch genommen hatte, hervor. Er fragte Frau Packer, ob das die Schrift von ihrem Exmann sei.

»Ja. Schön war sie nie.«

»Können Sie mir sagen, wo Ihr Exmann politisch stand?«

»Politisch waren wir immer einer Meinung.« Sie zupfte sich einen Fussel vom Pullover. »Aus unserer ehemaligen Schule ein Flüchtlingsheim machen – na, da sage ich nur: Gute Nacht.«

»Sind Sie politisch aktiv geworden?«

Wieder schaute sie ihn empört an. »Wir haben ja nichts gegen Flüchtlinge, aber warum müssen die sich ausgerechnet hier bei uns in Billstedt breitmachen? Uns die letzten Jobs wegnehmen, wo hier schon genug Leute ohne Arbeit sind? Jetzt kann man das endlich auch mal laut sagen. Ob es was bringt, ist eine andere Frage.«

»Sind Sie politisch aktiv geworden?«, wiederholte Sebastian.

»Haben Sie mich doch schon gefragt!«

»Sie haben die Frage aber noch nicht beantwortet.«

Frau Packer sah Sebastian unwillig an. »Ich bin nicht politisch aktiv geworden und Dirk auch nicht. Hätte ja nix gebracht. Das ist einfach unsere Meinung, und leider stimmt sie auch.« Sie nickte ihren Worten hinterher. »Ich möchte echt wissen, wer das Schwein ist«, sagte sie leise, und wieder weinte sie fast. Dann wandte sie sich an Sebastian. »Fassen Sie ihn bald?«

»Davon gehe ich aus«, antwortete Sebastian. Und er hoffte, dass es stimmte.

# 4

Es begann zu regnen, als Sebastian den Wagen am späten Nachmittag vor der Pathologie parkte. Ein richtiger Platzregen. Es prasselte aufs Autodach, und Wasser rann an den Scheiben herunter.

»Hast du einen Regenschirm?«, fragte Jens.

Sebastian schaute nach hinten auf den Rücksitz, wo manchmal einer lag.

»Keiner da?« Jens winkte ab. »Die Leute sagen immer, in Hamburg regnet es oft, aber man könnte auch sagen: In Hamburg hört es ständig auf zu regnen. Warten wir?«

Im nächsten Moment klingelte das Telefon. Es war Pia. Sie hatte Informationen über Dirk und Monika Packer.

»Das passt gerade sehr gut«, sagte Sebastian. Er stellte laut, und Pias Stimme knarrte aus dem Lautsprecher. »Dirk Packer ist in Köln geboren und aufgewachsen. Dort hat er die Lehre zum KFZ-Mechaniker gemacht. Seit zweiundzwanzig Jahren lebt er in Hamburg. Er hat in verschiedenen Reparaturwerkstätten gearbeitet, zuletzt in einer Werkstatt in Altona. Seit über einem Jahr ist er jedoch als arbeitslos gemeldet und bekommt Hartz IV. Im Polizeiregister gibt es keine Eintragungen.« Pia blätterte in Papieren. »Die Ex, Monika Packer, ist wiederholt durch zu schnelles Fahren aufgefallen, und jedes Mal hat sie versucht, das gegenüber der Polizei zu leugnen. Ansonsten ist sie aber nicht in Erscheinung getreten.«

»Gibt es einen Hinweis, dass sie Zugang zu Waffen gehabt hat?«, fragte Sebastian.

Pia verneinte. Sie habe geprüft, ob Frau Packer zum Beispiel Mitglied in einem Schützenverein war, aber da sei nichts. Ein Motiv, ihren Exmann zu töten, sei ebenfalls nicht zu erkennen. Dirk Packer hatte nichts zu vererben, die Scheidung war schon lange besiegelt, und die beiden ehemaligen Eheleute schienen sich an den neuen Umgang miteinander gewöhnt zu haben. »Das ist erst mal alles«, sagte Pia. »Ich recherchiere weiter.«

Sebastian bedankte sich. Auf Pia war Verlass.

Der Regen hatte nachgelassen. Sebastian und Jens sahen sich kurz an, dann öffneten sie die Türen und liefen los.

»Da sind Sie ja«, sagte Professor Szepeck mit seiner hohen schneidenden Stimme. Es hallte in dem rundum gekachelten Raum, als er sein Sezierbesteck klirrend in eine silberne Schale legte. Ein Blick auf die Uhr sollte ihnen signalisieren, dass sie einige Minuten später waren als angekündigt.

Vor ihnen lag die Leiche von Dirk Packer. Sie war von den Füßen bis unter den Bauchnabel von einem Tuch bedeckt. Oberhalb des Bauchnabels befand sich eine Narbe aus früheren Zeiten, und darüber, in Brusthöhe, klafften zwei Löcher.

»Die Sache ist klar wie ein Bergbach«, sagte Szepeck. Er ging gemächlich um den Seziertisch herum. Seine Finger mit den kurzgeschnittenen Nägeln näherten sich den Löchern und stoppten, kurz bevor er die aufgerissene Haut berührte. »Die Schüsse haben beide ins Herz getroffen und

24

wurden aus nächster Nähe abgegeben. Ein Meter, nicht mehr.«

Jens strich sich über sein unrasiertes Kinn, schaute zur Tür und sagte: »Also. Es klingelt. Packer macht die Tür auf. Der Täter steht vor ihm, er schießt sofort, der Grashüpfer fällt nach hinten, das war's.«

»Grashüpfer?«, fragte der Professor.

Sebastian winkte ab. »Warum denkst du, dass der Täter sofort geschossen hat?«, fragte Sebastian.

»Weil er mitten ins Herz traf, Packer hat sich nicht abwenden können.«

Das überzeugte Sebastian noch nicht. Er überlegte. Dann sagte er: »Offenbar hat das Opfer die Tür weit geöffnet, sonst hätte er nicht direkt von vorne getroffen werden können. Das spricht dafür, dass er entweder den Täter kannte oder dass es eine vertrauenserweckende Person war. Der Täter muss die Waffe dann blitzschnell gezogen und geschossen haben.«

»Dann wäre es ein geübter Schütze«, meinte Szepeck.

»Vielleicht war Packer nicht nur vertrauensvoll, sondern voll mit Alkohol«, sagte Jens. »Das wäre eine Erklärung für die weit offene Tür und null Reaktion auf die Waffe.«

»Haben Sie Alkohol in seinem Blut gefunden?«, fragte Sebastian.

»Kein Alkohol. Nicht ein Milligramm.«

»Und nach dem Schuss wurde die Tür von außen wieder geschlossen. Auch interessant«, sagte Sebastian. »Gibt es sonst noch etwas Auffälliges?«

Professor Szepeck schüttelte den Kopf. »Bisher nicht.«

Sebastian betrachtete die Leiche, den nackten leblosen

Körper, und dachte an die vielen verschiedenen Kostüme, die dieser Mensch sich im Laufe seines Lebens übergezogen hatte. Der Grashüpfer, die Erdbeere, Aladin, und das war nur eine kleine Auswahl der Kostüme seines nicht vollendeten Lebens. Jetzt war er, wie alle Menschen am Ende ihres Lebens, nackt, und den Rest würde – nach Abschluss der Untersuchungen – die Natur besorgen.

Als hätte Jens seine Gedanken gelesen, sagte er: »Tja, wie man hier wieder mal gut sehen kann, ist die Lebenszeit begrenzt. Man sollte seine Zeit gut nutzen. Nicht wahr, Herr Professor?«

Szepeck schaute Jens kurz irritiert an.

Sebastian stellte sich ans Fenster. Jetzt nieselte es nur noch. Als er sich wieder umdrehte, sah er, wie sich Szepeck über den Körper beugte und mit einer Pinzette in die Wunde im Brustkorb des Toten hineinfuhr. Und dazu summte er.

Die beiden Kommissare verabschiedeten sich von ihm. Als sie aus dem Gebäude traten, sogen sie die frische Luft tief ein.

Am Eingang wartete ein Mitarbeiter der Pathologie mit einer Styroporkiste. Was wohl darin lag? Organe? Ein Schmetterling flatterte von draußen herein und setzte sich auf die Kiste. Er hatte leuchtend orangefarbene Flügel mit feinen braunen Streifen. Der Mann versuchte den Schmetterling zu verscheuchen, erst mit der Hand, dann mit Pusten, aber das zarte Tier blieb sitzen, wollte nicht zurück in die nasse Welt. Schließlich ging der Mann einfach los, durch den Regen zum Auto. Sebastian und Jens schauten ihm hinterher, das Orange des Schmetterlings war noch immer auf der Kiste zu sehen. Der Mitarbeiter öffnete die Heckklappe und legte die Kiste mitsamt dem Schmetterling hinein.

Auf dem Weg zu Marissa dachte Sebastian darüber nach, dass achtundneunzig Prozent aller Mordfälle nach wenigen Tagen gelöst waren. Meist meldete sich der Mörder, weil er im Affekt gehandelt hatte und sein Gewissen ihn plagte. Ob der Fall von Dirk Packer zu den übrigen zwei Prozent gehörte?

Sebastian hatte ein ungutes Gefühl.

Er hielt am Supermarkt, schnappte sich einen Korb und kaufte ein: Feldsalat, Cocktailtomaten, gewürfelten Speck und Zwiebeln. Legte frische Tortellini, Tomaten und Basilikum dazu und dachte an Neapel, das Mittelmeer, Motorroller, Marissas Sommersprossen, die sich auf ihrem Nasenrücken und den Oberarmen bilden würden, wie er es auf Fotos bei ihr zu Hause gesehen hatte. Ein Glücksgefühl durchströmte ihn wie aus einer inneren Energiequelle. Er war verliebt, und dieses Gefühl wirkte wie eine Droge.

Als er wenige Minuten später Marissas Wohnungstür öffnete, schlug ihm ein hämmernder Rhythmus entgegen, und die Luft vibrierte.

»Hallo!« Er zog geräuschvoll die Wohnungstür hinter sich zu.

Marissa saß hinter ihrem aufgeklappten Laptop, die Hand an dem kleinen Mischpult. Ihre Haare hatte sie zu einem Pferdeschwanz gebunden, der rhythmisch auf und nieder wippte. Sebastian küsste sie sanft auf den Nacken. »Hast du Hunger?«, fragte er.

»Ein bisschen.« Sie runzelte die Stirn. »Ich suche noch ein paar Tracks zusammen«, erklärte sie. »Was hältst du davon?« Sie schob die Regler hoch, und wieder kam ein dumpfer Rhythmus aus den Lautsprechern.

Sebastian konnte keinen Unterschied zu dem vorangegangenen Stück hören. Im Club fühlte sich das alles anders an. »Klingt gut«, sagte er vage.

Sie bewegte wieder rhythmisch den Kopf, in Gedanken bei ihrer Setlist. Sebastian nahm die Tüte mit den Einkäufen, und Marissa fragte: »Hast du gebucht?«

»Ja«, sagte er zögerlich. Bevor der Fall Packer nicht gelöst war, sollte er eigentlich gar nicht an Italien denken.

Sie schaute auf. »Was ist passiert?«

»Warum fragst du?«

»Du bist ja ganz blass.«

»Blass? Ach, lass uns nicht über den Tag sprechen. Es war das Übliche.«

»Was heißt das?«

»Ein neuer Fall.«

»Mord?« Sie machte die Musik aus. »Willst du mir nicht sagen, was passiert ist?«

»Sei mir nicht böse, aber ich will jetzt nicht darüber sprechen.« Er nahm ihr Gesicht in seine Hände. Wie unglaublich grün ihre Augen waren. Und diese Wimpern.

Sie umfasste seinen Kopf, zog ihn zu sich heran, sie küssten sich. »Ist in Ordnung«, sagte sie.

Er verschwand mit der Plastiktüte in der Küche, durch deren Fenster der Hafen zu sehen war. Alles glitzerte in der Abendsonne. Kräne fuhren an riesigen Schiffen entlang, pickten sich einzelne Container, hoben sie in die Höhe und trugen sie davon, als wären sie nicht tonnenschwer, sondern Kästen aus Spielzeug.

Als Sebastian einen Topf mit Wasser füllte, hörte er wieder die Musik. Er wippte ein wenig zu dem Rhythmus, während er den Topf auf die Herdplatte stellte und die Zwiebeln aus der Tüte nahm, um sie kleinzuhacken.

Menschen waren seltsam, dachte er. Dirk Packer zum Beispiel. Zog sich aus Jux und Tollerei die seltsamsten Karnevalskostüme an und feierte, was das Zeug hielt, und gleichzeitig war er im Alltag offenbar ein engstirniger Zeitgenosse – wenn man den Aussagen seiner Exfrau glauben durfte.

Er holte den gewürfelten Speck aus der Verpackung und gab ihn in die Pfanne. Es zischte. Er nahm die kleinen Gläser, schenkte Weißwein ein, gab die Tortellini ins kochende Wasser und bemerkte, wie hungrig er war.

Sie würden die Nachbarschaftsbefragung intensivieren müssen. Irgendjemand musste doch etwas gesehen oder gehört haben. Schüler, die die Schule schwänzten, Rentner, die hinter der Gardine standen. Das Problem war, diese Leute zu finden. Sebastian zerpflückte den Feldsalat, verteilte ihn auf die großen flachen Teller. Drüben verstummte die Musik. Er drapierte die Tomaten auf dem Feldsalat, verteilte ein wenig Olivenöl über dem Salat, dann Essig, den guten Balsamico.

Die Stille in der Wohnung, Marissa nebenan, und zwischen ihnen ein Band, das mit jedem Tag inniger wurde. Er hatte gerade neulich wieder gelesen, dass man seine Glücksgefühle nicht für sich behalten, sondern dem anderen mitteilen solle. Sebastian war darin nicht gerade gut. Aber er hatte sich vorgenommen, an sich zu arbeiten.

»Weißt du«, sagte er nach nebenan, »ich kann kaum glauben, dass du mir über den Weg gelaufen bist.« Er wollte jetzt etwas sagen, das er noch nie zuvor jemandem gesagt hatte. Er spürte, wie ihm das Blut ins Gesicht stieg. »Marissa«, sagte er, und sein Hals fühlte sich eigenartig trocken an. »Ich liebe dich.«

Die Stille in der Wohnung war auf einmal mit Händen zu greifen. Sebastian nahm einen Schluck Wein. Dann noch einen Schluck hinterher. Warum antwortete Marissa nicht?

Mit dem Kochlöffel in der Hand schaute er vorsichtig um die Ecke.

Marissa saß reglos am Tisch. Als sie Sebastians Blick bemerkte, zog sie die großen Kopfhörer von ihren Ohren und fragte: »Ist das Essen schon fertig?«

Er lächelte, schüttelte den Kopf und gab ihr einen Kuss. »In fünf Minuten«, sagte er.

## 5

Monika Packer hängte ihre Jacke über den Kleider-
bügel. Die Stiefel ins Schuhregal. Trug die Einkaufstüten in die Küche, ging weiter ins Schlafzimmer. Zog Jeans
und Pullover aus und ihre Lieblingsstoffhose mit Gummi-
bund an. Darüber ein Sweatshirt. Unter dem Bett holte sie
die Pantoffeln hervor. So, jetzt fühlte sie sich zu Hause.
Endlich, nach diesem furchtbaren Tag.

Aus dem Kühlschrank nahm sie eine Flasche Gatorade,
goss sich ein Glas mit der grünen Flüssigkeit ein und trank
die Hälfte in einem Zug aus. Seit sie heute Morgen aus dem
Haus gegangen war, hatte sie nichts mehr getrunken. Sie
spürte, wie sich die Flüssigkeit in ihrem Körper verteilte,
eine Kühle, die sich heilsam anfühlte.

Sie öffnete den Brotkasten, nahm eine Scheibe Graubrot
heraus und bestrich das halbvertrocknete Ding fingerdick
mit Schmelzkäse. Die Gewürzgläser im Gewürzregal standen da wie Soldaten, getrocknete Petersilie, Basilikum, Ma-
joran. Sie nahm Muskatnuss. Sie brauchte jetzt Muskatnuss.
Sie streute sie auf das Brot. Dann nahm sie die Packung mit
den Schokostreuseln und ließ einen ordentlichen Schub von
den leckeren Dingern auf den Schmelzkäse fallen.

Es tat gut zu essen. Sie kaute, atmete, lehnte sich an den
Küchenschrank und schaute aus dem Fenster. Dort drüben

war das Hochhaus, Dirks Wohnung. Seltsam, Dirk war tot, und das Haus stand da, als wäre nichts geschehen. Alles ging einfach so weiter. Und wer weiß, vielleicht wohnte der Mörder von Dirk im selben Haus. Irgendein Irrer, ein Drogenjunkie, der nicht mehr unterscheiden konnte, wo oben und unten war, sich in der Tür irrte und jemand Unschuldigen einfach wegballerte, nur weil der ihm keinen Stoff geben konnte oder Geld oder was auch immer. Die Zeiten wurden immer brutaler, und die Polizei schickte einen Grünschnabel vorbei, der von Tuten und Blasen keine Ahnung hatte.

Sie trank aus und stellte das Glas in die Spüle. Auf dem Balkon, zwei Stockwerke über Dirk, spielten Kinder und ließen jetzt einen Luftballon steigen. Der rosafarbene Ballon stieg hoch in den Himmel, das Gejauchze der Kinder war durch das gekippte Fenster bis in ihre Küche zu hören. Monika wandte sich ab. Es war nur eine Frage der Zeit, bis auch diese Gören anfingen, in der Gegend herumzuhängen und zu klauen. Schwer atmend ließ sie sich ins Sofa fallen.

Dieser Polizist, Herr Fink, ja, so hieß er, der war ja ganz nett. Aber total ohne Plan. Dass sie ihm was über ihre Ehe erzählen sollte … hallo? Das war doch Voyeurismus. Wahrscheinlich war ihm sein Job zu langweilig. Da schaute man mal, was bei anderen so unter der Bettdecke abging, oder was? Sollte er mal lieber 'n schönen Abend auf St. Pauli verbringen, da konnten sich die Nutten um ihn kümmern, dann entspannte er vielleicht mal.

Sie saß irgendwie unbequem und zog die Fernbedienung unter ihrem Hintern hervor. Die Stille in der Wohnung nervte. Aber auf Fernsehen hatte sie jetzt auch keinen Bock. Sie schloss die Augen, lehnte sich in die Kissen. Im Halbschlaf sah sie das schreckliche Bild von heute Morgen, Dirk hinter der Tür, das Gesicht verzerrt, das Maul aufgesperrt wie ein Tier. Und dieser Gestank! Das würde sie nie mehr vergessen.

Sie öffnete die Augen. Ihr Herz klopfte. Die Wandfarbe im Wohnzimmer ... dunkelrot. Als sie einzog, fand sie die Idee super. Dirk hatte es gar nicht gefallen, als er das erste Mal zu Besuch kam. »Ochsenblut«, hatte er gesagt und es dann genüsslich wiederholt: »Das Blut von einem fetten Ochsen ...«, und sie hatten sich kaputtgelacht. Jetzt machte ihr die Farbe Angst. Gleich morgen würde sie den Polen anrufen, sie brauchte hier etwas Neues, etwas Nettes, vielleicht Rosa.

Am Fenster neben dem Farn stand das Foto vom letzten Karneval. Biene Maja und Willi. Sie streckte sich und nahm das Bild in die Hand. Sie konnte sich noch gut erinnern an diesen Augenblick. Stundenlang waren sie in Köln unterwegs gewesen, voll gut drauf, alles voller Jecken, Kölle Alaaf, Küsschen links, Küsschen rechts. Auf einmal war ihr eingefallen, dass sie die kleine Kamera dabeihatte. Ein riesiger Floh erklärte sich bereit, ein Foto zu machen, und rief, sie sollten mal in die Luft springen. Das machten sie ein paarmal, dann steckte sie die Kamera wieder ein, und weiter ging es, Hand in Hand mit Dirk, obwohl sie schon geschieden waren.

Sie schaute lange auf das Foto.

Dann stand sie auf, ging rüber ins Schlafzimmer, machte die Schranktüren auf, wo die Wintersachen verstaut waren, und zog die Truhe hervor. Da waren die Karnevalskostüme. Sie nahm die Bienenkostüme heraus, entwirrte sie, riss sich das Sweatshirt und die Hose vom Leib und schlüpfte in ihr Biene-Maja-Kostüm. Die Seitennaht riss, aber egal. Sie zwängte sich in den gelbschwarzgeringelten Anzug, zog die Kapuze über ihren Kopf und sah im Spiegel, wie die Fühler auf und nieder wippten. Ein Flügel hing schief von ihrem Rücken, aber der andere war intakt.

Sie schwitzte, das Kostüm zwickte unter ihrem Arm. Sie packte das Kostüm von Willi, zog es hinter sich her, breitete den schlaffen Bienenkörper über das Sofa. Die Kapuze auf das Kissen, den Bienenkörper gerade, die Beinchen ordentlich nebeneinander.

Schwer atmend setzte sie sich neben Willi und griff nach seiner Hand.

Das waren noch Zeiten.

Eine Weile saß sie einfach nur so da. Doch auf einmal wurde es ihr heiß. Klingelte es bald auch bei ihr an der Tür? War sie vielleicht selber in Gefahr? Gut, dass sie in der Wohnungstür den Spion hatte. Auf den hatte sie damals bestanden. Nee, hatte sie zum Vermieter gesagt, ohne Spion wird das nix, und dann war das Ding in null Komma nix in der Tür. Aber vielleicht sollte sie dem Polizisten – wie hieß er noch? – den Tipp geben?

Sie seufzte matt. Das ging nicht. Dann käme die Polizei darauf, dass sie und Dirk sich strafbar gemacht hatten. »Nee, das lass mal lieber«, sagte Monika laut zu sich. Wenn auch der Tod noch schlimmer war als Gefängnis, es war eine Wahl zwischen Pech und Schwefel. Sie würde der Polizei nichts verraten, sie würde erst mal abwarten. Vielleicht hatte sie ja Glück.

Monika Packer lächelte ein wenig, bevor ihr die Tränen die Wangen hinunterliefen.

# 6

Als Peer Wolfsohn am frühen Abend die letzten Stufen zur Wohnung hinaufstieg, hoffte er, dass Anke sich verspätet hatte. Es wäre ein kleines Wunder, aber vielleicht hatte er Glück. Er schob den Schlüssel ins Schloss, drehte ihn vorsichtig und drückte fast lautlos die Tür auf. In der Wohnung war es still. In der Diele war weder Ankes Tasche noch ihre Jacke zu sehen.

Und trotzdem wusste er, dass sie da war. Er konnte es spüren, wie es wahrscheinlich ein Blinder spürt, wenn jemand schweigend anwesend ist.

Peer hängte seine Jacke an den Haken und rief: »Hallo!« Er hoffte, dass es möglichst neutral klang, entspannt, vielleicht sogar fröhlich, wie der Ruf eines Mannes, der nichts zu verbergen hat.

Er ging ein paar Schritte – und entdeckte auf dem Fensterbrett ihren Schlüsselbund: ein sicheres Zeichen, dass Anke verärgert war, dass im Büro irgendetwas schiefgelaufen war oder jedenfalls anders, als sie es sich vorgestellt hatte. Wenn alles in Ordnung war, hing der Schlüssel am Haken, wo er eigentlich hingehörte.

Peer gönnte sich eine kurze Verschnaufpause und atmete erst einmal tief durch. Irgendwann im Laufe ihrer Ehe war ihm einmal aufgefallen, dass es immer auf die ersten

Minuten ankam. In dieser Zeitspanne kippte die Stimmung entweder in die eine oder in die andere Richtung. Darum sollte auch immer alles tipptopp sein und perfekt funktionieren, wenn sie ankam, das hatten die Kinder inzwischen auch schon kapiert. Wenn Anke zur Tür hereinkam und alles in Ordnung war, kein Spielzeug, das herumflog, keine Zeitung auf dem Boden, entspannte sie sich und mit ihr die ganze Familie.

Er ging den Flur hinunter, rief noch einmal »Hallo!« und bemerkte, dass seine Stimme unsicher klang.

»Wo warst du?« Der Vorwurf in Ankes Stimme war sogar durch die geschlossene Badezimmertür zu hören. Aber Peer hörte noch etwas. Wasser. Anke lag in der Badewanne, das war gut.

»Ich habe Thomas getroffen«, sagte Peer und versuchte seiner Stimme einen beiläufigen Klang zu geben. »Im Supermarkt. Haben uns ein bisschen verquatscht. Alles okay bei dir?«

Thomas war der zweite Hausmann in der Straße, und Anke hatte normalerweise für alles Verständnis, was mit Thomas zu tun hatte, weil sie sich über jeden zusätzlichen Hausmann auf der Welt freute. Anke war der festen Überzeugung, dass sich alles auf der Welt zum Guten wenden würde, je mehr Hausmänner es gäbe. Sie meinte, Männer würden klüger, wenn sie sich mit dem ganz alltäglichen Familienleben auseinandersetzen müssten, dem »Klein-Scheiß«, wie sie immer sagte, und das sei, evolutionär gesehen, sogar dringend notwendig, damit die Gewalt unter den Menschen und die Gewalt gegen die Natur abnehme. Eine Diskussion mit ihr über diese Theorie zu führen war nutzlos und hatte schon die eine oder andere Stehparty gesprengt. Anke begann dann jeweils, die kriegerischen Konflikte der vergangenen zwanzig Jahre aufzuzählen, um triumphierend festzustellen, dass die Kriegstreiber ausschließlich Männer waren. Von den Jahrzehnten und Jahrhunderten davor mal ganz abgesehen. Katharina die Große sei da nur eine der wenigen Ausnahmen, die die Regel bestätigten.

Hinter der Badezimmertür blieb es still. Keine Antwort, und Peer bemerkte, wie seine Handflächen feucht wurden.

Wie blöd war er, ausgerechnet Thomas als Alibi zu benutzen? Womöglich traf sie ihn nächste Woche auf dem Elternabend und fragte ihn mit einem Augenzwinkern, warum er ihren Mann vom Einkauf und den Familienverpflichtungen abgehalten habe, und Thomas würde natürlich nichts begreifen und sie mit großen dummen Augen anschauen. Ankes Augen würden für einen kurzen Moment zu schmalen Schlitzen werden, und sie wüsste dann Bescheid.

»Sieh bitte mal nach den Kindern«, rief sie hinter der Tür.

»Mach ich!« Seine Stimme hatte jetzt einen artigen, fast kindlichen Ton. Auf jeden Fall musste er durchsetzen, dass er zum Elternabend ging, nicht Anke. Er musste es natürlich nicht durchsetzen, sondern einfach nur anbieten, sonst würde sie auch wieder Verdacht schöpfen.

Im Bad wurde wieder das Wasser aufgedreht, was hieß: Ende der Diskussion.

Als Peer später auf dem Balkon stand und auf dem Herd das Nudelwasser brodelte, sah er zu, wie sich der Rauch seiner Zigarette in der Dämmerung auflöste, und dachte: Wann war er eigentlich mal richtig frei gewesen? Freie Zeit.

Zeit, wo es nur um ihn ging, Zeit für Peer. Hatte es das je gegeben? Vielleicht damals, auf der Kunsthochschule? Er fühlte sich immer unter Druck, war immer brav gewesen, schon als Kind. Er erinnerte sich, dass seine Mutter einmal zu ihm gesagt hatte: »Ich wünschte, es hätte dich nie gegeben, ganz ehrlich.« Dann strich sie ihm über den Kopf und fügte hinzu: »Aber jetzt, wo es dich nun einmal gibt, verhalte dich wenigstens so, als würde es dich nicht geben.«

Er hatte zwar genickt, aber verstanden hatte er gar nichts, nur die Kernaussage: brav sein, unauffällig, am besten unsichtbar.

Seine Erziehungsmethoden waren ganz anders. Pauline und Malte waren tolle Kinder, »wohlgeraten«, wie seine Schwiegermutter sagte, und Peer hatte dann immer das Gefühl, dass ein kleines bisschen von dem Lob, dem milden, wohlwollenden Licht, auch auf ihn fiel. Er jedenfalls liebte Pauline und Malte über alles. Er liebte Anke, und er liebte seine Arbeit, wenn man seine Malerei überhaupt als »Arbeit« bezeichnen durfte. Manchmal kam dabei etwas heraus, auf das er sogar stolz war.

Aber für sein eigenes Wohlbefinden war es gut, dass er noch seine eigene Welt hatte, in der die Kinder keine Rolle spielten, in der auch Anke keine Rolle spielte. In der der brave Familienvater und artige Hausmann Peer gar nicht existierte. In dieser anderen Welt war er nicht wiederzuerkennen, manche würden ihn vielleicht nicht mal mehr als Menschen bezeichnen. Vielleicht war es sogar genau das, was ihn erfüllte: die Freiheit, etwas zu tun, was andere niemals nachvollziehen könnten. Etwas, das ihn sogar in den Augen seiner Familie verachtenswert machen würde.

Peer sog an seiner Zigarette, drehte sich um und erschrak.

Anke stand in der Balkontür, er hatte keine Ahnung, wie lange, und sah ihn durchdringend an.

»Alles in Ordnung?«, fragte sie.

»Alles bestens.« Er drückte hastig seine Zigarette aus. »Ich dachte nur gerade …«

»Was?«

»Ich dachte gerade: Was bin ich doch für ein Glückspilz.« Er zog Anke an sich und ignorierte, dass sie ein wenig den Kopf abwandte. »Was habe ich doch für eine tolle Frau.«

Später, nachdem er Pauline noch die Fußnägel geschnitten und Malte wohl zum hundertsten Mal die Geschichte vom Maulwurf vorgelesen hatte, räumte er noch das Geschirr in die Maschine und bereitete die Kaffeemaschine vor, damit morgen früh alles ein bisschen schneller ging.

Anke lag schon im Bett, den Erziehungsratgeber auf dem Bauch, die Augen geschlossen.

Vorsichtig nahm er ihr das Buch aus der Hand und legte es auf den Nachttisch, neben die Schachtel mit den Ohropax, ohne die sie nicht schlafen konnte.

Er zog seine Jeans aus, legte sie über den Stuhl und schlüpfte unter die Decke. Vorsichtig rückte er näher an Anke heran, damit sie nicht aufwachte und von ihm abrückte, spürte ihre Wärme und roch ihren Duft, den Badezusatz, den sie sich zum letzten Geburtstag geschenkt hatte. Er schloss die Augen und verbot sich, an das zu denken, was er getan hatte. Das hier war Anke, seine Frau, sein Ein und Alles und viel mehr, als er sich in seinem Leben zu träumen gewagt hätte.

# 7

Jemand Milch?«, fragte Pia und schaute in die Runde.

Jens schob seine Tasse über den Tisch, ebenso die Kollegin Meyer. Ohne nach der gewünschten Menge zu fragen, gab Pia jeweils einen Schuss in jede Tasse hinein.

Bisher hatte Sebastian den Tag damit verbracht, die Ermittlungen zu organisieren und zu koordinieren, und inzwischen war es früher Nachmittag, und er hatte die Kollegen zusammengerufen, um die neuesten Ergebnisse im Fall Packer zusammenzutragen. Er saß am Kopfende des ovalen Tisches und eröffnete die Runde mit dem Bericht zu den Kugeln, die in der Dielenwand gesteckt hatten. Die Kollegen hatten sie als High-Velocity-Projektile identifiziert, die eigentlich für die Jagd auf kleines Wild gedacht waren. Sie waren schneller als normale Munition. Bei der Waffe handelte es sich um eine Mosquito Sport, eine Kleinkaliberpistole der Marke SIG Sauer, deutscher Hersteller. Sie konnte auch mit Schalldämpfer benutzt werden. Die Kollegen überprüften gerade, ob die Waffe gemeldet und ob sie schon einmal in Erscheinung getreten war.

Sebastian erteilte dem Kollegen Niemann das Wort, der sich bei den Nachbarn umgehört und mit dem Junkie und Dealer Jörn Steffensen gesprochen hatte, der die Wohnung über Dirk Packer bewohnte.

Wie sich herausstellte, war der Mann den Kollegen von der Streife und dem Rauschgiftdezernat bekannt, man hatte ihn schon mehrfach angezeigt. Niemann berichtete, wie er Steffensen aus dem Bett geklingelt hatte und dass die Nachricht vom Tod des Nachbarn und Kunden den Mann ehrlich erschüttert zu haben schien. Mit Waffen habe er nie zu tun gehabt, behauptete er, und die Akte bestätigte das. Vor allem aber hatte er ein Alibi, wenn auch ein weiches: Seine Mutter bestätigte, dass er am Tag der Tat bei ihr in Bremen gewesen sei.

»Wir behalten den Mann im Auge«, sagte Sebastian. Sein Gefühl sagte ihm, dass der Mann tatsächlich nichts mit der Sache zu tun hatte, aber was war in diesem frühen Stadium Gefühl wert? Die Erfahrung zeigte, dass selbst ein gestandener Kriminalkommissar mit seiner Intuition voll danebenliegen konnte, und Sebastian war noch lange kein gestandener Kommissar.

»Hat die Nachbarschaftsbefragung noch etwas ergeben?«, fragte Sebastian in die Runde.

Niemanns Kollege auf der anderen Seite des Tischs berichtete, von den Leuten im Haus habe niemand einen Schuss gehört, was für einen Schalldämpfer sprach. Zwei Parteien hätten allerdings noch nicht befragt werden können, das würde aber so bald wie möglich nachgeholt werden.

Als Nächstes war Karin Meyer dran, EDV-Expertin, mit ihren sechsundzwanzig Jahren der jüngste Neuzugang und das Küken des Teams. Sie hatte begonnen, den Computer von Dirk Packer zu untersuchen, und offensichtlich hatte er eine Unmenge weiblicher Nacktfotos auf allen möglichen Foren angeschaut.

»Alles harmlos«, kommentierte sie.

Pia fragte, was sie mit »harmlos« meinte.

Es handele sich um gewaltfreie Darstellungen, erklärte Kollegin Meyer, und die abgelichteten Frauen seien auch nicht minderjährig.

Sebastian dankte der Kollegin und fragte sich, ob sie es wirklich nur harmlos fand, wenn sich ein Mann eine Unmenge intime Bilder von jungen Frauen anschaute.

Karin Meyer fuhr fort, dass ihr etwas anderes aufgefallen sei. Dirk Packer habe sich zahlreiche Berichte zur Flüchtlingsthematik im Internet angeschaut, was aus der Chronik seines Browsers ersichtlich sei, und er habe sich einige heruntergeladen.

Sebastian dachte an die Worte von Monika Packer.

»Ansonsten«, schloss Kollegin Meyer ihren Vortrag, »gibt der Computer nicht viel her: Jobgesuche, Absagen, ein paar Spiele.«

Sebastian bat um einen Ausdruck sämtlicher Dokumente, bedankte sich und bemerkte, dass Pia der jungen Kollegin einen freundlichen Blick zuwarf.

Nun waren die Kollegen der Spurenermittlung dran. Sie berichteten, dass die DNA-Spuren, die sie in der Wohnung gefunden hatten, noch analysiert und mit der Datenbank abgeglichen werden mussten, das würde eine Weile in Anspruch nehmen. Leider gab es vor der Tür und speziell an der Türklinke überhaupt keine verwertbaren Spuren. Der Grund war, dass der Reinigungsdienst, der am Tag zuvor das Treppenhaus gesäubert hatte, gute Arbeit geleistet und mögliche Spuren des Täters beseitigt hatte.

Sebastian schaute in die Runde und fragte: »Sonst noch

was?« Als sich niemand meldete, erklärte er die Sitzung für beendet.

Während die Kollegen den Raum verließen, beugte sich Sebastian zu Pia und fragte: »Wie heißt die Werkstatt in Altona, wo Packer gearbeitet hat?«

»Die Werkstatt in Altona?«

»Ja, wie heißt die?«

»Werkstatt in Altona!«

# 8

Ein Auto schwebte in der Luft. Darunter stand ein Mechaniker im Blaumann und klopfte mit einem Werkzeug an der Unterseite des Fahrzeugs herum.

»Guten Tag«, sagte Sebastian und bekam ein schwaches »Hallo« zurück, ohne dass der Typ sich umdrehte.

»Ich möchte den Chef sprechen«, sagte Sebastian. »Herrn Nowak.«

»Kommt gleich«, murmelte der Mechaniker, der über seiner Oberlippe einen Bartflaum trug und wahrscheinlich Auszubildender war.

Sebastian schob die Hände in die Hosentaschen. Es war kühl hier drinnen, und es roch nach Öl. Aus einem unsichtbaren Radio dudelte Musik. Im Zentrum der Werkstatt stand ein kleiner Turm aus Reifen, vier Stück, die wahrscheinlich zu dem alten Ford Taunus gehörten, der auf der zweiten Hebebühne in der Luft schwebte, als sei er leicht wie Karton.

»Kann ich Ihnen helfen?«, fragte eine Stimme. Zwischen zwei Regalen mit Ölkanistern kam ein hagerer Mann hervor, der so etwas wie ein Kopftuch trug.

Sebastian stellte sich vor. Als er das Wort »Kriminalpolizei« aussprach, kniff der Mann die Augen zusammen. »Können wir irgendwo in Ruhe sprechen?«, fragte Sebastian.

Der Mann zeigte mit einem tätowierten Unterarm nach rechts und ging voran. Sebastian sah, dass er Dreadlocks hatte, die hinten mühsam durch das kleine Tuch zusammengehalten und gebändigt wurden.

»Setzen Sie sich.« Nowak zeigte auf einen Ledersessel und nahm hinter seinem Schreibtisch Platz, der mit Akten und Zetteln übersät war. An der Wand klebten Postkarten, eine vollgekritzelte Urlaubsübersicht, ein Plakat, eine Ankündigung für einen Marathon *links um die Alster gegen Rassismus*. An der anderen Wand hing ein weiteres Plakat mit dem Schriftzug: *Seid nett zueinander!*

Sebastian legte ein Foto von Dirk Packer auf den Tisch. »Kennen Sie diesen Mann?«

»O ja!« Nowak nickte. »Was ist mit ihm?«

»Er wurde umgebracht.«

»Autsch!« Nowak verschränkte die Arme vor der Brust, lehnte sich zurück und fragte: »Was ist denn passiert?«

»Er wurde erschossen.« Sebastian erklärte, dass die Ermittlungen gerade erst begonnen hätten.

Nowak schob mit Schwung seinen Stuhl nach hinten, so dass er mehrere Meter rückwärts durch den Raum rollte, trat an ein Regal und nahm einen Ordner heraus. Er blätterte, murmelte, holte seinen Stuhl wieder heran und nahm Platz. Dann setzte er sich eine Brille auf und sagte: »Vor ziemlich genau zwei Jahren hat er bei uns angefangen, und ein Jahr später hat er wieder aufgehört.«

»Was heißt: aufgehört?«, fragte Sebastian.

»Es ging nicht mehr. Ich musste ihn entlassen.«

»Warum?«

»Wollen Sie einen Kaffee?« Nowak stand wieder auf,

nahm die Thermoskanne, die auf dem Heizkörper stand, griff nach Bechern im Regal. »Es gab Differenzen«, sagte er, während er Kaffee einschenkte. »Ich weiß, das ist normalerweise kein Grund, jemanden vor die Tür zu setzen. Aber wir haben es einfach nicht mehr ausgehalten.«

»Und worin bestanden die Differenzen?«

»Packer war ein bisschen rechtslastig«, erklärte Nowak und sah Sebastian dabei aufmerksam an.

»Wie hat sich das geäußert?«

»Am Anfang hat er in der Hinsicht den Mund gehalten – wohlweislich. Wir sind hier ja eher links eingestellt, und wenn wir am Ersten Mai zur Demo gegangen sind oder ein paar von uns bei der Sitzblockade im Schanzenviertel dabei waren, ist Packer einfach nicht mit – was völlig okay war. Und wenn wir ein bisschen herumgemault haben, als es zum Beispiel um die Elbvertiefung ging oder darum, dass es in St. Pauli jetzt doch keine Fahrradspuren gibt, hat er immer hübsch geschwiegen. Wir haben trotzdem geahnt, dass er ein bisschen anders tickt, aber wie gesagt: Das war okay, und außerdem war er ein verdammt guter Mechaniker.« Nowak trank einen Schluck Kaffee, schaute kopfschüttelnd über die Papiere auf seinem Schreibtisch und sagte: »Er ist echt tot? Unglaublich.«

»Warum wollten Sie ihn loswerden?«, fragte Sebastian.

»Es ging damals um die ersten Flüchtlinge aus Lampedusa, die hier in der St.-Pauli-Kirche untergekommen sind. Die brauchten Unterstützung, Geld, Kleidung, Medizin und so. Jeder von uns hat mitgeholfen, nur Packer nicht, und auch das war natürlich sein gutes Recht. Aber dann fing er an, gegen die Afrikaner zu pöbeln, hier mitten in der

Werkstatt. Wir haben erst einmal geschluckt. Dirk, habe ich zu ihm gesagt, kein Mensch verlässt, seine Familie und seine Freunde, um weit weg in einem anderen Land bei fremden Menschen ein neues Leben anzufangen. Ich nicht, du nicht, niemand. Alle wollen zu Hause leben. Sie verlassen ihre Heimat nur in der höchsten Not. Genau wie wir es auch nur in der höchsten Not tun würden. Da guckt der Dirk mich an, und ich sehe deutlich: Er weiß gar nicht, was höchste Not ist. Wir wissen es doch alle nicht. Es wurde schnell klar, dass man da mit Diskutieren nicht weiterkommt und dass wir den nicht mehr um uns haben können.«

»Ist er im Streit gegangen?«

»Nein. Das ging ganz friedlich vonstatten. Ich glaube, er war auch ganz froh, dass er uns und unser Geschwätz nicht mehr ertragen musste.«

»Aber er wurde arbeitslos.«

»Ich weiß nicht, wie es mit ihm weiterging. Ich dachte, dass er mit seinen Fähigkeiten bestimmt schnell wieder irgendwo unterkommen würde.«

»Sie hatten also keinen Kontakt mehr?«

»Nein.«

»Einer Ihrer Mitarbeiter?«

»Nicht dass ich wüsste. Soll ich mal fragen?«

Sebastian folgte dem Mann in die Werkstatt. »Hört mal zu«, sagte Nowak zu seinen drei Angestellten. »Hat einer von euch Dirk Packer gesehen oder gesprochen, seit der hier weg ist?«

Es schien, als müssten sie alle kurz überlegen, wer Packer war, um dann abzuwinken.

»Gibt es noch andere Mitarbeiter?«, fragte Sebastian.

»Nur der Stefan.«

»Wo ist der?«

»Der ist heute zu Hause. Krankgeschrieben.«

Nowak zog sein Handy aus der Hosentasche und tippte eine Nummer. Nach einem kurzen Wortwechsel mit dem Mitarbeiter steckte er das Gerät wieder in die Tasche – auch Willy gab an, mit Dirk Packer keinen Kontakt mehr gehabt zu haben.

Sebastian ließ sich die vollständigen Namen und Adressen der Angestellten geben und verabschiedete sich.

Es ging auf den Abend zu. Sebastian erwog, nochmal zurück ins Präsidium zu fahren. Andererseits hatte sich von den Kollegen niemand gemeldet. Er entschied, dass es besser war, wenn alle am morgigen Tag ausgeruht zur Arbeit erschienen. Er ließ den Wagen an und machte sich auf den Weg zu Marissa.

## 9

Total still, da oben. Jan-Ole horchte noch mal, aber da war echt nichts. So früh am Morgen waren seine Eltern noch im Tiefschlaf, und das war gut so.

Er legte sein Smartphone und das Portemonnaie auf den Küchentisch, nahm das Tuch, das er in der Haushaltskammer gefunden hatte, und drehte den Wasserhahn auf. Er hielt es unter den dünnen Strahl, bis das Ding komplett nass war, wrang es aus und stopfte es in die Plastiktüte. Seine Tasche hatte er schon gestern neben das Rad gelegt, damit er schnell abhauen konnte.

Gerade hatte er die Hand auf die Klinke gelegt, als er oben die Schritte seines Pas hörte. Die Tür zum Badezimmer ging, dann der Klodeckel. Wie ätzend, warum gerade jetzt? Jan-Ole überlegte. Wenn er sich beeilte, konnte er das Garagentor genau dann hochfahren, wenn die Klospülung ging. Das Adrenalin jagte durch seinen Körper, und es fühlte sich an wie der geile Moment, wenn der Typ auf der anderen Seite der Tischtennisplatte Ball und Schläger hebt, die Zuschauer auf den Rängen ganz still sind, und dann geht's los.

Er zog die Tür, die von der Diele zur Garage führte, schnell, aber leise hinter sich zu. Er schlich an Pas Mercedes vorbei und blieb gleich wieder stehen. Wo war jetzt die verdammte Schere?

Mit dem Blick suchte er hastig die Regale ab. Hinten, am Ende, lag sie, bei den Einmachgläsern. Wer war jetzt auf die Idee gekommen? Er nahm das Ding, es lag gut in der Hand. Beste Qualität, wie alles, was seine Eltern anschafften.

Er öffnete den Verschluss, verstaute die Gartenschere im Rucksack, stopfte dann die Tüte mit dem nassen Tuch dazu und legte das Gummiseil obenauf. Schnallte den Rucksack um und rollte das Rad zum Garagentor. Jetzt konnte der Alte von ihm aus oben Schluss machen mit der Morgentoilette. Das Warten machte Jan-Ole nervös – es fühlte sich genau so an, wie wenn sein Gegner mit dem Ball rumspielte, anstatt den Aufschlag zu machen. War natürlich ein mieser Trick, den auch er gern anwandte. Da – es rauschte! Jan-Ole drückte den Knopf. Das Garagentor öffnete sich.

Er radelte die Eichenallee entlang, links und rechts grün, grün, grün, ein fettes Grundstück nach dem anderen, Othmarschen eben. Kein Mensch zu sehen, nur der dicke Porsche vom Nachbarn, der gerade aus der Einfahrt setzte. Der Typ war okay, Jan-Ole winkte.

Leila hatte ihm neulich wieder vor den Latz geknallt, wie supermäßig privilegiert er sei. Da hatte sie zwar recht, aber sollte er sich dafür schämen, oder was? Leilas Familie war vor langer Zeit aus dem Iran nach Deutschland gekommen. Geflohen, genau genommen wegen politischer Probleme. Die ganze Familie musste sich komplett neu erfinden. Haben sie gut gepackt. Leila nervte es daher umso mehr, dass manche Leute sie wegen ihres dunklen Teints schief ansahen. Das fand Jan-Ole auch zum Kotzen, er bekam das oft mit, wenn er mit Leila unterwegs war. Glotz, was ist denn das für eine? Flüchtlingsfrau, oder was? Das stand den Wichsern in die Fresse geschrieben. War allerdings auch nicht ganz falsch, Leila war ja quasi als Baby rübergekommen, aber heute sprach sie besser Deutsch als viele Deutsche, wurde aber schon für ihre Deutschkenntnisse gelobt, wenn sie »Hallo« sagte.

Aber privilegiert aufzuwachsen nutzte auch nichts, wenn man im Sport Deutscher Meister werden wollte. Seit seinem neunten Lebensjahr ging er jeden Tag zum Training. Jeden Tag! »Du bist ja krank« – wie oft hat er sich das von seinen Freunden anhören müssen. Aber so hatte er es zum Tischtennis-Jugendmeister geschafft, und darauf war er stolz.

Jan-Ole ließ sein Rad rollen, am liebsten hätte er die Augen geschlossen, sich ein bisschen zurückgelehnt, den Wind im Gesicht genossen, aber Fahrradfahren war nichts für Blinde. Und es lohnte sich, die Augen offen zu halten, denn ganz unerwartet kam doch tatsächlich eine Gruppe Mädchen um die Ecke gejoggt. Enge Sporthosen, pralle Ärsche, knappe Oberteile, lange Haare, *very, very sexy.* Eine Gruppe aus dem Gymnasium, wahrscheinlich. Er drosselte unauffällig das Tempo und fuhr schön langsam hinter der Gruppe her.

Dann schaute eines der Mädchen plötzlich über die Schulter und ihm in die Augen. Dieser Blick! Für einen Moment begann sich alles um ihn herum zu drehen. Es erregte ihn. Dann kam die Kurve, leider, leider, und er musste rechts abbiegen.

Die Mädchen verschwanden aus seinem Blickfeld, und er radelte benommen weiter. Hinter der nächsten Kurve tauchte der Park auf.

Er schob sein Rad über die Wiese. Gestern hatte er hier

mit Freunden Frisbee gespielt, bis sie die Scheibe in der Dunkelheit nicht mehr erkennen konnten, und hier hatte er Helen aus der Parallelklasse geküsst. Drüben bei den Rosenstöcken standen die Tischtennisplatten, drei Stück, die mittlere davon mit einem Sprung. Nichts für Profis, aber gut genug und vor allem: Unter den hohen Bäumen und mit einem Blick auf die glitzernde Elbe war es der geilste Trainingsplatz der Welt.

Seit den ersten Ballwechseln – Pingpong mit seinem Pa im Garten hinter der Garage – war er süchtig. Die Konzentration auf den kleinen weißen Ball, der über das Netz geschossen kam, der helle, klickende Klang, wenn das Bällchen die harte Platte berührte, von ihr abprallte, um zurückgeschmettert zu werden. Manche Leute können dann nicht mehr aufhören. Und er gehörte dazu. Er legte den Kopf in den Nacken und schaute in den Himmel.

Über dem Park kreiste ein Bussard, suchte jeden Quadratzentimeter nach Mäusen ab. Jan-Ole lächelte, er gehörte nicht zum Beuteschema, war nicht in Gefahr, gefressen zu werden. Er hatte noch einiges vor in seinem Leben. Neben viel Sport vor allem eins: mit Leila zusammen sein. Ja, das wollte er unbedingt.

Er schob sein Rad über den Sandweg. Auf der Wiese ging eine Frau, die er vom Sehen kannte. Sie grüßte, und er grüßte zurück. Die meisten Leute hier kannte er. Es waren immer dieselben, die früh am Morgen im Jenischpark spazieren gingen. An der Wegkreuzung, wo es auf der einen Seite hinunter zur Elbchaussee ging, auf der anderen Seite ins Wohngebiet und Richtung Klein Flottbek, standen ein Typ und eine Frau. Die kannte er nicht. Sie wirkten ratlos, wahrscheinlich Touristen. Sollte er sie ansprechen, ihnen helfen? Quatsch, die kamen schon zurecht, und er wollte jetzt auch keine Zeit mehr verlieren. Er musste weiter.

Der Garten der Villa reichte bis an den Park heran. Herrliche Hortensien und Rosen wuchsen feist über den Zaun. Hier hatte jemand offensichtlich nichts anderes zu tun, als seinen Garten zu hegen und zu pflegen. Da machte es auch keinen Unterschied, wenn ein paar Blumen fehlten. Jan-Ole spähte durch das Gestrüpp hinüber zur Veranda und zu den Fenstern. Die Terrassentür war geschlossen, alles still. Haus und Garten lagen verlassen in der Morgensonne da.

Er zog die Schere aus der Tasche, begutachtete jede einzelne Rose, entschied sich für die schönsten, die noch nicht zu weit aufgeblüht waren, und knipste dann eine nach der anderen ab, insgesamt fünf. Das reichte. Ein schönes Sträußchen für Leila. Schnell knipste er noch etwas Grünzeug ab, das er zwischen die Rosen steckte, legte die Blumen in das feuchte Tuch, ließ das Arrangement in der Plastiktüte verschwinden und die Plastiktüte im Rucksack.

Oben im Haus wurde eine Tür zugeschlagen. Erschrocken horchte er auf. Da kam doch jemand durch das Gestrüpp? Jan-Ole hängte sich rasch den Rucksack über die Schulter, schnappte sich sein Rad, nahm Schwung und raste den Weg hinunter.

## 10

Noch leuchteten die orangenen Lichter des Hafens tausendfach, matte Punkte im Morgengrauen, aber die aufgehende Sonne begann bereits, das Glitzern zu schlucken.

Seine innere Unruhe hatte Sebastian geweckt, noch bevor der Wecker klingelte. Nun stand er vor Marissas Geschirrschrank, während sie drüben im Schlafzimmer leise schnarchte. Wo war noch mal das weiße Geschirr?

Er tippte auf rechts und öffnete die Tür: Gläser. Die Tassen standen natürlich links. Und die Kaffeedose? Er schaute sich um. Direkt vor seinen Augen. Er schüttete das Pulver in den Behälter, prüfte, ob genug Wasser in der Maschine war, drückte den Knopf. Es röchelte, und der Duft von Kaffee breitete sich aus.

Seine derzeitige Lebenssituation war eigentlich nahezu perfekt. Das Einzige, was ihm fehlte, war eine Art Urvertrauen, der Glaube, dass im nächsten Moment nicht alles schon wieder vorbei war. Insofern, dachte Sebastian, war »nahezu perfekt« schon das Maximum. Besser ging es vielleicht nicht.

Er ging zurück ins Schlafzimmer, stellte leise eine Tasse auf den Nachttisch, setzte sich vorsichtig aufs Bett, lehnte sich im Zeitlupentempo an die Wand und beobachtete, wie sich der Dampf über der Tasse ausbreitete und in die Richtung von Marissas Nase zog. Marissa schlief, und auch der Kaffeeduft konnte sie nicht wecken.

Er strich ihr eine Strähne aus dem schlafenden Gesicht und gab ihr einen Kuss.

Sebastian stand mit dem Auto an der Ampel, als sein Telefon klingelte. Er starrte auf das rote Licht und wusste schon, dass es Pia war.

»Wo bist du?«, fragte sie ohne Begrüßung.

»Auf dem Weg zum Präsidium.« Er nestelte nervös am Kabel der Freisprechanlage.

»Es gibt eine zweite Leiche.«

Hinter ihm hupte es – lang und ausdauernd.

»Jenischpark. Ein Jugendlicher. Männlich. Der zuständige Kollege ist krank, die Chefin möchte, dass wir das übernehmen.« Pia machte eine kurze Pause. »Der Junge wurde erschossen. Bist du noch dran?«

»Wir treffen uns am Tatort.« Sebastian beendete das Gespräch, griff hinter sich auf den Rücksitz, drückte gleichzeitig schon den Knopf für den Fensterheber und stellte mit einer Hand das Blaulicht aufs Dach.

Die Autos vor ihm spritzten zur Seite und ließen ihn vorbei. Links, zwischen den Häusern, glitzerte immer wieder die Elbe, dann tauchte rechts endlich der Park auf. Schöne Farben im Morgenlicht, dachte Sebastian und wusste nicht, wie er auf die Idee kam. Aber zu diesem Zeitpunkt eine mögliche Verbindung zwischen dem Toten im Jenischpark und dem Toten in Billstedt, Dirk Packer, zu ziehen, war eigentlich absurd.

Pia parkte neben ihm. Wortlos gingen sie über die Wiese, nahmen den kürzesten Weg zum Wäldchen auf der anderen Seite. Es roch nach Erde und frischgeschnittenem Gras. Über ihnen, in den Baumwipfeln, zwitscherten Vögel, und zwischen den Büschen schlich eine Katze.

Der Bereich vor den Bäumen war abgesperrt. Hinter dem straffgespannten rotweißen Band waren die Kollegen emsig bei der Arbeit. Zwischen Hosenbeinen und Schuhen sah Sebastian zwei nackte Waden im Gras, blaue Turnschuhe, die mit der Spitze aufragten. Sebastian trat näher.

Ein Jugendlicher, blonde Locken, starkes Kinn. Der Mund halb geöffnet, die Augen geschlossen. Er war mit einer Sporthose und einem ärmellosen Sporthemd bekleidet. Der große dunkelrote Fleck auf dem Stoff über der Brust ähnelte auf verblüffende Weise dem Blutfleck, den Sebastian bei Dirk Packer gesehen hatte. Ähnlich wie der lag auch diese Leiche mit gespreizten Armen und Beinen auf dem Rücken. In der linken Hand hielt der junge Mann einen Tischtennisschläger.

Kollege Niemann berichtete, dass der Tote keine Papiere bei sich habe. Portemonnaie und Handy seien auch nicht gefunden worden. Etwa fünf Meter vom Tatort entfernt, an einem Baum, lehnte ein Rucksack, der vermutlich dem Toten gehörte.

Sebastian folgte Niemanns Finger und erkannte in dem Rucksack dasselbe Modell, das auch bei Marissa unter dem Schreibtisch stand.

»Inhalt?«, fragte er.

»Schnittblumen. Ein feuchtes Tuch, eine Gartenschere. Das war's.«

Sebastian und Pia schauten in den Rucksack. Rosen, blassrosa, wunderschön.

»Haben Sie hier irgendwo ein Rosenbeet gesehen?«, fragte Pia.

Niemann und sein Kollege schauten sich verwundert an und schüttelten synchron die Köpfe.

Neben der Leiche hockte jemand im weißen Overall, den Sebastian noch nie gesehen hatte. Er war jung, kaum älter als der Tote, und sehr blass, vermutlich ein neuer Assistent von Professor Szepeck.

»Ihr erster Einsatz?«, erkundigte sich Sebastian.

Der Mann nickte stumm und stellte sich vor: Oliver Kneip, gerichtsmedizinische Abteilung. In seinem Blick war etwas Erschrockenes. Er betrachtete den Tischtennisschläger, als müsse er sich an etwas festhalten.

»Was, glauben Sie, ist passiert?«, fragte Sebastian.

Der Mann richtete sich auf. »Er wurde von vorne erschossen, aus etwa zwei Metern Entfernung – das ist aber nur eine erste Einschätzung. Die Kugel steckt noch im Körper.«

»Uhrzeit?«

»Vor anderthalb Stunden, schätze ich.«

Sebastian bat Niemann, im Präsidium nachzufragen, ob schon eine Vermisstenanzeige vorlag.

Er schaute sich um. Ein grünes Seil war zwischen zwei Bäume gespannt.

»Sieht aus, als hätte er hier geslackt«, sagte Pia.

»Aber warum hat er dann einen Tischtennisschläger in der Hand?«, fragte Sebastian.

»Dort drüben stehen auch drei Tischtennisplatten«, erklärte Niemann. Er zeigte nach rechts, wo ziemlich weit weg, zwischen zwei Bäumen, mehrere Platten zu erkennen waren.

Auf einer Bank, etwa fünfzig Meter vom Tatort entfernt, saß ein alter Mann. Niemann erklärte, das sei der Mann, der den Toten entdeckt und die Polizei informiert hatte.

Sebastian ging hin und setzte sich neben den alten Herrn, den der Duft von Rasierwasser umgab.

Der Mann drehte den Kopf und schaute Sebastian mit müden, traurigen Augen an. »Am helllichten Tag. Mitten in unserem Park«, sagte er leise. Dann wandte er sich nach links, hob langsam den Arm und zeigte auf die andere Seite des Parks. »Dort stand ich.« Der alte Mann nahm das Fernglas, das um seinen Hals hing, präsentierte es und sagte: »Ich hab nach den Schiffen geschaut. Das mache ich oft. Von dort drüben hat man einen guten Blick auf die Elbe.«

»Und dann?«, fragte Sebastian.

»Habe ich hier etwas liegen sehen. Habe mit dem Glas geschaut und habe den Notarzt gerufen. Ich dachte, da wäre einer umgekippt.«

»Haben Sie irgendjemanden beobachtet?«

Der Mann schüttelte den Kopf.

»Wann kamen Sie in den Park?«

»Ungefähr um acht.«

»Von welcher Seite?«

»Da unten, von der Elbchaussee.«

»Auch dort haben Sie niemanden gesehen?«

Wieder schüttelte der Mann den Kopf.

»Wann genau haben Sie die Leiche entdeckt?«

»Ich wusste ja nicht, dass er tot ist.«

»Erinnern Sie sich an die Uhrzeit?«

»Vielleicht zwanzig Minuten, nachdem ich hergekommen war?«

Sebastian überlegte. Der Park hatte mehrere Ein- und Ausgänge. Wie viele Kollegen bräuchte er, um in der Nachbarschaft eine Befragung durchzuführen? Er holte sein Telefon hervor, rief im Präsidium an und veranlasste, dass man ihm zehn Kollegen zum Jenischpark schickte.

Sebastian bedankte sich bei dem Mann auf der Bank, bat ihn, für mögliche Nachfragen seine Daten beim Kollegen zu hinterlassen, und entfernte sich einige Schritte. Die Elbe war von hier gut zu sehen. Gerade war eine Wolke vor die Sonne gezogen, und das Wasser verfärbte sich von Blau zu Grau.

Sebastian musste sich eingestehen, dass die beiden Morde einige erhebliche Ähnlichkeiten aufwiesen, jetzt war es nicht mehr nur Intuition, die dies bekräftigte. Als die kleine Wolke die Sonne wieder freigab, kehrte das Glitzern auf die Elbe zurück, so stark, dass es blendete. Sebastian wandte seinen Blick ab und sah plötzlich eine junge Frau über die Wiese rennen – direkt auf den Tatort zu. Ihre langen dunklen Haare flatterten. Sebastian sprang auf, um die Frau abzufangen.

Kurz vor der Absperrung stellte er sich ihr in den Weg. »Sie können nicht durch«, sagte er.

»Was ist hier los?«, fragte die Frau atemlos. Sie war noch sehr jung, vielleicht siebzehn.

»Wer sind Sie?«, fragte Sebastian.

Sie schaute zum Tatort, starr, als käme von dort gleich etwas auf sie zugeschossen, als wäre sie in großer Gefahr und müsste aufpassen. »Was ist hier los?«, schrie sie noch einmal. Sie versuchte, an Sebastian vorbeizukommen.

Die Leiche war inzwischen abgedeckt, nur die blauen Turnschuhe schauten unter dem Tuch heraus.

»Janiii!«, schrie die Frau. Sie stürzte an Sebastian vorbei, aber zwei Kollegen in Uniform bekamen sie zu fassen und hielten sie fest. Die Frau schlug um sich, versuchte sich loszureißen. »Janiii!« Ihre Stimme gellte durch den Park. Dann sackte sie nach vorne auf die Knie.

Sebastian gab dem Notarzt ein Zeichen.

Die Frau leistete keinen Widerstand, wirkte nun fast apathisch und ließ sich eine Spritze geben. Es war schon das zweite Mal innerhalb kurzer Zeit, dass Sebastian dieser Prozedur zusah. »Wie heißen Sie?«, fragte er noch mal.

Die Frau antwortete leise. Ihr Name war Leila.

»Und weiter?«, fragte Sebastian behutsam.

Sie schaute über ihre Schulter ins Nichts und bewegte lautlos die Lippen. Sebastian würde es später noch mal versuchen. »Sie kennen den jungen Mann?«, fragte er. »Wie heißt er?«

»Jan-Ole«, stieß sie hervor und dann beherrschter: »Sievers.«

»Woher kennen Sie ihn?«

Die Frau blieb stumm.

Die Leiche wurde in einen Sarg gelegt, und Leila schloss die Augen, ihr Kopf fiel auf Sebastians Brust, der sich neben sie gekniet hatte.

Wenige Minuten später steckte Kollege Niemann sein Telefon weg und rieb sich das Kinn. »Jan-Ole Sievers. Achtzehn Jahre alt. Geboren in Hamburg. Hamburger Jugendmeister im Tischtennis. Wohnt hier gleich um die Ecke.«

Sebastian nickte Pia zu. Sie hatten jetzt eine furchtbare Aufgabe vor sich.

## II

Peer Wolfsohn stieg ab und schob sein Fahrrad die letzten Meter bis zum Pfeiler. Während er es anschloss, schaute er sich unauffällig um. Er wollte jetzt niemanden treffen. Aber das war schwierig. Auf den Markt kamen früher oder später all seine Nachbarn und Bekannten aus St. Pauli mit ihren geflochtenen Einkaufskörben, Baumwoll- und Jutetaschen. Den Einkauf an anderer Stelle erledigen war aber auch keine Lösung. Anke würde es womöglich bemerken und Fragen stellen, oder – was noch wahrscheinlicher war – die Kinder würden sich beschweren und behaupten, die Karotten oder die Äpfel wären ganz anders als sonst. Peer nahm die Einkaufstasche aus dem Fahrradkorb.

Am Gemüsestand war noch nicht viel los. Peer nahm zwei Bund Karotten, junge Kartoffeln und eine große Tüte Spinat, ein paar Äpfel aus dem Alten Land, obwohl sie etwas wurmstichig aussahen, und eine Schachtel Erdbeeren. Während die dicke Verkäuferin wog und einpackte, trat Peer von einem Fuß auf den anderen. Es war nicht so, dass er nicht gesehen werden wollte. Genau genommen wäre es sogar gut, wenn man wüsste, dass er hier war. Er hatte nur absolut keine Lust, in ein Gespräch verwickelt zu werden. Man wusste nie, wie lange sich ein solcher Plausch hinzog und welche Konsequenzen sich daraus möglicherweise noch ergaben. Zudem blieben ihm zwischen Einkauf, Kochen und dem Schulschluss der Kinder kaum drei Stunden Zeit. Da durfte ihm jetzt nichts dazwischenkommen.

Peer dankte, packte die Tüten in den Beutel und ging zielstrebig zum Bäckerstand, wo er, wie immer, ein Vollkornbrot kaufte.

»Könnten Sie es bitte schneiden?«, bat Peer.

»Tut mir leid, Herr Wolfsohn«, antwortete der Verkäufer. »Die Maschine ist leider kaputt.«

»Ist in Ordnung«, sagte Peer und lächelte. Natürlich war es nicht in Ordnung, und Anke würde sich beschweren. Also würde er zu Hause gleich auch noch das Brot aufschneiden müssen und einige Minuten verlieren, bevor er wieder losging.

»Die Maschine ist doch schon seit Tagen kaputt«, sagte eine Stimme hinter ihm.

Peer fuhr herum.

Thomas, der zweite Hausmann, stand hinter ihm und hielt an der Hand die kleine Lisa, die misstrauisch zu ihm aufschaute.

»Hallo, ihr zwei!«, rief Peer.

Thomas grinste breit und offen, wie es seine Art war.

»Wo ist Pauline?«, fragte das Mädchen.

Genau das war es, was Peer vermeiden wollte. Solche Fragen, diese Themen. Peer zwang sich, sein Lächeln zu bewahren, und antwortete mit einer möglichst neutralen Stimme: »In der Schule.«

Das Mädchen schaute ihn weiterhin misstrauisch an und beobachtete, wie er das Brot in die Tasche stopfte. »Und du?«, fragte er und bemühte sich noch mal um ein Lächeln. »Warum bist du nicht in der Schule?«

Lisa antwortete nicht, und Thomas erzählte seufzend etwas von Schluckimpfung und Kinderarzt. Und dann schlug er vor, noch einen Kaffee trinken zu gehen. Peer hatte es geahnt.

»Ich hab leider zu tun«, antwortete Peer zerstreut.

»Jetzt sei nicht so«, sagte Thomas. »Ein kurzer Kaffee, das merkt doch keiner, und dann geht's weiter.«

»Bitte, Peer«, sagte Lisa. Jetzt lächelte auch sie zum ersten Mal.

»Siehste?«, sagte Thomas und grinste vielsagend. »Sie ist ganz auf meiner Seite.«

»Es geht wirklich nicht«, sagte Peer, eine Spur zu heftig, und fügte entschuldigend hinzu: »Aber nächstes Mal gern.«

»Was musst du denn machen?«, fragte die kleine Lisa, dieses nervige Ding, und Peer hasste diese Kinderstimme, die ihn in Bedrängnis brachte, und er hasste Thomas, der seiner Tochter anerkennend zunickte, dumm grinsend, und er hasste sich selbst, dass er nicht einfach die Wahrheit sagte, aber das war natürlich unmöglich.

»Ich muss noch ganz viel zu Hause erledigen«, antwortete Peer, schaute hinunter auf das Mädchen und versuchte dabei nachsichtig und kindgerecht zu klingen.

Das Mädchen sah ihn nur stumm an.

Wie ertappt wandte Peer den Blick ab.

»Kein Problem«, meinte Thomas. »Wirklich.« Und als er bemerkte, dass Peer die Röte ins Gesicht stieg, wiederholte er: »Ist echt völlig okay. Du hast sicher viel zu tun.«

Als Peer sich zwischen den Hausfrauen hindurch zurück zu seinem Rad drängelte, bemühte er sich, geradeaus zu schauen, durch alle Gesichter hindurch, die in sein Blickfeld kamen.

Zu Hause stellte er fest, dass er trotz allem spät dran war. Fluchend stopfte er die Sachen in den Kühlschrank, knallte die Tür zu, schnitt mit dem Brotmesser wütend den Laib in viel zu dicke Scheiben. Das verdammte Brot war zu frisch, zu weich, es bröckelte und zerfiel. Am liebsten hätte Peer den ganzen Mist genommen und einfach weggeworfen.

Er atmete tief durch, ging in Gedanken noch einmal die Dinge durch, die er auf jeden Fall erledigt haben musste, überlegte, ob er alles eingepackt hatte, und stellte sich an die Wohnungstür. Mit angehaltenem Atem horchte er. Im Treppenhaus war es still. Leise schlüpfte er aus der Wohnung, schloss ab und verließ das Haus.

## 12

Sebastian hasste diese Situation mehr als alles andere. Natürlich hatten Pia und er in der Polizeiausbildung gelernt, was in Eltern vorgeht, wenn sie erfahren, dass ihr Kind Opfer eines Gewaltverbrechens geworden ist. Auch was im Überbringer der Nachricht vorgeht und wie man als Polizist eine solche Situation meistert. Aber das war eben alles nur Theorie.

In der Praxis gab es keine Anleitung, die einem über die Klippe half, wenn man Eltern das Unerklärliche beizubringen versuchte: Ihr Kind ist tot. Niemand konnte vorhersagen, wie ein Mensch in einer solchen Extremsituation reagierte.

Sebastian hatte von erfahrenen Kommissaren gehört, dass es zunächst nur eine geringe Rolle spielte, auf welche Weise das Kind zu Tode gekommen war. Ob durch Unfall, Suizid oder Mord. Erst in einer zweiten Phase wurde das relevant. Und die grauenhafteste Variante von allen war der Mord mit Vorsatz.

Das Haus war ein zweistöckiges Einfamilienhaus, mattgelb gestrichen, umgeben von Büschen und Blumenrabatten in einer ruhigen Straße. In der Nähe fuhr eine S-Bahn vorbei, wahrscheinlich die Nummer 11, die von Blankenese über Othmarschen in die Innenstadt fuhr. Ein Specht hämmerte unablässig in einen morschen Baumstamm.

Sebastian drückte den Klingelknopf. Die letzten Sekunden, bevor das Leben dieser Menschen nie wieder so sein würde, wie es gewesen war.

Drinnen, hinter der Tür, waren Schritte zu hören, das Klacken von hochhackigen Schuhen. Schnell und entschieden kamen sie auf den Eingang zu. Die Tür wurde mit Schwung geöffnet. Eine Frau, Mitte vierzig, schaute sie überrascht an, und bevor Sebastian ein Wort sagen konnte, verengten sich ihre Augen zu zwei Schlitzen.

»Frau Sievers?«, fragte Sebastian.

»Ja?« Ihre Stimme klang verunsichert.

»Fink ist mein Name, Kriminalpolizei. Dürfen wir reinkommen?«

Die Frau trat verwirrt einen Schritt zurück. Der Mund, die Lippen und die Augenpartie – der Tote im Park war seiner Mutter wie aus dem Gesicht geschnitten.

»Meine Kollegin, Pia Schell.« Sebastian steckte seinen Ausweis ein und bemerkte, dass aus dem Gesicht der Frau bereits alle Farbe gewichen war. Er spürte die Abwehr, die von ihr ausging und sich wie ein Panzer gegen ihn richtete – den Überbringer einer Nachricht, die nur schlecht sein konnte.

Als sie ins Wohnzimmer traten, blickte ihnen das Gesicht des Sohnes von den gerahmten Fotos entgegen. Die Frau war Sebastians Blick gefolgt, und als Sebastian wie ertappt zu ihr schaute, sagte sie nur: »Was ist mit meinem Sohn?«, und bevor Sebastian ein Wort sagen konnte, öffnete sie den Mund und begann zu schreien. Es war ein lauter Schrei, der nicht aufhörte – als könnte sich die Frau damit vor dem Schmerz schützen, der über sie hereinbrechen würde.

Sebastian machte einen Schritt auf Frau Sievers zu. Sie verstummte, holte mit einem tiefen kehligen Ton Luft.

»Was ist denn hier los?«, brüllte plötzlich ein Mann, der sich hinter Pia in der Wohnzimmertür aufgebaut hatte.

»Kriminalpolizei«, sagte Sebastian ruhig, »wir haben Ihnen leider eine sehr traurige Mitteilung zu machen.«

Der Mann schaute Sebastian böse und ratlos an.

»Sind Sie Herr Sievers?«, fragte Pia.

»Allerdings. Der bin ich«, antwortete er im schneidigen Ton eines Militärs.

»Ihr Sohn – er ist tot.«

Der Mann bewegte wortlos seine Lippen, schaute seine Frau an, trat zu ihr und fragte Sebastian mechanisch: »Was ist passiert?«

»Aller Wahrscheinlichkeit nach ist Ihr Sohn Opfer eines Verbrechens geworden«, sagte Sebastian, und Pia fügte hinzu, dass es im Jenischpark passiert sei.

Sebastian kam die Situation plötzlich total absurd vor, wie ein Theaterstück, wo man sich darauf konzentriert, seine Sätze aufzusagen. Aber er und Pia mussten ihre Partien nur spielen, während die anderen, die Eltern, mit den Folgen leben mussten. Sie waren in Wahrheit in parallelen Welten und unterhielten sich durch eine unsichtbare Wand.

Herr Sievers starrte von Sebastian zu Pia und wieder zurück und zog seine Frau beschützend an sich. Während Frau Sievers leise wimmerte, zuckte es im Gesicht ihres Mannes, und er begann zu schwanken.

Sebastian sprang vor und fing ihn auf, bevor er ohnmächtig zu Boden sackte. Während Pia den Notarzt alarmierte, schüttelte Sebastian den Vater, um ihn wieder zu Bewusstsein zu bringen – und tatsächlich öffnete der Mann die Augen, während seine Frau sich weinend an ihn klammerte.

»Es tut mir leid«, sagte Sebastian leise. »Es tut mir so unendlich leid.«

Während sie auf den Notarzt warteten, dachte Sebastian, dass auf die Eltern nach dem ersten schlimmen Schock gleich der zweite wartete: Wenn ihnen klarwurde, dass irgendwo auf der Welt ein Mensch lebte, der ihren Sohn getötet hatte. Irgendwo in der Ferne oder in der Nähe existierte dieser Mensch, er atmete, schlief, aß, trank, er lachte, er dachte, er ging oder lief. Er lebte.

# 13

Warum hatte die Bahn ausgerechnet heute Verspätung? Peer Wolfsohn schaute auf die Uhr und noch mal in den Tunnel, in dem die Schienen in der Dunkelheit verschwanden. Er fluchte leise.

Offiziell und für die Familie stand er um diese Zeit in seinem Atelierzimmer. Die Kinder waren in der Schule, und Anke hatte in der Bank Besseres zu tun, als ihn anzurufen und zu fragen, wie er mit seiner Arbeit vorankam. Trotzdem zog Peer sein Handy aus der Tasche, stellte es aus und ließ es wieder verschwinden.

Aus dem Tunnel drang warme Luft, die Eisenräder quietschten auf ihren Schienen. Endlich.

Peer stieg in den letzten Waggon, ging bis ganz nach hinten und setzte sich mit dem Gesicht zur Rückwand.

Der Platz ihm gegenüber blieb tatsächlich leer, und die Bahn fuhr los. Peer legte den Kopf in den Nacken, schloss die Augen und öffnete sie erst wieder, als die Bahn ins Tageslicht hinausfuhr. Es war seine Lieblingsstrecke. An den Landungsbrücken machte gerade ein Schiff fest, Touristen sammelten sich am Kai zur Hafenrundfahrt. Auf der linken Seite kam die Michaeliskirche ins Bild, der Turm, eine schimmernde Spitze, rechts die alten Häuser der Speicherstadt, rote Ziegel- und Backsteine, spitze Dächer, schmale Grachten.

Wenn man bedachte, wie alt diese Gebäude doch im Vergleich zu einem Menschenleben waren. Bald würden Malte und Pauline erwachsen sein, von zu Hause ausziehen, ein eigenes Leben führen, und irgendwann würden auch sie sterben. Peer zog sich der Magen zusammen. Es war das erste Mal, dass er sich der Endlichkeit des Lebens seiner Kinder bewusst wurde.

Klar, als Eltern fürchtete man sich ständig davor, dass den Kindern etwas zustoßen könnte, und passte höllisch auf, dass ihnen nichts geschah. Und trotzdem war es eine Tatsache, dass die eigenen Kinder, auch wenn ihr Leben rund und glatt und ohne böse Überraschungen verlaufen sollte, irgendwann sterben würden. Eine verrückte und grauenvolle Vorstellung. Die Häuser der Speicherstadt würden dann noch genau so hier stehen, und die Bahn würde alle paar Minuten daran vorbeirattern.

Hauptbahnhof. Peer wurde von einer unbestimmten Nervosität gepackt. Am Hauptbahnhof könnte es noch am ehesten passieren, dass jemand einstieg, den er kannte. Als hinter ihm Leute in den Wagen kamen, Stimmen und Gelächter zu hören waren, atmete er vorsichtig und flach.

Er stellte sich vor, dass ein Bekannter sich plötzlich auf den Platz gegenüber setzte: »Ach, sieh an, der Peer! Was verschlägt dich denn nach Eilbek?« Er würde antworten, er wäre unterwegs, um für seine Tochter ein Geschenk zu kaufen, ein ganz bestimmtes. Er wäre der liebende Vater, dem kein Weg zu weit war. Dass Pauline erst in drei Monaten Geburtstag hatte, wussten ja die wenigsten.

Schwierig könnte es nur werden, wenn zum Beispiel eine von Ankes Freundinnen einstieg und ihn entdeckten. »Hallo

Peer! Schön, dich zu sehen!« Küsschen rechts, Küsschen links. Und hinter der freundlichen, leicht verwunderten Fassade der misstrauische Blick. Wie Frauen eben so sind, wenn die Männer mal alleine unterwegs sind, am helllichten Tag, während die Frau arbeitet und die Kohle heranschafft.

Aber am unangenehmsten wäre es wohl, wenn er von dem Bekannten oder der Freundin gar nichts gefragt würde. Ein lautes Nichts.

Sollte das passieren, würde er trotzdem artig die Geschichte von dem Geschenk für Pauline aufsagen. Und sollte die Person dann fragen, wo denn das Geschäft sei und was er denn Spezielles zu schenken gedenke, dann wäre er vorbereitet: Ein Tagebuch mit kleinem Schloss, und den Laden hatte er vorsorglich auch schon im Internet gefunden. Allerdings müsste er dann hinterher auch tatsächlich in das Geschäft gehen und das Geschenk kaufen. Das würde seinen Zeitplan durcheinanderbringen. Das wäre ein Problem.

Die Bahn fuhr los. Die Leute hinter ihm hatten wohl alle einen Platz gefunden. Peer schaute wieder aus dem Fenster, vor dem es nun wieder dunkel wurde.

An der Station Ritterstraße stieg er aus, folgte den anderen Passagieren zum Ausgang, stieg über eine Rolltreppe in ein Zwischengeschoss und nahm die breite Treppe ans Tageslicht.

Auf der Wandsbeker Chaussee war viel Verkehr. Peer blieb auf dem Gehweg stehen und schaute sich um. Drüben verschwand eine unscheinbare Frau im Discounter, auf der Bank vor dem Nagelstudio saß ein alter Mann und war eingenickt, und auf der anderen Seite, beim Schnäppchenmarkt, führte eine Frau ihren kleinen Hund spazieren.

Die Leute hier gehörten nicht zu denen, die es interessierte, was ein Mann, nicht mehr ganz jung, aber auch noch nicht alt, um diese Zeit in dieser Gegend machte. Und das war gut so. Niemand durfte wissen, dass Peer heute, um diese Uhrzeit, hier gewesen war.

## 14

Die Sonne tröstete. Sie wärmte die nackten Arme und das Gesicht, hatte etwas Beruhigendes, wie ein wundersamer Balsam. Sebastian krempelte die Ärmel seines Hemdes weiter hoch.

Sie saßen zu dritt auf der Bank im Park nahe der Pathologie, Jens, Pia und er.

Schweigend waren sie nach dem Besuch in der Pathologie über das Gelände der Universitätsklinik Eppendorf gegangen, hatten die Straße überquert, die an dem weit ausgedehnten Gelände vorbeiführte, und nun saßen sie hier, und die Sonne war gerade hinter einer großen Wolke hervorgekommen.

Es war schon schlimm genug, einen toten Menschen auf dem Seziertisch zu sehen, aber wenn es sich um einen so jungen Menschen wie Jan-Ole Sievers handelte, wurde das Gefühl von Trauer und Wut übermächtig. Aber Betroffenheit war nur bedingt motivierend, manchmal war sie auch lähmend.

Sebastian fasste zusammen, was Professor Szepeck ihnen erklärt hatte. Jan-Ole Sievers war aus einer Entfernung von zwei bis drei Metern erschossen worden. Die Kugel war im 90-Grad-Winkel in den Brustkorb eingetreten und hatte direkt ins Herz getroffen. Sie war im Körper stecken geblieben, aber inzwischen entfernt und an die Kollegen der Ballistik zur Untersuchung weitergegeben worden. Und die hatten festgestellt, dass es sich um ein Projektil aus derselben Waffe handelte, die im Fall Packer verwendet worden war.

»Der Junge hatte keine Chance zu fliehen«, sagte Jens. »Es muss ganz schnell gegangen sein.«

Sebastian überzeugte das nicht. Sievers war ein junger sportlicher Mann. Wenn jemand mit einer Pistole auf ihn zukam, hätte er so schnell reagieren können wie kaum ein anderer. Er hätte es zumindest versucht. Sebastian überlegte. Es musste einen anderen Grund dafür geben, dass Jan-Ole Sievers einfach stehen geblieben war.

»Versetzen wir uns doch mal in seine Lage«, schlug Sebastian vor. »Also, es ist noch frühmorgens, die Sonne scheint bereits, angenehme Temperaturen. Jan-Ole kommt mit seinem Fahrrad angefahren, steigt ab, stellt seinen Rucksack hin, holt das Gummiseil heraus und spannt es zwischen zwei Bäume. Er beginnt sein Training. Er versucht, auf dem Seil zu balancieren, oder er springt darüber, immer mit seinem Tischtennisschläger in der Hand. Zwar gibt es da einige Büsche und Bäume, trotzdem hat er einen freien Blick in alle Richtungen, er kann sogar die Elbe sehen. Er muss also bemerkt haben, dass jemand auf ihn zukam. Derjenige, der auf ihn zukam, kann für den Sportler keine Bedrohung dargestellt haben, sonst hätte er einen Fluchtversuch unternommen. Er hat sich aber nicht von Ort und Stelle bewegt. Warum nicht?«

»Weil er den Täter kannte?«, schlug Pia als Möglichkeit vor.

»Möglich«, sagte Sebastian. »Wir müssen aber bedenken, dass es sich bei dem Täter um einen Profi handeln könnte.

Glaubt ihr, der Abiturient Jan-Ole aus Othmarschen kannte einen Profikiller persönlich?«

»Klare Antwort«, sagte Jens. »Vielleicht!«

Sebastian nickte: »Vielleicht, aber wahrscheinlich ist es nicht.«

»Einverstanden«, sagte Jens. »Vielmehr könnte ich mir vorstellen, dass der Täter einfach harmlos wirkte. Vielleicht kam er wie ein normaler Spaziergänger daher, hat Jan-Ole bei seinen Übungen zugesehen, hat freundlich gelächelt, hat sich ein bisschen umgesehen, und als der richtige Moment gekommen war, hat er die Waffe gezogen und geschossen.«

»Auch der Tathergang bei Dirk Packer spricht dafür, dass der Täter freundlich und völlig ungefährlich wirkt«, sagte Pia.

»Und wie bringt uns das jetzt weiter?«, fragte Jens.

»Der Täter könnte eine Frau sein«, meinte Pia.

»Frauen können auch gefährlich aussehen«, sagte Jens.

Pia blickte Jens an, um zu sehen, ob er den Einwurf ernst gemeint hatte, bevor sie sagte: »Frauen wirken tendenziell weniger gefährlich, vor allem auf Männer, das ist keine Frage.«

»Auch Männer können harmlos wirken«, sagte Jens. »Zum Beispiel, wenn sie nicht allzu großgewachsen sind. Ein bisschen älter sollten sie sein, liebes Gesicht, große fragende Augen, dann könnte man die Pistole in der Jackentasche glatt übersehen.«

»Wir warten jetzt mal auf die weiteren Ergebnisse der Gerichtsmedizin und der Ballistik«, sagte Sebastian. Er war sicher, dass es sich beim Täter doch um einen Mann handelte, aber er hätte nicht erklären können, warum.

Er schaute auf die Uhr und erschrak. Ein wichtiger Termin wartete auf ihn.

Im Präsidium stieß Sebastian die Glastür zum Treppenhaus auf, sprang die Stufen hinauf in den dritten Stock, trat wieder durch die Glastür, grüßte im Vorbeigehen, stand endlich vor der letzten Tür am Ende des Ganges und klopfte.

Eva Weiß, die Leiterin des Morddezernats, lehnte am Fenster und schaute hinaus. »Zwei sind einer zu viel«, sagte sie nur.

Sebastian dachte, dass sie telefonierte, und schloss leise hinter sich die Tür. Aber Eva Weiß war mit niemand anderem im Gespräch, sie sprach mit Sebastian. Sie wandte sich ihm zu und schaute ihn mit großen starren Augen an: »Das ist eine der Grundregeln, die mein Vorgesetzter gepredigt hat.«

Sie zeigte auf den Stuhl vor ihrem Schreibtisch, bat ihn, sich zu setzen. »Zwei in so kurzer Zeit aufeinanderfolgende Morde sind nicht nur zwei Morde, es ist auch eine Ankündigung.«

Sebastian musste schlucken. Eine Ankündigung für einen dritten Mord meinte sie, und genau das hatte er auch schon befürchtet. Es wäre übel. Die Ankündigung einer Mordserie. Ein Alptraum.

Frau Weiß zog eine Schublade unter ihrem Glastisch auf und holte eine Packung Zigaretten hervor. »Wollen Sie?«

Er rauchte selten, aber in dieser Situation konnte er nicht widerstehen. Er nahm dankend an, und sie gingen ans Fenster. Frau Weiß öffnete das Fenster, nahm das Feuerzeug, bot Sebastian an, bevor sie sich ihre anzündete und den Rauch in die Luft pustete. Es war mehr eine Feststellung als eine Frage, als sie sagte: »Eine Verbindung zwischen den beiden Opfern haben Sie noch nicht gefunden?«

Sebastian sog den Rauch vorsichtig ein, spürte, wie er sich brennend in der Lunge ausbreitete. »Wir haben gerade erst angefangen. Die Kollegen arbeiten unter Hochdruck. Wir hoffen natürlich, dass es keine Verbindung gibt.«

Eva Weiß sprach, als redete sie zu sich selbst: »Ein arbeitsloser Automechaniker aus Billstedt. Ein junger Tischtennisspieler aus Othmarschen. Kann es da überhaupt eine Verbindung geben?« Sie machte eine Handbewegung, und der Rauch ihrer Zigarette tanzte in der Luft. »Der Täter war nicht zufällig im Hochhaus in Billstedt, hat irgendwo geklingelt und dann geschossen. Und er war nicht zufällig im Park und hat einen jungen Mann beim Training erschossen. Er wollte zu Dirk Packer, und er wollte auch zu Jan-Ole Sievers. Er wollte genau diese beiden Menschen töten. Sie müssen etwas getan oder gewusst haben, weswegen er sie getötet hat. Und es könnte sein, dass sie nicht die Einzigen sind, die auf seiner Liste stehen.«

Einen Augenblick standen sie noch am Fenster, nur rauchend. Die kleine gemeinsame Pause empfand Sebastian als wohltuend, eine unausgesprochene Übereinkunft, dass sie die bevorstehende schwere Zeit gemeinsam meistern würden.

Zurück im Büro setzte Sebastian sich an den Tisch, zog den Zettel mit der Telefonnummer hervor, die er im Jenischpark notiert hatte, und wählte. Schnell nahm jemand am anderen Ende das Gespräch an.

»Ja?«, sagte die Stimme leise.

»Sebastian Fink, Kriminalpolizei. Sie erinnern sich?«

Die Stimme am anderen Ende antwortete: »Ja, ich erinnere mich. Was wollen Sie?«

## 15

Ein dunkelhäutiger Mann mit graumelierten Haaren und geröteten Augen öffnete die Tür. Er musterte Sebastian und Pia. Dann trat er einen Schritt beiseite und bat sie herein. »Wir haben Sie schon erwartet«, sagte er mit freundlicher Stimme. »Ich bin der Vater, Vaziri ist mein Name.«

Nachdem Sebastian und Pia sich vorgestellt hatten, ging der Mann in Flipflops, die in eigenwilligem Kontrast zu seiner Anzughose und dem gebügelten Hemd standen, voran, quer durch die Diele, in der sein Schuhwerk auf dem glatten marmornen Boden bei jedem Schritt quietschte. Das Wohnzimmer wurde von bunten Teppichen, einer großen Schrankwand und einer riesigen Polstergarnitur dominiert. Eine Frau in einem dunklen Kleid und ein Mann in kurzen Hosen und Poloshirt erhoben sich. Zwischen ihnen saß, wie versteinert, Leila im schwarzen Pullover.

»Darf ich vorstellen«, sagte Herr Vaziri. »Meine Frau, mein Bruder. Leila, meine Tochter, kennen Sie ja schon.«

Sebastian und Pia schüttelten allen Familienmitgliedern die Hand. »Es tut uns leid, was passiert ist«, sagte Sebastian.

»Haben Sie schon eine Spur?«, erkundigte sich Herr Vaziri.

»Wir sind noch mitten in den Ermittlungen«, erklärte Pia.

»Jan-Ole war so ein lieber Junge«, sagte Frau Vaziri. »Wir

hatten ihn alle in unser Herz geschlossen«, und Herr Vaziri bat: »Bitte setzen Sie sich doch und trinken mit uns ein Glas Tee.«

»Das ist sehr freundlich.« Sebastian setzte sich auf die Kante eines der Sofas.

In der Stille ertönte der Gong einer Uhr.

Sebastian fragte: »Seit wann leben Sie in Deutschland?«

Der Vater erzählte, wie er mit seinem Bruder, den Eltern und den Großeltern 1992 aus Teheran kam, wie die Brüder auf dem Großmarkt und nebenbei als Taxifahrer arbeiteten, wie sie bald ein eigenes Taxiunternehmen gründeten und mittlerweile 35 Fahrer beschäftigten.

»Wir haben hart gearbeitet, und das tun wir heute noch«, ergänzte der Bruder.

»Die jüngere Generation weiß gar nicht mehr, was es heißt, bei null anzufangen«, sagte der Vater.

»Und das ist auch gut so«, sagte Frau Vaziri und tätschelte ihrem Mann die Hand.

»Verstehen Sie mich nicht falsch«, fuhr ihr Mann fort. »Ihr Deutschen seid selbst harte Arbeiter, und im Großen und Ganzen waren alle Leute immer gut zu uns, aber was heute für die Flüchtlinge getan wird – davon hätten wir nur träumen können: Deutschkurse, Taschengeld, kostenlose Unterbringung, Praktika …«

»Papa«, warf Leila leise ein, »das ist jetzt nicht das Thema.«

»Natürlich nicht.« Der Vater strich seiner Tochter über das Haar. »Entschuldige, Liebes.«

»Wäre es möglich«, Pia wandte sich an die junge Frau, »dass wir kurz mit Ihnen alleine sprechen?«

Leila schaute zögernd zu ihrem Vater und sagte dann: »Wir können in mein Zimmer gehen.«

Herr Vaziri nickte. Sie standen auf, und Leila führte sie durch den Korridor in ihr Zimmer.

»Es ist ein bisschen unordentlich hier.« Leila schob mit dem Fuß einen Föhn beiseite. An der Stirnwand lehnte ein Spiegel, davor lagen auf einer improvisierten Ablage mehrere Parfümproben, Sonnenbrille und ein Puderpinsel. Aus einer offenen Schatulle quoll Modeschmuck, und auf dem metallenen Schubladenschrank stand ein gerahmtes Porträt von Jan-Ole, das gleiche, das auch im Haus der Familie Sievers auf der Anrichte zu sehen war.

Leila zog die rosafarbene Bettwäsche auf ihrer Schlafcouch zurecht und sagte: »Wollen Sie sich nicht setzen?«

»Danke.« Pia ließ sich auf dem Fußboden nieder und kramte Block und Stift aus ihrer Tasche hervor. Sebastian nahm auf der Bettkante Platz, während Leila sich auf den Schreibtischstuhl setzte. Neben ihr, auf dem Tisch unter der Dachschräge, befanden sich ein Laptop, Karteikästen und Zettel, das Holzregal daneben war mit Büchern vollgestopft. Im Zimmer hing ein süßlicher, etwas abgestandener Geruch.

»Wir stehen mit unseren Ermittlungen noch ganz am Anfang«, sagte Sebastian, »und versuchen, uns erst einmal ein Bild vom Verstorbenen zu machen. Dabei können Sie uns helfen. Woher kannten Sie Jan-Ole Sievers?«

»Aus der Schule.«

»Waren Sie in der derselben Klasse?«

»Seit der fünften.« Leila nickte, und ihre Augen füllten sich mit Tränen. »Vor zwei Jahren, auf einer Klassenfahrt in

London, hat es zwischen uns gefunkt, und seitdem waren wir zusammen …« Sie schluchzte auf.

Pia reichte ihr ein Taschentuch.

»Haben Sie das Abi eigentlich schon in der Tasche?«, erkundigte sich Sebastian.

»So gut wie.« Sie nickte. »Nur noch die mündliche Prüfung.« Sie überlegte. »Danach mache ich ein Praktikum bei meinem Bruder.«

»Sie haben einen Bruder?«, fragte Sebastian.

»In Lübeck.« Leila betrachtete ihre Fingernägel.

»Was macht er da?«

Leila lächelte. »Wissen Sie, mein Vater ist ein Elektronikfan, er hatte immer die neuesten Geräte, aber er wusste nie, wie man sie installiert. Wir Kinder haben ihm da immer geholfen und haben dabei selber viel gelernt. Mein Bruder hat ein Start-up gegründet, und er hat schon sieben Angestellte in Lübeck. Ich will vielleicht auch ein Start-up gründen.«

»Ich würde Sie gerne noch etwas fragen«, sagte Pia. »Warum waren Sie eigentlich heute Morgen im Jenischpark?«

»Ich habe Jan-Ole gesucht.«

»Warum?«

Sie seufzte. »Ich wollte mich bei ihm entschuldigen. Ich bin so gemein gewesen, gestern Abend. Aber ich konnte doch nicht ahnen …«

»Was war denn passiert?«, fragte Pia.

»Es ist so dämlich.« Leila atmete hörbar aus. »Aber er wollte nicht mit auf Bettys Geburtstagsparty, und da bin ich total sauer geworden. Heute Morgen ist er dann nicht an sein Handy gegangen. Ich habe es auf dem Festnetz probiert, und seine Mutter hat gesagt, dass er sein Portemonnaie und das Handy zu Hause vergessen hatte. Aber sie wusste nicht, wo er war, sie dachte, beim Training, und das dachte ich auch.«

Sebastian sah Pia an und fragte sich, warum die Eltern von Jan-Ole davon gar nichts erzählt hatten. Wahrscheinlich war es ihnen im Schock entfallen.

»Ist so etwas öfters passiert«, fragte Sebastian, »dass Jan-Ole Portemonnaie und Telefon zu Hause vergisst?«

Leila schüttelte den Kopf. »Glauben Sie, das hat etwas zu bedeuten?«

»Vielleicht.«

»Was haben Sie dann gemacht?«, fragte Pia. »Sind Sie auf gut Glück losgegangen zum Park?«

»Nicht sofort.« Leila knüllte ihr Taschentuch. »Zuerst habe ich noch Sören angerufen, um zu fragen, ob sich die beiden zum Training verabredet hatten. Aber das war nicht der Fall. Dann bin ich rüber zum Park, weil Jan-Ole, wenn er alleine trainiert, oft dort ist. Und plötzlich waren da all die Leute …« Wieder standen ihr die Augen voller Tränen.

»Wer ist Sören?«, fragte Pia.

»Sören Hilgersen.« Leila schniefte. »Ein Freund von Jan-Ole. Na ja, Freund ist vielleicht zu viel gesagt. Die beiden sind im selben Verein und trainieren oft zusammen.«

»Haben Sie seine Telefonnummer?«

Leila wischte über das Display ihres Telefons und nannte die Nummer.

»Danke.« Sebastian schrieb sie auf einen Zettel und steckte ihn ein. »War Jan-Ole verändert, oder hat er sich in letzter Zeit anders verhalten?«

Leila schüttelte langsam den Kopf.

»Sagt ihnen vielleicht der Name Dirk Packer etwas?«

Leila zog die Augenbrauen zusammen. »Nein, nie gehört. Wer ist das?«

»Wenn Ihnen in den nächsten Tagen noch etwas einfällt, rufen Sie uns an, ja?« Pia erhob sich. »Auch die kleinsten Dinge können von Bedeutung sein.«

»Aber er war doch so normal«, sagte Leila plötzlich.

»Wie meinen Sie das?«, fragte Sebastian.

Leila starrte ins Leere. »Ich habe manchmal zu ihm gesagt, um ihn zu ärgern: Du bist so deutsch. Immer so pflichtbewusst, diszipliniert und akkurat. Und wissen Sie, was?« Sie schaute auf. »Das hat ihn überhaupt nicht geärgert.«

»In seinem Rucksack haben wir Blumen gefunden«, sagte Sebastian. »Rosen. Ich glaube, die waren für Sie bestimmt.«

Sebastian und Pia hatten gerade das Haus der Vaziris verlassen, als Jens anrief. Sie setzten sich ins Auto und stellten den Lautsprecher an.

Jens erzählte, dass er inzwischen ein Gespräch mit Herrn und Frau Sievers und eines mit den Nachbarn geführt hatte, die Jan-Ole schon als Kind kannten. Außerdem hatte er auch noch mit zwei von Jan-Oles Klassenkameraden telefoniert. Keiner konnte sich vorstellen, dass Jan-Ole irgendwelche Feinde gehabt hätte. Auch habe er, anders als die meisten in seinem Alter, kaum Zeit vor dem Computer verbracht. Er war ein junger Mann, der den Sport ernst nahm, der seine Freundin liebte und auf den als Freund Verlass war. Dass er ermordet worden war, war für alle ein Schock.

Als Sebastian den Motor anließ, dachte er noch mal an

die Rosen für Leila. Was für eine schöne Geste. Und wie tragisch: Die Rosen waren noch angekommen, aber der Geliebte war für immer weg. Sebastian dachte an die Zeit, die er mit Marissa verbringen wollte, an ihre geplanten Ferien. Er wusste gar nicht, ob er das Hotel in Neapel notfalls stornieren könnte. Aber es würde hoffentlich nicht nötig sein.

## 16

Seit sie die Sporthalle des TSV Nienstedten betreten hatten, waren sie keinem Menschen begegnet, und es war eigenartig, trotzdem das Prasseln zu hören, ein massenhaftes Pingpong aus der Halle, wo immer die war.

»Klingt ja wie Regen und Hagel«, sagte Jens zu Sebastian.

Sie folgten dem Gang, gingen vorbei an grüngestrichenen Türen, die vermutlich in die Umkleidekabinen führten, bis sie vor einer gläsernen Tür ankamen, dem Zugang zur Halle. Sie traten ein. In zwei Reihen waren hier mindestens zwanzig Tischtennisplatten aufgebaut. Der Lärm, den die kleinen Bälle verursachten, war ohrenbetäubend, dazwischen das Quietschen der Gummisohlen und immer wieder ein Stöhnen, wenn einer der Spieler sich weit nach einem Ball strecken musste.

»Und wer ist nun Sören Hilgersen?«, fragte Jens.

Sebastian schaute von Spieler zu Spieler, junge Männer, viele noch Jugendliche, zwischen denen der Ball hin- und herschoss.

An einem der Tische, am Netz, stand ein Mann mit graumelierten Schläfen, in langer Trainingshose und langärmeligem Sweatshirt, ohne Schläger, und verfolgte das Duell, das zwei Spieler sich lieferten. Wahrscheinlich war er hier der Trainer.

Sebastian ging zu ihm und fragte nach Sören Hilgersen. Zuerst verstand der Mann wegen des Lärms akustisch nicht, aber nachdem Sebastian die Frage wiederholt hatte, wandte der Mann seinen Blick kurz vom Spiel und zeigte nach rechts: »Da drüben, das ist Sören.«

Der junge Mann, dessen dichtes weißblondes Haar wie Stroh von seinem Kopf abstand, spielte drei, vier Tische entfernt, hochkonzentriert wie alle in der Halle. Sebastian und Jens gingen an den Spielenden vorbei nach drüben. Sebastian wartete, bis der Spieler einen Punkt gemacht hatte und sein Gegenüber sich bückte, um den Ball aufzuheben.

»Sind Sie Herr Hilgersen?«, fragte Sebastian.

Er schaute Sebastian aus großen blauen Augen misstrauisch an. »Ja. Warum?«

»Ich habe ein paar Fragen an Sie. Würden Sie bitte mitkommen?«

»Was ist denn los?«, fragte jetzt der andere, der den Ball ungeduldig auf seinem Schläger auf- und abhüpfen ließ.

»Das kann er Ihnen später erklären«, antwortete Sebastian und ließ Hilgersen mit einer Handbewegung den Vortritt.

Als sich die Hallentür hinter ihnen geschlossen hatte, erklärte Sebastian, dass sie von der Kripo Hamburg seien. Sören Hilgersen schien das wenig zu überraschen. »Geht es um Jan-Ole?«, fragte er gleich.

Sebastian nickte. »Wo können wir sprechen?«

Der Sportler überlegte. »Kommen Sie.«

Sebastian und Jens folgten ihm. Hilgersen hatte einen eigenartigen Gang, eine Mischung aus schlaksig und sportlich, und brachte sie in einen Raum, den er als »Clubraum«

bezeichnete. Der Boden aus Linoleum war grau und orange gemustert, zwischen Stühlen standen drei quadratische Tische.

»Setzen wir uns doch«, schlug Sebastian vor.

Es hallte, als sie die Stühle aus verschiedenen Richtungen an den Tisch mit der roten Serviette und der Kerze im Glas zogen. Das massenhafte Klickklack der kleinen Bälle auf den harten Platten war nur noch gedämpft zu hören.

Sebastian kam gleich zur Sache: »Wie und wann haben Sie von Jan-Oles Tod erfahren?«

Sören Hilgersen fuhr sich mit der Hand durch die Haare. Mit der anderen Hand schlug er nervös den Schläger auf seinen Oberschenkel. »Meine Mutter hat es gehört. Heute Nachmittag war das. Ich war total geschockt. Ich bin immer noch geschockt. Ist Jan-Ole echt erschossen worden? Weiß man schon, wer das war?«

»Haben Sie vielleicht eine Idee?«, fragte Jens.

Sören Hilgersen schüttelte den Kopf. »Woher soll ich das wissen?«

»Wie war Ihr Verhältnis zu Jan-Ole Sievers?«, fragte Sebastian.

Sören Hilgersen schob den Stuhl nach hinten, bis seine Arme lang ausgestreckt waren, seine großen Hände aber noch die Tischplatte berührten. »Wir waren Kumpel.«

»Was heißt das?«, fragte Jens.

Sören Hilgersen verschränkte die Arme vor der Brust und überlegte einen Moment. »Weiß nicht«, gab er dann zur Antwort.

»Herr Hilgersen«, mahnte Sebastian. »Geht es vielleicht ein wenig genauer?«

Der Sportler blies die Backen auf und ließ die Luft wieder entweichen. »Wir haben halt zusammen trainiert. Haben uns gegenseitig nach vorne gepeitscht.«

»Mit Erfolg?«, fragte Sebastian.

»Kann man so sagen.«

»Wohl vor allem für Jan-Ole«, meinte Jens, »stimmt's?«

»Ja«, antwortete Sören Hilgersen fast trotzig.

»Und für Sie?«, fragte Sebastian.

»Ich bin auch besser geworden.«

»Aber Jan-Ole ist Jugendmeister geworden.«

»Na und?«

»Stört Sie das nicht?«

»Ich wäre auch gern Jugendmeister geworden, klar. Aber es gibt noch Preise genug zu gewinnen.«

»Nun ist ja ein Konkurrent weniger im Weg«, sagte Jens.

Sebastian dachte, dass Jens es vielleicht ein bisschen zu weit trieb. Aber Sören Hilgersen ging auf Jens nicht ein, er schwieg und trommelte wieder mit dem Schläger auf den Oberschenkel. Aber plötzlich hielt er still.

»Vielleicht war das ein Dealer oder so?«

»Dealer?«, fragte Sebastian. »Hat Jan-Ole Drogen genommen?«

»Keine Ahnung.«

Jens legte seine Ellbogen auf den Tisch und lehnte sich vor, um Sören in die Augen zu schauen. »Wie kommen Sie dann auf die Idee mit dem Dealer, Herr Hilgersen?«

Er schaute Jens direkt ins Gesicht. »In den öffentlichen Parks sind doch Dealer unterwegs, oder nicht?«

»Woher wissen Sie das?«

»Weil ich da manchmal Schwarze sehe. Die meisten

Dealer sind doch schwarz? Das ist aber nicht rassistisch gemeint.«

Sebastian versuchte diese Behauptung mit keiner Miene zu kommentieren und war froh, dass auch Jens sich beherrschte.

»Asylanten«, fuhr Sören Hilgersen fort. »Sie wissen doch, wen ich meine?« Er sah abwechselnd von Sebastian zu Jens. »Sind ja fast alles Schwarze. Haben kein Geld, aber die teuersten Handys, und hier dealen sie mit Drogen.«

»Und so einer, glauben Sie, könnte Jan-Ole im Park umgebracht haben?«, fragte Sebastian ruhig.

Hilgersen zuckte die Schultern. »Woher soll ich das wissen? Sie sind doch von der Polizei.«

Jens schlug mit der flachen Hand auf den Tisch, schaute Sebastian an und sagte: »Klar! Woher soll er das wissen? Ein bisschen herumspinnen, Leute verdächtigen, aber keine Ahnung haben, das ist toll.« Jens legte den Kopf in den Nacken: »Wie ich das hasse!«

»Ist gut, Jens«, sagte Sebastian leise, ohne den Blick von dem Tischtennisspieler zu lassen. Es ging hier nicht darum, ob ihnen die politischen Ansichten dieses Schnösels gefielen oder nicht. Sebastian fragte: »Haben Sie mit Jan-Ole mal über das Thema Flüchtlinge gesprochen?«

Hilgersens Blick irrte durch den Raum. »Ich glaube nicht.«

»Aber Ihnen ist bekannt, dass Jan-Oles Freundin aus einer Migrantenfamilie stammt?«

»Leila? – Quatsch. Die spricht doch perfekt Deutsch. Und so dunkel ist sie ja auch nicht.«

»Sie kommt dann also nicht aus einer Migrantenfamilie?«

»Eigentlich nicht.«

»Oder eigentlich doch?«

»Ich sagte doch: nein.«

»Und die Eltern?«

»Die auch nicht. Die haben ein Taxiunternehmen und ein großes Haus.«

Jens seufzte und schüttelte den Kopf.

»Wissen Sie von dem geplanten Wohnheim bei Billstedt?«, fragte Sebastian.

»Ja, krass. So nah bei der Stadt.«

»Es ist sogar in der Stadt«, sagte Jens.

»Echt? Wie soll das denn gehen?«

»Haben Sie sich schon mal in Sachen Flüchtlinge engagiert?«, fragte Jens.

»Für die wird schon genug getan, wenn Sie mich fragen.«

»Ich meine, *gegen* Flüchtlinge engagiert«, sagte Jens. »Mein Gott, haben Sie eigentlich nur Klickklack im Kopf, weil Sie das den ganzen Tag lang hören? Haben Sie sich zum Beispiel schon mal *gegen* ein geplantes Wohnheim für Flüchtlinge engagiert?«

»Nee. Sollte man aber mal überlegen.«

»Wo waren Sie gestern Vormittag zwischen halb acht und neun Uhr?«, fragte Jens.

»Hier in der Halle. Ich habe trainiert.«

»Mit wem?«

»Allein.«

»Wie denn das?«, fragte Sebastian.

»Wir haben Platten, die man hochklappen kann. So trainiert man das Reaktionsvermögen.«

»Hat Sie jemand gesehen?«

90

»Ich habe jedenfalls niemanden gesehen.« Sören Hilgersen zuckte die Schultern.

»Ist denn hier um die Zeit sonst niemand?«, fragte Sebastian.

»Ganz unterschiedlich. Mal kommen Leute um sieben, mal um neun oder zehn Uhr.«

»Überlegen Sie noch mal in Ruhe, ob und wer Sie gesehen haben könnte«, sagte Sebastian. »In Ihrem eigenen Interesse. Und dann rufen Sie uns an.«

»Okay«, antwortete Sören Hilgersen, und jetzt sah er doch etwas verunsichert aus.

# 17

Es war schon halb sieben, im Präsidium herrschte nicht mehr allzu hektisches Treiben. Das war gut. Sebastians Team musste noch die heutigen Erkenntnisse zusammentragen.

Auf dem Tisch lag ein Stapel Papier mit Artikeln und Reportagen. Sie behandelten alle die Frage, wie mit den vielen in Deutschland gestrandeten Flüchtlingen umgegangen werden sollte. Daneben lagen konkrete Berichte und Kommentare über das geplante Wohnheim in Billstedt. Und dann waren da noch die handgeschriebenen Notizen von Dirk Packer, die Sebastian auf dem Küchentisch gefunden hatte. Sie lagen in einer Klarsichthülle.

»Wo sind die E-Mails?«, fragte Sebastian.

Kollegin Meyer legte einen Ausdruck auf den Tisch. »Das ist eine Übersicht mit seinen Kontakten aus den letzten zwei Monaten, das wollte ich Ihnen vorab geben. Wenn Sie wollen, mache ich mich gleich daran, die einzelnen Mails auszudrucken.«

»Moment«, sagte Sebastian und überflog die Liste.

Meyer blieb neben Sebastian stehen, und irgendwie wirkte die Situation, als wären sie Chef und Sekretärin.

»Setzen Sie sich doch«, bat Sebastian zerstreut und las die Namen und Adressen verschiedener Kfz-Werkstätten und Privatpersonen, die noch überprüft werden mussten. Aber etwas war merkwürdig. Sebastian überflog die Liste zur Sicherheit noch einmal.

Der Name von Monika Packer, der Exfrau, kam nur ein einziges Mal vor. Die Mail war von Ende April, von vor rund vier Wochen. In der Betreffzeile stand nur ein einziges Wort: *Schwein.*

Sebastian bat die Kollegin, diese Mail auszudrucken.

Kollegin Meyer lächelte und zog ein Blatt Papier aus ihrer Mappe hervor. »Bitte schön.«

Die Mail bestand aus nur einem Satz: *»Hab dem Schwein besorgt.«*

Sebastian schaute sich den Satz zweimal an: Fehlte ein Wort? Sollte es nicht heißen: »Hab *es* dem Schwein besorgt«?

Kollegin Meyer legte ein zweites Blatt Papier auf den Tisch. »Das ist die Antwort von Dirk Packer. Zwanzig Minuten später.«

Die Antwort von Dirk Packer auf die E-Mail seiner Exfrau lautete: *»Super!!!!!!«*

Sebastian lehnte sich zurück. »Schicken Sie eine Streife zu Frau Packer«, sagte er, »wir laden sie vor.«

Es dauerte etwas über eine Stunde, bis Sebastian den Anruf erhielt, dass Monika Packer ins Verhörzimmer Nummer drei gebracht worden war und dort wartete. Sebastian klappte die Mappe mit den Protokollen aus der Gerichtsmedizin zu und rief Jens, Pia und Kollegin Meyer zum Verhör. Mit den Unterlagen unterm Arm folgte er seinen Kollegen hinunter in den ersten Stock. Ihre Schritte hallten durch die inzwischen leeren und stillen Korridore.

»Finden Sie das witzig?«, rief Monika Packer. »Warum werde ich abgeführt wie eine Verbrecherin?«

Sebastian legte die Mappe mit den Unterlagen auf den Tisch, stellte die Kollegen mit Namen vor, richtete das Mikrophon, stellte das Aufnahmegerät an und setzte sich. Jens und Pia standen stumm mit verschränkten Armen an der Wand, Kollegin Meyer stellte sich dazu.

Sebastian sprach ins Mikro: »Verhört wird Monika Packer, das Verhör führt Sebastian Fink zusammen mit Jens Sander, Pia Schell und Karin Meyer.«

»Ich verstehe das nicht.« Monika Packer setzte sich umständlich auf dem Stuhl zurecht. »Warum bin ich hier?«

»Haben Sie und Ihr Exmann Dirk Packer per E-Mail korrespondiert?«, fragte Sebastian.

Monika Packer schüttelte widerwillig den Kopf.

»Bitte antworten Sie in ganzen Sätzen und überlegen Sie, bevor Sie sprechen.«

Die Frau verschränkte misstrauisch die Arme vor ihrem großen Busen und sagte: »Vielleicht mal ab und zu. Aber wenn, dann ganz selten. Warum?«

Sebastian schob die Ausdrucke der Mails, über den Tisch. »Das war in den Unterlagen Ihres Exmannes.«

Monika Packer blieb angelehnt auf ihrem Stuhl sitzen und schaute aus dieser Entfernung auf das Blatt, ohne Anstalten zu machen, es in die Hand zu nehmen.

»Bitte schauen Sie sich die Nachricht an«, sagte Sebastian. »Haben Sie das geschrieben?«

Mürrisch nahm sie jetzt das Blatt zur Hand, vermied es aber, darauf zu schauen, und verzog das Gesicht. »Weiß nicht«, murmelte sie.

»Was steht in der Betreffzeile?«, fragte Sebastian.

Monika Packer antwortete zögerlich: »Schwein.«

»Und was steht in der Mail? Bitte lesen Sie mal vor.«

»Bin ich hier in der Schule, oder was?«

»Lesen Sie bitte.«

Sie verzog das Gesicht, dann las sie stockend, Wort für Wort: »Hab-dem-Schwein-besorgt.« Geziert legte sie das Blatt Papier zurück auf den Tisch.

»Verraten Sie uns bitte, was Sie damit gemeint haben«, forderte Sebastian.

»Sie sind lustig!« Frau Packer wischte sich einen Fussel von der Hose. »Das weiß ich doch heute nicht mehr.«

Jens trat vor und haute mit der flachen Hand auf den Tisch. »Frau Packer«, sagte er, und seine Stimme klang ganz ruhig. »Es ist nicht sehr glaubwürdig, dass Sie nach vier Wochen keine Ahnung haben, warum Sie Ihrem Mann diese einzigartige Mail geschrieben haben.«

»Exmann«, warf Monika Packer schnippisch ein.

»Wir ermitteln in einem Mordfall«, fuhr Jens fort. »Ihr Exmann ist getötet worden. Wenn Sie nicht kooperieren, machen Sie sich mit Ihrem Verhalten verdächtig, und wir müssen Sie bis auf weiteres hierbehalten.«

»Haben Sie Ihre Zahnbürste dabei?«, fragte Pia.

Monika Packer schaute mit großen Augen von Pia zu Jens und zu Sebastian. Aus ihrem Gesicht war alle Farbe gewichen. Mit leiser Stimme bat sie um ein Glas Wasser.

Sebastian schaute Karin Meyer an, und die Kollegin verschwand.

»Also.« Sebastian lehnte sich zurück. »Noch einmal von vorne: Sie haben Ihrem Exmann am 29. April eine E-Mail geschrieben mit der Betreffzeile ›Schwein‹ und dem Satz: ›Habe dem Schwein besorgt.‹ Worum ging es da?«

Monika Packer nahm das Glas, das Kollegin Meyer vor sie auf den Tisch stellte. »Ich hatte Ärger mit meinem Nachbarn. Nichts Besonderes. Kommt öfter vor. Der hatte wieder bei mir geklingelt und herumgemeckert, da habe ich ihm ein Glas Wasser ins Gesicht geschüttet.« Monika Packer trank ihr Glas in einem Zug aus, schaute in die Runde und lachte kurz auf. »Keine Angst, aber mit manchen Leuten muss man deutlich werden.«

»Und was hat das mit der Mail an Ihren Exmann zu tun?«, fragte Sebastian.

»Das habe ich Dirk geschrieben. Also, nicht die ganze Geschichte, aber dass ich es dem Typen eben mal besorgt habe, sozusagen.«

»Seltsamer Ausdruck für das, was Sie getan haben«, meinte Jens.

»Kennen Sie einen besseren?«, gab Monika Packer zurück.

»Wie kommt es«, fragte Pia sanft, »dass Sie Ihrem Exmann in dieser Sache eine Mail geschickt haben, wo Sie doch sonst offenbar eher telefoniert haben?«

Monika Packer musterte Pia, dieses blasse Gesicht mit der runden Brille, als würde sie sie in diesem Augenblick zum ersten Mal wahrnehmen. »War halt so.« Monika Packer zuckte die Achseln.

»Wie haben Sie sonst miteinander korrespondiert?«, fragte Sebastian.

»Wie Sie gesagt haben: Meistens haben wir miteinander telefoniert.«

Sebastian ließ sich von Monika Packer den Namen des Nachbarn geben, dann entließ er sie.

Der Nachbar, Rudolf Kamener, bestätigte am Telefon, dass Monika Packer ihm in der Tat vor ein paar Wochen ein Glas Wasser ins Gesicht geschüttet habe. Erwartungsgemäß konnte der Mann nichts Gutes über seine Nachbarin sagen. Die Frage, ob er den Exmann von Frau Packer, Dirk Packer, gekannt habe, verneinte der Mann und sagte: »Das hätte mir gerade noch gefehlt.« Rudolf Kamener wusste überhaupt kaum etwas über die Frau zu berichten, außer dass sie ihm gewaltig auf die Nerven ging, seit sie unter ihm eingezogen war.

Sebastian legte auf, schaute aus dem Fenster in den Himmel. Riesige Wolkengebilde standen in den dunkelsten Grautönen über der Stadt. Bald würde es regnen.

Er hätte jetzt gerne Marissas Stimme gehört. Aber er wusste, dass sie schlief, um für die Nachtarbeit fit zu sein. Heute hatte sie ein Set mit offenem Ende. Er tippte einen Gruß ins Handy und schickte ihn ab. Die sms würde Marissa erreichen, wenn sie aufwachte oder spätestens auf dem Weg in den Club. Sebastian wartete, ob sie doch antworten würde, aber sein Handy blieb stumm.

Ob er vorsorglich das Hotel in Neapel stornieren sollte? Sebastian biss sich auf die Lippe. Vorsorglich wofür? Nein, entschied Sebastian, er sollte den geplanten Urlaub mit Marissa gerade jetzt nicht streichen. Auch wenn einiges dagegen sprach, er würde weiterhin damit rechnen, bald nach Italien zu verreisen.

Als Sebastian später im Bett lag, regnete es noch immer nicht. Das Rauschen hätte ihn jetzt sanft in den Schlaf gezogen. So aber war er müde und wach zugleich, er wälzte sich, fand aber keine rechte Lage.

Gedanken rasten durch seinen Kopf. Erst als er an Jan-Ole Sievers dachte, wurde er ruhiger und traurig. Wie er auf der Bahre lag, als würde er schlafen, um ausgeruht ein Tischtennismatch zu bestreiten.

Er hätte noch ein langes Leben vor sich gehabt. Sechzig, siebzig Jahre, wenn alles normal verlaufen wäre. Wen und was hätte er geliebt, welche Kinder in die Welt gesetzt, welche Gedanken und Ideen entwickelt? Der frühzeitige Tod war wie der Stein, den eine Hand auffängt, bevor er ins Wasser fällt. Alle Bewegungen und Kreise, die der Stein ausgelöst hätte, bleiben ungeschehen.

Auf einmal sah Sebastian Klara vor sich, so wie er sich an sie erinnerte. Ein Mädchen von neun Jahren, seine Schwester. In seinen Erinnerungen war ihr Gesicht über die Jahre und Jahrzehnte immer gleich geblieben. Dabei wäre Klara heute eine Frau von Anfang vierzig. Vielleicht hätte sie noch immer die vor Lebenslust sprühenden Augen, das schöne Lächeln. Und an der Hand hätte sie heute möglicherweise eine Tochter, die ihr wie aus dem Gesicht geschnitten war und die für die Finks typische schmale Nase besaß. Sebastian zog die Decke höher, drehte sich zur Seite und versuchte, auf andere Gedanken zu kommen oder noch besser, keine Gedanken mehr zu haben. Draußen begann es milde zu rauschen.

## 18

Die Straßen waren still und ganz leer. Im ersten Tageslicht brannten noch die Straßenlaternen. Sebastian joggte entlang der Heimhuder Straße, einer ruhigen Wohnstraße mit schönen Häusern zwischen alten Bäumen. Nach ein paar hundert Metern in zügigem Lauftempo bremste er ab, stemmte die Hände in die Seiten und ging ein paar Schritte. Er war ganz außer Atem, und nicht nur das: Sein Rücken schmerzte. Er war einfach nicht in Form. In nächster Zeit sollte er wieder öfter trainieren. Sebastian korrigierte sich: Er sollte nicht nur, er musste regelmäßig trainieren. Es machte eben doch einen Unterschied, ob man Mitte zwanzig oder zehn Jahre älter war. Sebastian lief wieder los und zwang sich, eine Weile lang zu laufen.

Die Bäckerei in der Rothenbaumchaussee war schon geöffnet. Wenigstens das. Sebastian nahm einen Kaffee, überlegte, ob er dazu eine Rosinenschnecke nehmen dürfte, und entschied sich schweren Herzens dagegen.

Als er zurückschlenderte, kam ihm unvermittelt Monika Packer in den Sinn. Eine eigenartige Mischung aus hilfsbedürftig und patzig, dachte Sebastian. War sie immer so oder wollte sie mit dieser Art von irgendetwas ablenken?

Er überquerte die Rothenbaumchaussee und dachte an die Autoreparaturwerkstätten, in denen Dirk Packer gearbeitet hatte, und er dachte daran, dass sie die Mitarbeiter überprüfen mussten. Sebastians Gedanken sprangen über zur Familie von Leila Vaziri, bei der es keine Unregelmäßigkeiten zu geben schien. Die Leute waren pflichtbewusst und korrekt, nicht mal einen Strafzettel hatten sie sich eingefangen.

Interessant waren die letzten Ergebnisse, die eine Überprüfung von Sören Hilgersen ergeben hatte. Kollege Niemann hatte herausgefunden, dass Hilgersen mehrere Monate in einer Entzugsklinik in Flensburg zugebracht hatte und anschließend in psychiatrischer Behandlung gewesen war. Schizophrene Schübe in Folge übermäßigen Konsums von Cannabis. Das war drei Jahre her. Inzwischen galt er als geheilt. Aber wer konnte schon in seinen Kopf reinschauen? Schade, dass Jens und er das bei ihrem gestrigen Gespräch in der Sporthalle noch nicht gewusst hatten. Sebastian musste sich den Mann noch einmal vornehmen.

Er bog in die nächste Straße ein und dachte an die Textzeile in der E-Mail von Monika Packer: *Ich besorge dem Schwein.* Sebastian kam in den Sinn, dass Dirk Packer am selben Tag einen Artikel zu einem perfiden Anschlag in Bayern gelesen hatte, wie man der Chronik seines Browsers entnommen hatte. Dann würde es sich doch nur um einen Tippfehler handeln.

Sebastian trank den Kaffee aus, warf den Becher im Vorbeigehen in die Mülltonne und zog das Handy aus der Tasche.

Jens ging nicht ran. Also rief Sebastian im Präsidium an, ließ sich mit dem Kollegen vom Dienst verbinden und bat zu überprüfen, ob in letzter Zeit Anschläge auf Flüchtlingsheime gemeldet worden waren, in denen die Täter mit rohem Schweinefleisch operiert hatten.

»Und das am frühen Morgen«, gab der Kollege zurück.

»Mach ich, Herr Fink. Ich melde mich gleich noch mal.«

Sebastian duschte, zog sich eine Jeans und ein frisches T-Shirt an, ging in die Küche, nahm die Teedose vom Regal, als der Kollege sich schon wieder meldete.

»Volltreffer!«, sagte er.

Sebastian trat ans Fenster. »Legen Sie los!«

Der Kollege erzählte, dass vor vier Wochen rohes Schweinefleisch, Innereien und dergleichen an die Wände einer ehemaligen Schule genagelt, geschmiert und die Reste vor die Tür gekippt worden waren. »Und jetzt kommt's«, sagte der Kollege: »Die Schule sollte als Flüchtlingsheim dienen.«

»Wo war das?«, fragte Sebastian.

»Moment«, murmelte der Kollege.

»In Billstedt?«, schob Sebastian hinterher.

»Richtig«, antwortete der Mann überrascht. »Woher wissen Sie das?«

»Was haben die Ermittlungen ergeben?«

»Nicht viel. Die Leute von der Schule hatten ganze Arbeit geleistet und schon fast alle Spuren beseitigt, als unsere Leute da eintrafen.«

»Vielleicht weiß ich etwas, das uns weiterhilft«, sagte Sebastian.

»Was meinen Sie?«

»Ich melde mich später.«

Der Berufsverkehr floss von den Außenbezirken Hamburgs in Richtung Innenstadt. Sebastian fuhr in die Gegenrichtung, nach Osten, und kam ohne Blaulicht gut durch.

Als er in die Sterntalerstraße bog, sah er auf dem Bürgersteig dunkelhäutige Menschen, Frauen mit Einkaufstüten, manche mit Kopftuch, und junge Männer, die modische Sneakers trugen, rauchten und ohne Eile Richtung Einkaufszentrum schlenderten. Das Gelände der ehemaligen Schule war durch keine Kontrolle gesichert. Sebastian konnte ungehindert auf den Hof fahren und parkte dort, wo eine Reihe mobiler Toilettenhäuschen abgestellt worden war.

Vor dem Schulgebäude spielten Kinder Fußball, während drinnen ungefähr sechs junge Männer damit beschäftigt waren, ein sperriges Eisengestell, einen Lattenrost und eine Matratze die Treppe hinaufzubugsieren. Sebastian erkundigte sich bei einer Gruppe Frauen, die auf einem Tapeziertisch Pappteller und Plastikbecher auspackten, nach dem Leiter der Flüchtlingsstelle.

»Gute Frage«, antwortete eine von ihnen, ohne von ihrer Tätigkeit aufzusehen. »Probieren Sie es mal in der Fahrradwerkstatt.«

»Oder in der Kleiderkammer«, fügte ein junges Mädchen hinzu und fragte: »Gibt es heute gar keine kleinen Löffel?«

»Wie heißt der Mann?«, erkundigte sich Sebastian.

»Hans«, antwortete das Mädchen, und eine andere ergänzte: »Herr Gephardt.«

»Und wo finde ich die Fahrradwerkstatt?«

»In der Umkleidekabine. Die Kleiderkammer befindet sich daneben.«

»Also in der Turnhalle?«

»Richtig.«

Sebastian bahnte sich aufs Geratewohl einen Weg zum Seitenausgang, als er sah, wie zwei Männer im Blaumann in einem Raum rechts von der Treppe verschwanden. Sebastian wollte ihnen folgen, als ihm ein Mann in den Weg trat, der aussah wie ein Pförtner. Sebastian fragte, wo er Hans Gephardt finden könnte.

»Der ist irgendwo im Haus unterwegs«, antwortete der Mann.

»Können Sie ihn über Telefon erreichen?«, fragte Sebastian. »Es ist dringend.«

»Genau das habe ich vor fünf Minuten versucht, aber ich kann es gerne noch einmal versuchen.« Der Mann wirkte gestresst vom Lärm und Trubel und verzog das Gesicht, während er eine Nummer wählte und den Hörer ans Ohr hielt. »Geht nicht dran«, schimpfte er und legte auf. »Schauen Sie sich um, irgendwo werden Sie ihn schon finden.«

»Und woran erkenne ich ihn?«

Der Pförtner sah Sebastian an: »Er redet laut, und er redet immer. Sie werden ihn problemlos erkennen.«

Sebastian durchquerte den Eingang und kam in einen Korridor. Auch hier war alles voller Menschen. In den einstmaligen Klassenzimmern standen Stellwände, über die man Wäscheleinen gespannt hatte, provisorisch an Wandtafeln, Stühlen und Fenstergriffen befestigt. Überall herrschte ein Stimmengewirr und Gemurmel aus Wörtern und Tonfällen, die sich für Sebastian fremd anhörten.

Am Ende des Ganges führte eine Treppe nach oben. Auf dem ersten Absatz stand ein Mann, mittelgroß, schwarzer Haarkranz und Glatze, und redete Deutsch. Anscheinend hielt er einer hochgewachsenen Frau einen Vortrag über Digitalkameras.

»Wenn Sie von den Dingern schon so viele beisammen haben, bin ich der Letzte, der Ihnen im Weg steht. Aber ich sage Ihnen gleich: Versicherungstechnisch ist das verboten, und wenn etwas passiert, komme ich in Teufels Küche. Wohlgemerkt: Ich. Nicht Sie!« Er lachte fröhlich. Die Frau lächelte, und der Mann fuhr fort: »Also, dann suche ich Ihnen acht Kinder für die Fotosafari durch die Savanne von Billstedt. Halali!«

»Herr Gephardt?«, sprach Sebastian den Mann an.

Er wandte sich um und musterte Sebastian: »Klingt irgendwie vertraut. Ist schwierig, sich an den eigenen Namen zu erinnern, wo man mit so vielen Menschen zu tun hat.« Er zwinkerte der Frau zu.

Sebastian zeigte ihm seinen Ausweis: »Fink, Kriminalpolizei.«

Der Mann schaute Sebastian erschrocken an: »O je, da haben Sie mich gleich erwischt. Ich gestehe alles.«

Sebastian winkte ab: »Ich wüsste gar nicht, was daran nicht erlaubt sein soll, Kinder auf Fotosafari zu schicken …«

»Eine ganze Menge« Herr Gephardt hob theatralisch die Hände. »Ich darf zum Beispiel keine Kinder ohne die Begleitung ihrer Eltern –«

»Herr Gephardt?«, unterbrach Sebastian, »können wir irgendwo ungestört reden?«

»Na, Sie haben ja fromme Wünsche!« Er stupste Sebastian an. »Kommen Sie mal mit.«

Sebastian folgte dem Mann, der mit hocherhobenem Kopf durch die Menge schritt, darauf bedacht, sich nicht aufhalten zu lassen. Dann zog er aus der Tasche seines Kittels einen großen Schlüsselbund hervor, fuhr mit seinen kleinen Fingern zwischen die Schlüssel und zog einen heraus, mit dem er eine Tür aufschloss.

In dem Raum standen hohe Regale mit Bunsenbrennern und Glaskolben, daneben große, tiefe Waschbecken in eigenartigen Formen.

»Hier wurde früher Chemie gelehrt«, erklärte Hans Gephardt. »Einer der wenigen Räume, die wir noch nicht umfunktioniert haben. Wir warten noch, ob wir überhaupt noch neue Bewohner bekommen.«

»Wir ermitteln in zwei Mordfällen«, erklärte Sebastian. »Und dabei spielt ein Vorfall eine Rolle, der vor vier Wochen hier passiert ist.«

Hans Gephardt nickte.

»Sie wissen, worum es geht?«

»Schweinefleisch.«

»Richtig. Was genau ist geschehen?«

Gephardt lehnte sich an eins der Waschbecken und verschränkte die Arme vor der Brust. »Das Gebäude stand noch leer, wir hatten gerade erst damit begonnen, es umzufunktionieren. Die Heizungsanlage musste man komplett erneuern, und zusätzliche Duschen und WCs sollten auch eingebaut werden. Das war in der kurzen Zeit, die wir zur Verfügung hatten, schon ein mittelgroßes Kunststück. Ich war hier jeden Tag vor Ort, der Erste, der hier morgens aufgekreuzt ist, und der Letzte, der den Laden verließ. Eines Morgens komme ich hier an, und da sehe ich den Schweinkram vorne an der Eingangstür und an den Fenstern der Eingangshalle. Wir haben einfach Eimer und Putzlappen geholt und haben das weggemacht.«

»Wer ist ›wir‹?«

»Das kann ich Ihnen sagen. Wir, das sind Ilona, pensionierte Deutschlehrerin, die hilft hier bei allem aus, und

Heiner, ein Sportlehrer.« Herr Gephardt überlegte. »Irgendwann kam dann noch Herr Hauer dazu, der Hausmeister. Wir waren ziemlich empört, aber haben beschlossen, die ganze Sache nicht so wichtig zu nehmen.«

»Und wie hat die Polizei davon erfahren?«

»Uns fiel erst später ein, dass es sich womöglich nicht nur um einen Dummen-Jungen-Streich gehandelt haben könnte«, erklärte Hans Gephardt. »Da habe ich dann doch die Polizei gerufen. Die sind gleich gekommen und haben uns geschimpft, dass wir sie nicht schon früher gerufen haben. Jetzt seien alle Spuren weggeschrubbt. Da hatten sie natürlich recht. Tja, und dann gab es in der Zeitung eine kleine Meldung, die aber niemanden interessiert hat, und das ist mir, ehrlich gesagt, auch sehr recht.«

Sebastian dachte daran, dass sich seit Beginn der Flüchtlingskrise in Deutschland die Zahl der Anschläge auf Flüchtlingsheime vervielfacht hatte, da berichteten die Medien kaum noch über die einzelnen Vorfälle. »Sagt Ihnen der Name Dirk Packer etwas?«, fragte Sebastian, noch bevor er das Foto zeigte.

Hans Gephardt schüttelte schon beim Namen den Kopf und dann noch entschiedener, als er das Foto betrachtete. »Tut mir leid«, sagte er. »Den habe ich noch nie gesehen.«

»Monika Packer?«

»Auch nicht.« Er schüttelte wieder bedauernd den Kopf. »Sind das Geschwister? Eheleute? Haben die den Schweinkram hier veranstaltet?«

»Ich darf Ihnen dazu noch nichts sagen.« Sebastian steckte das Foto wieder ein. »Aber sobald ich etwas weiß, melde ich mich bei Ihnen.«

Nachdem er von Herrn Gephardt die Namen und Telefonnummern des Hausmeisters, des Sportlehrers und der pensionierten Deutschlehrerin bekommen hatte, verabschiedete sich Sebastian.

Vor dem Tapeziertisch, in der Aula, hatte sich eine lange Schlange gebildet. Geduldig warteten die Menschen darauf, dass jeder von ihnen ein kleines Essen bekam. Im Vorbeigehen sah Sebastian erschöpfte Gesichter.

Das Haus lag in der Manshardtstraße, gleich um die Ecke. Er musste auf dem Klingelbrett nicht lange suchen, drückte lange den kleinen eckigen Knopf, aber bei Monika Packer reagierte niemand. Als eine junge Frau aus der Haustür trat, grüßte Sebastian, hielt die Tür fest und ging hinein. Der Aufzug trug ihn in wenigen Sekunden hinauf in den fünften Stock. Sebastian wandte sich nach links, klopfte. Keine Antwort.

Irgendwo ging eine Tür. Sebastian horchte. Aber alles war still. »Hallo?«, rief Sebastian, ging ein paar Stufen die Treppe hinauf und beugte sich über das Geländer. Ein Mann schaute aus seiner Wohnungstür. Sebastian sah nur ein faltiges Gesicht.

»Guten Tag«, sagte Sebastian.

Der Kerl schlug die Tür zu. Sebastian sprang die Treppe hinauf. Es war genau die Wohnung, die über der Wohnung von Monika Packer lag.

»Herr Kamener?«, rief Sebastian so laut, dass es hallte und der Mann es hinter der Tür hören musste. »Wir haben gestern telefoniert. Fink ist mein Name. Kriminalpolizei. Machen Sie bitte auf.«

Hinter der Tür war es still.

»Nur eine Frage«, sagte Sebastian.

Die Tür öffnete sich einen Spaltbreit, und das faltige Gesicht kam zum Vorschein.

»Darf ich hereinkommen?« Sebastian zeigte seinen Dienstausweis.

Ohne zu antworten, machte der Mann seine Wohnungstür auf, und Sebastian trat ein.

»Was ist denn los so früh am Morgen?« Herr Kamener schloss hinter Sebastian die Tür. »Das reinste Irrenhaus.«

»Haben Sie heute schon Frau Packer gesehen?«

»Gott bewahre!« Kamener schnaubte. Unter seinem verwaschenen Bademantel war graues Brusthaar zu sehen. Die dünnen Haare klebten an seinem Schädel, anscheinend hatte der Mann gerade geduscht. »Wenn überhaupt«, sagte er, »*höre* ich sie oder vielmehr ihren Fernseher. Sie können es sich nicht vorstellen, sie schaut wirklich jeden Mist: Serien, Talkshows. Hauptsache mit ordentlich Krawall.«

»Und dann gehen Sie runter und klingeln?«

Der Mann schüttelte den Kopf »Das tue ich mir nicht an.« Er machte einen Schritt ins Wohnzimmer hinein, wo ein Besen neben der Anrichte lehnte. »Hier!«, sagte er. »Damit klopfe ich dann kräftig auf den Boden, damit sie es hört, und so lange, bis sie den Kasten leiser stellt. Jeden Abend das gleiche Spiel.«

»Das heißt, Sie haben keinen persönlichen Kontakt?«

»Neulich war ich mal unten bei ihr, Sie wissen schon, die Sache mit dem Glas Wasser, das sie mir ins Gesicht gekippt hat. Die ist doch bekloppt! Übrigens: Ich weiß jetzt, wann es passiert ist. Am 5. Mai. Ich war an dem Tag nämlich beim Urologen.«

»Sind Sie sicher?«

»Absolut. Käffchen?«

Sebastian schüttelte den Kopf und überlegte. Drei Wochen war das her, das war eine Woche nach der Schweine-Mail. Die hatte also mit der Wasserglas-Episode nichts zu tun. Monika Packer hatte die Polizei geschickt auf die falsche Fährte gesetzt.

»Wissen Sie, wo ich Frau Packer jetzt finden könnte?«, fragte Sebastian.

Herr Kamener wandte sich um und ging ein paar Schritte zum Fenster. In seiner linken, lilafarbenen Socke hatte er ein Loch an der Ferse. »Kommen Sie mal, junger Mann«, sagte er.

Unten war ein kleiner See zu sehen, umgeben von Bäumen. »Schauen Sie, die Person auf der Bank, ist sie das vielleicht? Ich habe sie dort schon manchmal gesehen.«

Sebastian kniff die Augen zusammen. Rasch bedankte er sich bei Herrn Kamener und verabschiedete sich.

Er lief die Treppe hinunter, aus dem Haus, an einer Frau mit Einkaufstüten vorbei, rannte um die Ecke und blieb keuchend stehen. Zwei kleine Mädchen spielten am Wasser. Aber die Bank am See war leer. Sebastian fragte die Kinder, wo die Frau sei, die hier eben noch gesessen hatte. Eines der Mädchen kratzte weiter mit der Schaufel über den Boden, das andere schaute mit dunklen Augen zu Sebastian hoch, hob den Arm und zeigte nach links.

Der Fußweg führte zwischen Büschen hindurch, ein wenig hangabwärts, zu weiteren Bänken und einem Weg am See. Obwohl Monika Packer ihm den Rücken zuwandte, erkannte Sebastian sie.

»Sie haben sich ein bisschen viel erlaubt, Frau Packer«, sagte er.

»Was ist denn jetzt schon wieder los?« Sie drehte sich abrupt um und sah Sebastian herablassend an.

Sebastian bemühte sich um einen neutralen Tonfall: »Sie haben uns gestern nicht die Wahrheit gesagt.«

»Ich?«

»Ein Rat, Frau Packer: Wenn Sie auch in Zukunft hier im Grünen herumspazieren wollen, antworten Sie mir ehrlich. Also, worum ging es in der Mail, die Sie an Ihren Exmann geschrieben haben?«

»Das habe ich Ihnen doch gesagt!« Monika Packer fuhr verärgert mit der Hand durch die Luft.

Ohne ein weiteres Wort zog Sebastian sein Handy aus der Tasche und tippte eine Nummer, wobei er Monika Packer nicht aus den Augen ließ. Als Jens abnahm, sagte er: »Ich stehe hier mit Frau Packer, die weiterhin leugnet … Du sagst es. Nicht kooperativ, überhaupt nicht. Würdest du bitte herkommen und die Dame abholen und in U-Haft nehmen?«

»Nein!«, rief Monika Packer. »Legen Sie auf! Ich sage alles!«

Sebastian sah Frau Packer an, dann legte er auf.

»Mein Exmann ist tot, und ich …« Monika Packer sank mit ihrer Tasche auf die Bank.

Sebastian ging in die Knie und schaute sie eindringlich an. »Sagen Sie endlich die Wahrheit: Wie war das mit den Schweineabfällen? Wessen Idee war das?«

»Ich hatte etwas in der Zeitung gelesen, das habe ich dem Dirk erzählt, und da haben wir beschlossen, das auch zu machen.«

»Was zu machen?«

»Naja, Schweinefleisch mögen die Araber doch nicht.«

»Wo haben Sie das Fleisch herbekommen?«

Monika Packer schaute Sebastian verständnislos an. »Vom Metzger.«

Sebastian seufzte. »Was genau hat er Ihnen gegeben?«

»Innereien und obendrauf zwei Schweinefüße. Und die Schnauze.«

»Und er hat nicht gefragt, was Sie damit wollen?«

»Nein.«

»Und was haben Sie dann damit gemacht?«

Eine Spaziergängerin kam mit ihrem Dackel den Weg entlang. Der Hund blieb stehen, schnupperte an den Schuhspitzen von Monika Packer, dann zog die Frau ihn weiter.

»Erzählen Sie«, sagte Sebastian.

»Wir sind am späten Abend rüber zum Haus und haben das Zeug an die Wand geklatscht.«

»Mit bloßen Händen?«

Monika Packer verzog das Gesicht. »Nein, wir hatten Gummihandschuhe an. Haben das Zeug an die Wände geschmiert und Füße und Schnauze vor die Tür gelegt, und dann sind wir weg. Hat fünf Minuten gedauert. Höchstens. Und ich schäme mich nicht.«

»Sie bekommen eine Anzeige«, sagte Sebastian.

Monika Packer schlug die Hände vor den Mund. »Ich will nicht ins Gefängnis.«

»Wer wusste alles von dieser Aktion, abgesehen vom Metzger?«, fragte Sebastian.

»Niemand. Und der Metzger wusste es ja auch nicht.«

Sebastian ließ sich den Namen geben und nahm sich vor,

den Mann überprüfen zu lassen. »Und Sie sind sicher, dass niemand Sie bei der Aktion beobachtet hat?«, fragte er.

»Wir haben ja darauf geachtet, dass uns niemand sieht. Außerdem war es dunkel.«

»Können Sie sich vorstellen, dass der Mord an Ihrem Exmann etwas mit seinem Ausländerhass zu tun hat?«

»Du liebe Güte, ›Ausländerhass‹ – wie sich das anhört!«

»Antworten Sie, bitte.«

»Keine Ahnung.«

»Hat er nie etwas erzählt, über eine Diskussion mit jemandem oder einen Streit?«

»Er hatte ja ständig Streit. Deswegen hat er doch auch so oft die Arbeitsstelle gewechselt. Und Sie?«

Sebastian verstand nicht. »Was meinen Sie?«

»Haben Sie den Mörder gefasst?«

Dann wäre ich nicht hier, wollte Sebastian gerade antworten, aber stattdessen sagte er gar nichts.

## 19

An diesem Morgen kam ihr das Bett unendlich groß vor. Sie hatte das Gefühl, keinen Halt zu haben, sich in dem Weiß zu verlieren wie ein trudelnder Segelflieger im Wolkenmeer. Sie drehte sich auf den Bauch, das Bett knarrte vertraut.

Katharina Krüger-Lepinsky versuchte noch einmal einzuschlafen, aber es wollte ihr nicht gelingen. Die Bilder von gestern Abend gingen ihr einfach nicht aus dem Kopf. Im Fernsehen hatte sie zu später Stunde noch den Dokumentarfilm über die Menschen auf den wackeligen Booten im Mittelmeer gesehen. Die Angst in den Gesichtern, Bilder wie aus vergangen geglaubten Zeiten. Mach doch endlich den Kasten aus, hätte Gerd gesagt.

Sie öffnete ihre Augen. Sie hatte sich eigentlich fest vorgenommen, nicht mehr so oft an Gerd zu denken und schon gar nicht so früh morgens, aber er mogelte sich doch immer wieder in ihre Gedanken. Stand plötzlich einfach da, wie damals, als sie sich zum ersten Mal in der Uni-Bibliothek begegnet waren. Zwischen ihnen war gleich dieses Band da gewesen, eine Verbindung, etwas, was sie einander so anziehend machte. Noch immer gab es Momente, da hätte Katharina am liebsten angefangen zu heulen.

Sie schlug die Decke zur Seite. Barfuß tappte sie über

die knarrenden Dielen, öffnete die großen Vorhänge und schaute in ein fabelhaftes frühmorgendliches Blau. Wieder ein Tag, wo sie allein die vielen kleinen und größeren Entscheidungen treffen musste, aber vielleicht war ja das sonnige Wetter ein gutes Vorzeichen.

In der Küche drückte sie den Schalter für den Wasserkocher, nahm den Autoschlüssel, das Portemonnaie, den Einkaufszettel und den Praxisschlüssel vom Tisch und legte alles auf den Schuhschrank bei der Wohnungstür, damit sie nachher nichts vergessen würde.

Mit dem dampfenden Keith-Haring-Becher, den ihr Gerd mal in einem Museumsshop gekauft hatte, ging sie hinüber ins Wohnzimmer, setzte sich an den großen Esstisch und nippte am heißen Tee. Sie versuchte sich die Namen der Patienten ins Gedächtnis zu rufen, die heute einen Termin bei ihr ausgemacht hatten. Eine kleine Übung, die ihr Spaß machte. Heute waren es acht Patienten plus zwei aus dem Flüchtlingsheim, die sie kostenlos behandelte, und sie fielen ihr nacheinander alle ein.

Eine halbe Stunde später ging sie im leichten Sommermantel die Straße hinunter, vorbei am Blumenladen von Frau Hansen, der Reinigung und dem Buchladen bis zur Tiefgarage, die sich unter einem der großen Gebäude befand. Dort hatte seit Jahren der gute alte Paul seinen Platz: Katharinas Auto, blau, Modell 1982, helles Stoffverdeck, schon mehrmals geflickt.

Sie brauchten damals ein Auto für ihre erste große Urlaubsreise, und weil die Reise nach Südfrankreich ging, waren Katharina und Gerd beim dritten Glas Rotwein auf die Idee gekommen, dass es ein französisches Auto sein müsse, und von dieser Idee mochten sie auch im nüchternen Zustand nicht mehr abkommen. Als sie das Auto damals kauften, tauften sie es noch am selben Tag auf den Namen Paul. Gerd wartete im Himmel, Paul in der Tiefgarage.

Der treue Paul. Die Sitzfederung war müde, und immer wieder musste man den Roststellen beikommen, vor allem am Boden und an den Stoßstangen. Paul musste so regelmäßig in die Werkstatt wie andere zum Arzt. »TÜV« war seit vielen Jahren das Synonym für Bedrohung. Alles wurde untersucht und in Frage gestellt. Nur zu gern, so kam es Katharina vor, hätten die Männer vom TÜV Paul aus dem Verkehr gezogen, lieber heute als morgen. Aber mit Hilfe der Jungs aus der Werkstatt schaffte Paul es immer wieder. Und so würde es auch jetzt wieder sein. Hoffentlich.

Wenige Minuten später rollte Katharina mit dem Wagen in die Werkstatt. Als sie ausstieg, umfing sie die kühle Luft und der vertraute Geruch nach Öl und Benzin.

Josef Nowak, der Boss, gab ihr ein Zeichen, dass er gleich für sie da sein würde. Seine dicken Dreadlocks, die er geschickt mit einem rotkarierten Tuch zusammengebunden hatte, waren ein einziges Kunstwerk. Katharina lächelte und fragte sich, wie man mit solchen Haaren am Hinterkopf eigentlich schlief.

Aus unsichtbaren Lautsprechern ertönte ein Jingle, der die Radio-Nachrichten ankündigte. An der Wand neben den Werkzeugschränken hatten die Jungs ein neues Plakat aufgehängt: *Refugees welcome – always, everywhere.* Katharina wusste, dass Josef politisch engagiert war, tatkräftig und meinungsstark. Auch sie engagierte sich schon lange für Flüchtlinge, aber sie war strenger als zum Beispiel die Leute von der Werkstatt und fand, dass die Männer und Frauen aus anderen Kulturkreisen sich in Deutschland voll anzupassen hätten. Alles andere war doch Augenwischerei und schuf nur unnötige Probleme.

»Na, wieder da?« Josef wischte sich die Hände an einem Tuch ab und gab Katharina die Hand, während er schon einen Blick auf die blauschimmernde Karosserie warf. »Hat Monsieur irgendwelche Schmerzen oder speziellen Beschwerden?«

»Beim Anlassen«, sagte Katharina. »Er hustet und röchelt seit einiger Zeit, bis er in die Gänge kommt.«

Josef ging um den Wagen herum, ging in die Knie, und Katharina erinnerte sich, dass sich beim letzten Mal ein Mechaniker um Paul gekümmert hatte, der den alten Peugeot so verträumt ansah, dass sie gleich Vertrauen zu ihm fasste.

»Ist der Mann gar nicht da, der den Wagen beim letzten Mal flottgemacht hat?«, fragte Katharina.

»Dirk?« Josef schüttelte den Kopf und öffnete die Beifahrertür. »Wir haben uns von ihm getrennt … und vorgestern war die Polizei hier.« Er fuhr mit dem Daumen an der Dichtung entlang. »Offenbar wurde er ermordet.«

»Was?« Katharina erschrak zutiefst und musste sich am Wagen abstützen. »Ist das wirklich wahr? Das ist ja grauenvoll!«

Josef stemmte die Hände in die Hüften und schaute sie an. Blaugrün waren seine Augen, das war Katharina noch nie aufgefallen. Eine schöne Farbe. Sie sahen sich an, und es war, als verbände sie einen Moment lang die Erkenntnis, dass die Welt jenseits dieser Werkstatt aus den Fugen war und dass man dankbar sein müsse, am Leben zu sein. Dann lächelte Josef verlegen und nahm wieder das Auto in Augenschein. Er klopfte sachte ans Blech und sagte: »Dich kriegen wir wieder hin, Paul. Versprochen.«

Katharina ging von der Werkstatt zu Fuß zur Praxis. Es roch nach Frühling, und Katharina lockerte ihren Seidenschal.

In den vierundsechzig Jahren ihres Lebens hatte sie noch nie ein Mordopfer persönlich gekannt. Oder sie hatte es nicht erfahren. Wenn ein Patient plötzlich wegblieb und nicht mehr wiederkam, erfuhr sie ja selten den Grund. Aber dass dieser Mechaniker mit den lieben Augen … Katharina schüttelte den Kopf. Nicht zu fassen war das. Sie zog die Tür hinter sich zu und hängte ihren Mantel an die Garderobe.

Ihr fielen die Patienten aus dem Flüchtlingsheim ein, die sie in den letzten Wochen behandelt hatte. Wo sie herkamen, war Mord allgegenwärtig. Für einen Moment fühlte Katharina die Distanz zwischen ihren Welten.

»Guten Morgen, Frau Krüger.« Sonja, ihre Sprechstundenhilfe, starrte in den Computer. Die ersten Patienten waren schon da.

Sie stellte ihre Tasche ab, zog ihren weißen Kittel über die lindgrüne Bluse an, bürstete ihr Haar. Vor dem Spiegel strich sie den frischgewaschenen Kittel glatt und achtete darauf, dass ihre Kette zur Geltung kam. Ein Kontrollblick aufs Gesicht: Ihre Züge, auch die mittlerweile steilen Falten zwischen Mundwinkeln und Nase, waren ihr vertraut. Und doch war irgendetwas anders. Sie wusste nur nicht, was.

Katharina gab Sonja ein Zeichen und ging hinüber in den Praxisraum. Hohe Wände, weiße Schränke an der Wand, ein großes Fenster mit Blick in den Garten und in den Himmel, wenn man im Behandlungsstuhl lag.

»Frau Klemm, bitte«, kam es aus dem Lautsprecher.

Kurz darauf betrat die kleine Frau Klemm den Raum. Eine Füllung musste erneuert werden. War es nicht der hintere Mahlzahn, Unterkiefer, rechts? Katharina schaute auf die Karte und freute sich: Genau so war es. Es war ein Spiel, das sie schon immer geliebt hatte, und seit sie älter geworden war, war es ein gutes Gedächtnistraining. Und wie immer hatte Frau Klemm Angst. Ihre Gesichtsfarbe war so bleich, dass man von Farbe gar nicht mehr sprechen konnte. Sie tat Katharina leid, wie es ihr immer leidtat, wenn ihre Patienten sich vor dem Zahnarzttermin fürchteten. Vor Gerds Tod ging ihr das auf die Nerven. Immer wieder musste sie sich denselben Kram anhören. Aber seit sie mit dem Verlust ihres geliebten Mannes vor einem halben Jahr leben musste, hatte ihr Mitgefühl für andere Menschen zugenommen.

Katharina fragte Frau Klemm nach dem Hund. Frau Klemms Blick hellte sich auf. Sie erzählte, dass sich ihr Hund am Vortag im Matsch gesuhlt habe und sie ihn hinterher mit dem Schlauch abspritzen musste. Ein Theater! Frau Klemm lachte, und Katharina konnte mit der Behandlung beginnen.

Sie behandelte einen Patienten nach dem anderem, verschaffte sich mit dem Mundspiegel einen Überblick, arbeitete mit der Mundsperre, glättete Wurzeloberflächen, entfernte Karies vom Zahnbein, legte Füllungen, knipste an Zahnspangen herum, entfernte Klebematerial, bohrte mit dem Diamantbohrer kleinste Löcher, hantierte mit der Titan-Pinzette. Und musste dabei an Gerd denken, wie er manchmal sagte: »Du und deine Folterwerkzeuge!«

## 20

Tischtennisplatte an Tischtennisplatte. Ohne einen einzigen Menschen sahen sie mit den straffgespannten Netzen aus wie ein modernes Kunstwerk, eine Installation in der Sporthalle.

»Hallo?«, rief Sebastian, und es hallte.

Keine Antwort. Dabei stand Sören Hilgersons Fahrrad vor der Halle.

Er sei allein hier zum Trainieren gewesen, als Jan-Ole Sievers, sein Kumpel und Konkurrent, im Jenischpark getötet wurde, so hatte Sören Hilgersen ausgesagt. Das war kein Alibi. Und nachdem Sebastian von Hilgersens Drogen- und Schizophrenie-Episode und dem längeren Aufenthalt in der Entzugsklinik erfahren hatte, wollte er noch einmal mit dem jungen Sportler sprechen.

Sebastian ging zurück durch die Gänge, durch die er gekommen war, und seine Sohlen quietschten auf dem Linoleum. In den Umkleidekabinen roch es nach Schweiß und Gummi, den Geruch kannte Sebastian noch aus seiner Schulzeit. Aus der Dusche war ein Rauschen zu hören.

»Herr Hilgersen?«, rief Sebastian.

Keine Antwort.

Sebastian näherte sich dem Durchgang. Im Dampf konnte

er zuerst nichts erkennen. Dann sah er hinten, in der Ecke, einen Schatten.

Der Dampf lichtete sich etwas. Sören Hilgersen lehnte nackt mit dem Rücken an der gekachelten Wand, die Augen geschlossen, als sich eine zweite männliche Person von ihm löste. Aus zwei Schatten wurde wieder einer. Die beiden küssten sich.

Überrascht zog Sebastian sich zurück. Er setzte sich auf die Bank gegenüber den Schrankschließfächern.

Sören Hilgersen war schwul oder bisexuell. Aber bedeutete das etwas für die Ermittlungen? Allerdings. Damit erschien der Fall Jan-Ole Sievers in einem neuen Licht, auch wenn Sebastian noch nicht genau wusste, in welchem.

Stimmen waren jetzt zu hören. Kurz darauf ging die Dusche aus. Wieder Stimmen. Schritte auf dem nassen Boden. Sören Hilgersen kam heraus, gefolgt von einem jungen Mann, ungefähr im selben Alter.

»Guten Tag!«, sagte Sebastian.

Beide blieben stehen und starrten ihn überrascht an.

»Was machen Sie denn hier?«, fragte Sören Hilgersen.

»Ich muss Sie noch einmal sprechen«, antwortete Sebastian ruhig.

»Warten Sie hier schon lange?«, fragte Hilgersen unsicher, öffnete seinen Spind und holte ein Handtuch hervor.

»Ja. Schon eine ganze Weile«, antwortete Sebastian.

Ungläubig schaute Hilgersen ihn an, während der andere Typ grinsend seinen Spind öffnete.

»Darf ich fragen, wer Sie sind?«, wandte Sebastian sich an den zweiten Mann.

»Und wer sind Sie?«, gab der zurück.

120

»Der Mann ist von der Kripo«, sagte Sören Hilgersen knapp und fügte ironisch hinzu: »Darf ich vorstellen: Mark Schmidt.«

Der Typ schaute erstaunt von Sebastian zu Hilgersen und zurück.

»Dürfte ich Sie bitten, uns allein zu lassen?«, sagte Sebastian.

Der Mann gehorchte, nahm seine Sachen und verschwand. Hilgersen zog sich etwas an und setzte sich auf die Bank, Sebastian gegenüber.

»Hören Sie«, sagte er zu Sören Hilgersen. »Mir ist es persönlich völlig egal, was Sie in Ihrer Freizeit machen, aber etwas möchte ich gerne wissen, und ich will, dass Sie mir die Wahrheit sagen. Einverstanden?«

Sören Hilgersen faltete sein Handtuch.

»Haben Sie sich hier auch mal mit Jan-Ole Sievers getroffen?«, fragte Sebastian.

Sören Hilgersen nickte langsam.

»Wann?«

»Vor ungefähr einem halben Jahr.«

»Und dann?«

»Nichts.«

»Einmal und nie wieder?«

»Ja.«

»Weil Jan-Ole nicht mehr wollte?«

Hilgersen zuckte die Achseln. »Ich renne niemandem hinterher.«

»Waren Sie in Jan-Ole verliebt?«, fragte Sebastian.

Sören Hilgersen antwortete nicht.

»Also ja.«

»Ein bisschen schon, ja.«

Sebastian nickte und fragte kurzentschlossen, ganz direkt: »Haben Sie Jan-Ole umgebracht?«

»Sind Sie verrückt?«, rief Sören Hilgersen. Unvermittelt barg er den Kopf in den Händen, und seine Schultern begannen zu zucken. Er weinte.

Sebastian ließ ihm Zeit. Dann fragte er: »Nehmen Sie Drogen, Herr Hilgersen, oder haben Sie früher Drogen genommen?«

Er wischte sich mit dem Handtuch über das Gesicht. »Wieso? Ist das wichtig? Ich hab einen Entzug gemacht.«

»Nehmen Sie Medikamente?«

Hilgersen schüttelte den Kopf. »Mir ist kalt«, sagte er.

»Wo waren Sie gestern Morgen zwischen 8 und 9 Uhr?«, fragte Sebastian.

Hilgersen schaute zu Boden. »Da war ich hier.«

»Mit wem?«

»Mit Mark. Und der Hausmeister hat uns in die Halle gelassen.«

Sebastian hätte den Mann am liebsten gepackt und geschüttelt. »Warum erzählen Sie mir das nicht gleich? Sie brauchen ein Alibi, und ich habe Besseres zu tun, als es Ihnen mühsam aus der Nase zu ziehen!«

Sören Hilgersen schaute schuldbewusst zu Boden.

»Sie sind mit diesem Mark heute Nachmittag um Punkt drei auf dem Präsidium, und da soll er bestätigen, dass er mit Ihnen hier war«, sagte Sebastian.

Er verließ die Sporthalle und ging zu seinem Auto. Er wusste nicht, was ihn mehr ärgerte: die Fahrlässigkeit eines jungen Mannes, wenn es um dessen eigenes Alibi ging, oder die Tatsache, dass er eines hatte und Sebastian ihn von der Liste möglicher Verdächtiger streichen musste und somit keinen Verdächtigen vorzuweisen hatte. Das hieß, ein Mörder lief frei herum, und niemand wusste, wann und wo er wieder zuschlagen würde.

## 21

An diesem Abend nahm Katharina den Bus. Im hinteren Bereich war ein Fensterplatz frei. Eine junge Frau mit Kopfhörern setzte sich auf den Platz neben ihr. Katharina lächelte, zog ihre Tasche an sich heran und rückte ein wenig zur Seite. Draußen hasteten Menschen über den Gehweg, wollten nach Hause, zu ihren Freunden und Partnern, den Abend genießen.

Es gab etwas, das Katharina an ihrem Beruf besonders liebte: die Erleichterung in den Gesichtern ihrer Patienten, wenn die Sitzung beendet war. Und die Dankbarkeit darüber, dass jetzt alles wieder in Ordnung war. Zähne waren eben unersetzlich. Mit Implantaten konnte man zwar viel machen, aber so stabil wie die echten Zähne würden sie nie sein. Man konnte nur noch ausbessern, immer wieder ausbessern.

An der Hallerstraße stieg Katharina aus. Auf einem Balkon standen Leute, Musik drang aus der offenen Fenstertür, vielleicht eine kleine Party. Katharinas gute Stimmung war plötzlich dahin. Was hatte sie eigentlich noch vom Leben außer ihrem Alltag? Sie hatte das Auto in die Werkstatt gebracht, hatte gearbeitet, und jetzt wartete am Ende des Tages wieder dieses Loch: Vergangenheit und Erinnerungen.

Katharina steuerte auf den Blumenladen zu.

Sie drückte die Tür auf, und Frau Hansen kam ihr mit

dem Schlüssel entgegen. Feierabend. Katharina seufzte, aber Frau Hansen lächelte. »Kommen Sie herein, Frau Krüger. Ein Minütchen habe ich schon noch.«

Katharina und Frau Hansen kannten sich seit vielen Jahren, und der Gedanke, dass ihre Blumenfrau merken könnte, dass Sie eigentlich nichts anderes suchte als ein nettes Gespräch und gar keine Blumen brauchte, war ihr unangenehm. Seit Gerds Tod hatte sie solche Situationen ständig zu meistern, sie war nicht nur Zahnärztin, sondern inzwischen auch Schauspielerin.

»Ich muss zu einem sechzigsten Geburtstag und hätte gerne einen schönen Strauß. Ich dachte an Anemonen, oder was meinen Sie?«

Frau Hansen schaute sich um und sagte, sie hätte da eine Idee.

Katharina stand unschlüssig zwischen den Eimern mit Rosen und Lilien, Töpfen mit Margeriten und Hortensien, Paletten mit Veilchen und Lavendel, und zum ersten Mal wurde ihr bewusst, in welchem Kontrast diese Gewächse zu den toten und kalten Instrumenten standen, mit denen sie jeden Tag in der Zahnarztpraxis hantierte.

Ob es an dem Duft lag, der so betörend war? Plötzlich kamen Katharina die Tränen und liefen unkontrolliert über die Wangen. Sie versuchte, ihr Schluchzen zu unterdrücken, sank auf die Bank, die neben den Rosenstöcken stand, und sah durch einen Schleier hindurch Frau Hansen, die hinter den Pfingstrosen auftauchte. Katharina zog ein Taschentuch aus ihrer Tasche und schneuzte sich heftig.

Frau Hansen setzte sich neben sie, legte einen Arm um ihre Schultern und sagte nur: »Weinen Sie ruhig, Frau

Krüger. Hier sieht und hört Sie keiner. Hier sind nur die Blumen.«

Die Berührung, die warmen Worte – Katharina gehorchte, lehnte sich an die Schulter von Frau Hansen und weinte.

Ein, zwei Minuten, dann war es auf einmal vorbei. Katharina wischte sich die Tränen von der Wange, bedankte sich bei Frau Hansen, stand auf und bat um den Strauß – es war eine wunderschöne Kombination aus verschiedenfarbigen Blumen.

»Was macht das?«

»Zweiundzwanzig Euro«, sagte Frau Hansen.

Katharina bezahlte, Frau Hansen öffnete ihre altmodische Kasse und gab ihr das Wechselgeld heraus.

Kurz berührten sich ihre Hände. Katharina nickte, grüßte und verließ den Laden.

Vor ihrem Wohnhaus tastete sie in der Jackentasche nach ihrem Schlüssel, und sie spürte es jetzt ganz deutlich: Sie mochte hier nicht mehr leben. Der kleine verwilderte Vorgarten, die steinerne Treppe, die herrschaftliche Haustür, ihre Wohnung – alles gehörte zu ihrem Leben mit Gerd, zur Vergangenheit.

Sie sollte umziehen, und zwar so bald wie möglich. In der neuen Wohnung würde immer ein Blumenstrauß in der Diele stehen. Und sie würde verrückte Dinge tun, zum Beispiel einen Tangokurs besuchen. Noch heute Abend wollte sie anfangen, sich im Internet nach Wohnungen umzuschauen. Und morgen würde sie sich an einen Immobilienmakler wenden. Sie würde Geld in die Hand nehmen und aufs Ganze gehen. Die einzige Bedingung: Es musste eine Garage für Peugeot Paul geben.

Das Treppenhaus war dunkel, aber Katharina fand den Weg auch blind. Vier Stockwerke hatte das Haus, es gab einen Fahrstuhl, aber Katharina ging zu Fuß, schon immer, seit sie hier vor fünfundzwanzig Jahren eingezogen war.

Als sie im dritten Stock ankam und auf ihre Wohnungstür zuging, meinte sie, im Augenwinkel etwas zu sehen, was sonst nicht da war. Sie drehte den Kopf und erkannte im Dunkeln eine Gestalt.

Vor Schreck hielt Katharina die Luft an.

Mit einer Stimme, die ihr fremd und dunkel vorkam, fragte sie streng in die Dunkelheit: »Wer sind Sie?«

Als keine Antwort kam, überfiel Katharina eine lähmende Angst. Die Umrisse der Person wurden nach und nach klarer, und das Gesicht tauchte wie aus dichtem Nebel aus der Dunkelheit auf. Katharina konnte jetzt nur noch mit leiser Stimme fragen: »Was wollen Sie von mir?«

## 22

Am nächsten Morgen war der Himmel über der Alster blassblau, und die Sonne kämpfte sich langsam durch einen zarten Wolkenschleier. Eine Gruppe Frauen in farbigen Fleecejacken waren mit ihren Hunden unterwegs, warfen Stöckchen und beobachteten, wie ihre Lieblinge über die Wiese tollten. Sebastian joggte auf dem Sandweg am Wasser entlang, hörte Wortfetzen von Paaren, die nebeneinander herliefen und sich unterhielten. Ein leichter Wind fuhr hoch oben in die Kronen der riesigen Eichen, und ein mildes Rauschen war zu hören. Die Jungs vom Ruderclub trieben ihr schmales Boot durchs Wasser, und kleine Wellen plätscherten ans Ufer. Sebastian spürte ein Ziehen im rechten Oberschenkel, aber er joggte weiter, allerdings etwas gemächlicher. Er war schon fast an der Hudtwalckerbrücke, die ihn nach Winterhude führen würde, als der Schmerz stärker wurde. Er hielt an. Während er den Oberschenkel dehnte, sah er auf dem Wasser einen Mann mit Paddel, der auf einem Brett balancierte. Vielleicht sollte Sebastian das auch einmal versuchen.

Als sein Handy trillerte, stand auf dem Display: *Jens.*

Die Stimme seines Kollegen klang ernst. »Es gibt eine schlechte Nachricht«, kündigte er an.

»Was ist passiert?«, fragte Sebastian in den Hörer.

»Eine Frau wurde erschossen.«

Sebastian fluchte. »Wo?«

»Hallerstraße 74c.«

Sebastian überlegte schnell. Die Hallerstraße war näher als der Parkplatz, auf dem Sebastian sein Auto abgestellt hatte. »Ich komme direkt dorthin«, sagte er.

Vielleicht war es Einbildung, vielleicht auch ein eigenartiges physisches Zusammenspiel, aber das Ziehen im Oberschenkel hatte sich einfach aufgelöst. Sebastian joggte zur Hallerstraße.

Der Bereich vor Haus Nummer 74c war großzügig abgesperrt. Auf dem Gehweg parkte der Notarztwagen. Polizeiwagen standen quer. Rückwärts rollte ein Leichenwagen heran. Auf den Balkonen der umliegenden Häuser und am rotweißen Absperrband hatten sich Anwohner und Passanten versammelt, während sich die Türen des Leichenwagens öffneten.

»Bitte treten Sie zurück«, sagte ein Polizist, den Sebastian nicht kannte.

»Fink ist mein Name«, antwortete Sebastian. »Ich leite hier die Ermittlungen.«

Der Polizist drängte die Passanten zur Seite und sagte: »Kann ich bitte Ihren Ausweis sehen?«

Sebastian strich sich das verschwitzte Haar aus der Stirn. »Ich war beim Joggen, als mich der Anruf von Kollege Sander erreicht hat.«

Der Mann sah ihn misstrauisch an. »Tut mir leid. Ohne Ausweis …«

Genervt zückte Sebastian sein Telefon, als Jens vor dem Haus auf dem Treppenabsatz erschien. »Alles in Ordnung«, rief er dem Polizisten zu und winkte.

»Wie siehst du denn aus?«, kommentierte Jens kurz und sagte: »Dritter Stock.«

Jens hielt eine Damenhandtasche unter seinem Arm, die er öffnete, während sie hinaufstiegen. Er klaubte einen Personalausweis aus dem Täschchen und las laut: »Katharina Gesa Krüger-Lepinsky, geboren am 7. April 1953, 1,75 Meter, Augenfarbe braun.« Er schaute Sebastian an, und eine ratlose Wut lag in seinem Blick. »Sie wurde im Treppenhaus direkt vor ihrer Wohnung umgenietet, kannst du dir das vorstellen?«

»Wer hat sie gefunden?«

»Der Paketbote.« Jens berichtete, der Mann habe beim Nachbarn klingeln wollen, sei quasi über die Leiche gestolpert und habe sofort den Notarzt und die Polizei verständigt. Dann sei er zusammengebrochen und ins Krankenhaus gebracht worden.

Im dritten Stock angekommen, traten sie in einen Korridor, der vom Treppenhaus nicht einzusehen war und zu zwei Wohnungstüren führte. In dem kurzen Gang drängelten sich der neue Gerichtsmediziner Oliver Kneip und die Kollegen von der Spurensicherung. Ein Blitzlicht flammte auf, und Jens berichtete, dass die Tote Zahnärztin gewesen sei und eine Praxis in Altona betrieben habe.

Der Gerichtsmediziner erhob sich, reichte Sebastian stumm die Hand und sagte: »Der Todeszeitpunkt liegt schon neun bis zwölf Stunden zurück.«

Sebastian rechnete. Das bedeutete, dass die Tat am frühen Abend passiert war. »Und so lange ist hier niemand vorbeigekommen?«

Jens zuckte die Schultern, und Sebastian beugte sich über die Leiche.

Katharina Krüger-Lepinsky trug einen hellen Sommermantel und halbhohe Pumps in derselben Farbe, von denen sie einen beim Hinfallen verloren hatte. Auf Brusthöhe befand sich ein dunkler Fleck auf der lindgrünen Bluse, der erstaunlich klein war. Der Täter, erfuhr Sebastian, hatte nur einmal abgefeuert. Ein Schuss aus allernächster Nähe.

»Der Nachbar ist verreist«, sagte Jens. »Und von den übrigen Nachbarn hat anscheinend niemand etwas bemerkt. Aber wir haben auch noch nicht alle befragen können.«

Neben der Leiche lag ein Blumenstrauß, als hätte ihn jemand neben der Leiche abgelegt. Freesien, Anemonen und Ranunkeln. Eine fröhliche Mischung. »Blumenhaus Hansen« stand in dunkelgrüner Schrift auf hellgrünem Papier.

Der Täter könnte im Korridor auf sein Opfer gewartet haben, meinte Sebastian. Jens nickte und ergänzte: »Sie muss ihren Mörder erst bemerkt haben, als sie schon vor ihrer Tür stand, sonst hätte sie im Treppenhaus gelegen.«

»Oder sie kannte ihn«, sagte Sebastian. »Denn eigentlich kann man es nicht übersehen, wenn hier einer im Gang steht.«

»Es sei denn, es war dunkel«, sagte Jens.

Das war richtig. Aber mit dem Treppenhauslicht war alles in Ordnung.

Als die Spurenermittlung nach Anhaltspunkten in der Wohnung zu suchen begann, verabschiedete sich Sebastian. Er wollte gleich etwas in Erfahrung bringen.

Zwei Häuser weiter, an der Straßenecke schräg gegenüber, befand sich im Souterrain ein Blumengeschäft, »Blumenhaus Hansen«. Sebastian stieg die Stufen hinab, drückte die kleine Tür auf, und das Gebimmel eines kleinen Glöckchens ertönte. Versteckt hinter Grünzeug und Blumen war eine Theke, hinter der eine Frau mit einer orangefarbenen Brille stand.

»Sebastian Fink, Kriminalpolizei«, sagte er.

Die Frau ließ ihre Blumenschere sinken und schaute erstaunt an Sebastian herunter. Die Jogging-Klamotten. Sebastian hoffte, dass die Frau jetzt nicht verlangte, seinen Ausweis zu sehen, und fragte: »Sind Sie Frau Hansen?«

»Was ist denn drüben passiert?« Sie wischte ein paar Blumenstengel vom Tisch. »Ist Frau Krüger-Lepinsky wirklich tot? Ich kann gar nicht glauben, was die Leute erzählen.«

»Sie kannten das Opfer?«

»Das Opfer – wie schrecklich das klingt! Sie hat hier regelmäßig ihre Blumen gekauft, schon seit Ewigkeiten. Erst gestern Abend ist sie noch hier gewesen.«

Sebastian trat näher. »Wann war das?«

»Gerade als ich schließen wollte. Um 20 Uhr. Sie hat einen Blumenstrauß gekauft.«

»Hat sie gesagt, für wen?«

»Nein. Aber es war für einen Geburtstag.«

»Ist Ihnen etwas an ihr aufgefallen? Hat sie etwas erzählt? Fühlte sie sich verfolgt?«

»Sie hat geweint.« Frau Hansen zeigte auf eine blaugestrichene Bank bei den Rosenstöcken. »Dort hat sie gesessen und hat geweint.« Frau Hansen nahm ihre Brille ab. »Ich hatte den Eindruck, sie war einfach gestresst, überarbeitet, urlaubsreif. Ich habe mir nichts weiter dabei gedacht …« Frau Hansen war nun selbst den Tränen ganz nahe. »Sie trauerte ja immer noch um ihren verstorbenen Mann, arbeitete viel, und sie war ja auch nicht mehr die Jüngste.« Die

Frau brach ab und schneuzte sich in ein Taschentuch, das sie aus dem Ärmel hervorgezogen hatte.

Gegen Mittag überreichte die Sekretärin Sebastian, der kurz zu Hause gewesen war und nun in frischen Jeans und gebügeltem Hemd in seinem Büro saß, die ersten Ermittlungsergebnisse. Schnell überflog er die Informationen: Katharina Krüger-Lepinsky, seit zwei Jahren verwitwet, betrieb in Altona seit fast dreißig Jahren eine gutgehende Zahnarztpraxis. Die ersten Ergebnisse der Obduktion hatten ergeben, dass die Frau mit einem einzigen Schuss mitten ins Herz getötet worden war. Tatwaffe: eine Mosquito Sport. Die Frau war auf der Stelle tot gewesen. Die ersten Auswertungen der am Tatort gefundenen Spuren hatten noch nichts ergeben, und auch die von den Kollegen durchgeführte Befragung der Bewohner im Haus, insgesamt zwölf Parteien, hatte zu keinen Ergebnissen geführt. Die Leute waren entweder am Vorabend nicht zu Hause gewesen – der direkte Nachbar, ein gewisser Herr Britz, war in Dresden –, oder sie hatten nichts bemerkt. Sebastian klappte die Akte zu. Der Fall nahm furchtbare Ausmaße an.

Sie konnten mit Sicherheit davon ausgehen, dass es sich um denselben Mörder handelte, den sie seit fünf Tagen suchten. Es war also wirklich ein Serienmörder, mit dem sie es zu tun hatten. Die schlimmste aller Varianten. Den Schmerz in den Beinen spürte Sebastian nicht mehr. Vielmehr durchströmte ihn ein fast narkotisierendes Gefühl von Entsetzen.

Kurz darauf saß er Eva Weiß gegenüber. Die Chefin hatte ihre Hände übereinander auf den gläsernen Schreibtisch gelegt und sah Sebastian mit ernster Miene an. Ihre Armreifen klirrten nervös. »Ein Tischtennisspieler, ein arbeitsloser KFZ-Mechaniker, eine verwitwete Zahnärztin. Ein junger Mann um die zwanzig, ein Mann um die fünfundvierzig, eine Frau um die fünfundsechzig«, zählte Eva Weiß auf. »Ich sehe keinen Zusammenhang zwischen den Opfern. Sie?«

Sebastian beugte sich vor. »Leider kann ich noch keine Verbindung erkennen.«

Als wäre sie aus Stein, blieb Eva Weiß vollkommen bewegungslos. Ihre Pupillen wirkten wie eingefroren.

»Gibt es Einbruchspuren?«, fragte sie.

Sebastian schüttelte den Kopf. »Nichts. Der Täter muss auf die Zahnärztin gewartet haben. Er hat ihr aufgelauert.«

Eva Weiß bewegte ihren Kopf hin und her, ein angedeutetes Kopfschütteln. Ihre Lippen waren nur ein dünner Strich. »Wie passt das alles zusammen?«

»Es ist noch zu früh. Ich bekomme aber bald weitere Informationen«, sagte Sebastian und versuchte es vorsichtig optimistisch klingen zu lassen.

Als hätte er nichts gesagt, fuhr Eva Weiß fort: »Darf ich Ihnen etwas verraten?«

Sebastian sah seine Chefin fragend an.

Sie lehnte sich in ihrem Stuhl zurück, und für einen kurzen Moment schien es, als würde sie lächeln. »Von den Fällen, in denen erfolglos ermittelt wird, nehme ich jeweils die Akte mit nach Hause und lege sie bei mir zu Hause auf den Nachttisch, also neben mein Kopfkissen. Ich weiß, es klingt verrückt, aber es ist schon vorgekommen, dass mir dann über Nacht etwas klarwurde.«

»Verstehe.« Sebastian nickte mechanisch. Es leuchtete ihm irgendwie ein.

Eva Weiß betrachtete ihre gepflegten Hände und sagte: »Ich möchte eine Kopie der drei Akten haben.«

## 23

Die Sprechstundenhilfe saß mit verweinten Augen auf dem Ledersofa im Warteraum der Praxis. Selbst hier, wo es einen dicken Teppich, Holz, Leder, große Zimmerpflanzen und eine Ecke mit Spielsachen gab, roch es nach Desinfektionsmittel.

»Frau Dr. Krüger-Lepinsky war gestern sogar besonders gut gelaunt«, sagte Sonja Bohnenkamp. »Sie kam ja von der Werkstatt.« Erschrocken schaute sie auf. »Was wird denn jetzt aus Paul?«

»Paul?«, fragte Sebastian.

»Ihr alter Peugeot. Frau Dr. Krüger hat ihn über alles geliebt und befürchtete schon, dass er es nicht mehr schafft und auf den Schrott muss.« Sonja Bohnenkamp begann zu schluchzen. »Und nun ist sie selber tot!«

»Sie sagten, Frau Krüger war gestern noch in einer Autowerkstatt?« Sebastian reichte der jungen Frau ein Paket Taschentücher.

»Hier in Altona.« Sonja Bohnenkamp schneuzte sich geräuschvoll.

»Autowerkstatt in Altona?« Sebastian warf Pia einen Blick zu.

Sonja Bohnenkamp nickte. »Die Jungs dort sind einfach super.«

136

Pia kritzelte mit hochgezogenen Brauen etwas in ihren Notizblock, und Sebastian sagte: »Wenn Sie einmal zurückdenken – gab es einen Anruf, einen Besuch oder eine Bemerkung von Frau Krüger, die Ihnen vielleicht jetzt, im Nachhinein, seltsam vorkommt?«

Sonja Bohnenkamp knüllte ihr Taschentuch, versuchte sich sichtlich zu erinnern und schüttelte schließlich den Kopf.

»Gab es vielleicht einen Patienten, der sich schlecht behandelt fühlte?«, fragte Pia.

Sonja Bohnenkamp schniefte und schaute auf. »Klar, das gibt es immer mal wieder.« Ihre Augen wanderten von Pia zu Sebastian und wieder zurück, und dabei nickte sie, als würde sie ihre Aussage vor sich selbst bestätigen. »Aber das ist völlig normal.«

»Gab es mal eine Anzeige oder eine Drohung?«, fragte Sebastian.

Sonja Bohnenkamp schaute Sebastian alarmiert an. »Frau Agthe?«

»Eine Patientin?«

Sonja Bohnenkamp nickte. »Angeblich hätte ein anderer Zahnarzt gesagt, die Krone wäre gar nicht nötig gewesen. Sie war echt sauer.«

»Kam so etwas öfters vor?«, fragte Pia.

»Nicht seitdem ich hier bin«, antwortete Sonja Bohnenkamp. »Und das sind mittlerweile auch schon fast acht Jahre.«

Sebastian ordnete an, die Patientenakten vorübergehend zu beschlagnahmen, und fragte die Sprechstundenhilfe, ob ihr die Namen Dirk Packer und Jan-Ole Sievers etwas sagten.

»Nie gehört«, antwortete Sonja Bohnenkamp und schüttelte den Kopf.

»War Frau Krüger politisch aktiv?«

Jetzt hellte sich die Miene von Sonja Bohnenkamp auf.

»Sie ist bei so einem Verein, ›Freepark‹ heißen die. Die kümmern sich um verwahrloste Kinder. Ob das politisch ist, weiß ich gar nicht.« Sie schaute Sebastian ratlos an. »Und dann behandelt sie ja noch die Flüchtlinge unentgeltlich.«

»Seit wann?«, fragte Pia.

»Schon seit einem Jahr.«

»Wie viele kamen zu ihr?«

»Ach, ganz unterschiedlich. Mal zehn in der Woche, mal fünf. Aber mehr als zwei am Tag nahm sie nicht an.«

Die Türglocke ertönte. Sonja Bohnenkamp stand auf. Sebastian nickte, und sie verließ den Raum.

Pia blätterte in ihrem Block. »Dass sie ausgerechnet in der Werkstatt in Altona war, wo Dirk Packer arbeitete, kann doch kein Zufall sein.«

»Was ist denn los?«, hörte man einen Mann sagen. »Bekomme ich keinen neuen Termin?«

Sonja Bohnenkamp antwortete leise, aber der Mann ließ sich anscheinend nicht abwimmeln. »Wann ist Frau Krüger denn wieder da?«

Sebastian stand auf. »Entschuldigung.« Er trat hinter Sonja Bohnenkamp hinter den Empfangstresen. »Sind Sie Patient von Frau Krüger?«

»Allerdings. Ich verstehe nicht …«

»Die Praxis ist geschlossen, über alles Weitere wird Frau Bohnenkamp Sie in den nächsten Tagen informieren. Auf

Wiedersehen.« Sebastian komplimentierte den Mann hinaus und schloss die Tür.

»Danke.« Sonja Bohnenkamp lächelte Sebastian an.

»Darf ich fragen, wo Sie gestern Abend waren?«, sagte Sebastian.

»Wie meinen Sie das?«

»Wie ich es gesagt habe. Reine Routine.«

»Im Kino.«

»Allein?«

Sonja Bohnenkamp schüttelte den Kopf. »Mit einer Freundin. Ich verstehe das alles nicht.«

»Name?«

»Lea Rummler. Danach waren wir noch beim Griechen. Um kurz vor zwölf war ich zu Hause.«

»Okay. Das muss Ihre Freundin noch bestätigen, aber darum kümmern wir uns später.« Sebastian legte die Handflächen aneinander. »Ein Mann aus der Autowerkstatt in Altona ist ebenfalls erschossen worden. Dirk Packer – sagt Ihnen der Name etwas?«

Sonja Bohnenkamp schüttelte fassungslos den Kopf.

»Wissen Sie, ob die beiden sich kannten?«, fragte Pia.

»Keine Ahnung. Könnten wir mal das Fenster aufmachen?«

Pia stand auf und kippte das Fenster.

»Entschuldigung.« Sonja Bohnenkamp hatte wieder Tränen in den Augen. »Mir ist übel. Sind wir fertig?«

## 24

Das Rolltor zur Werkstatt war verschlossen. Auf Augenhöhe war ein Stück Papier befestigt, auf dem in krakeliger Schrift stand: *Wir machen heute früher Schluss. Tut uns leid. Bis morgen!*

Sebastian holte sein Telefon hervor und wählte. Hinter dem Tor hörte man es klingeln, aber es dauerte eine Weile, bis jemand abhob. Es war Josef Nowak, der Werkstattchef.

»Fink, Kriminalpolizei«, sagte Sebastian. »Ich muss Sie noch einmal dringend sprechen.«

»Wo sind Sie denn?«, fragte Nowak.

»Vor Ihrer Werkstatt.«

»Dann kommen Sie doch einfach rein.«

Sebastian betätigte den Türgriff, und tatsächlich war die Tür offen. Nowak kam ihm mit dem Telefon in der Hand entgegen. »Was gibt's denn so Dringendes?«

Sebastian steckte sein Handy ein, stellte Pia vor und fragte: »Können wir uns irgendwo in Ruhe unterhalten?«

»Wir feiern gerade ein bisschen, der Kollege hat Geburtstag.«

»Wir haben es mit einem weiteren Mordfall zu tun«, antwortete Sebastian, »und wie es aussieht, dürfte Ihnen die Person ebenfalls bekannt sein. Es handelt sich um Katharina Krüger-Lepinsky.«

»Wie bitte?« Josef Nowak ließ die Türklinke los. »Die Katharina?«

»Sie duzten sich?«, fragte Pia.

»Katharina kommt schon seit Ewigkeiten mit ihrem Paul zu uns. Schauen Sie, da hinten ist er.«

Auf einer Hebebühne schwebte ein blaumetallicfarbenes Gefährt mit weißen Reifen und Stoffverdeck. Dahinter, auf einer Werkbank, saßen die Mitarbeiter und schauten herüber. Über ihnen hing das Plakat: »Seid nett zueinander.«

Im Büro zog Josef Nowak das Tuch fest, um seine Dreadlocks zu bändigen. »Ich fasse es nicht«, sagte er ratlos. »Erst Dirk, jetzt Katharina – das ist doch absurd!«

Sebastian fragte nach Nowaks Alibi. Pia zog den Notizblock hervor. Er habe am Vortag länger gearbeitet, ein Mitarbeiter könne das bestätigen.

»Das werden wir später überprüfen. Sagt Ihnen der Name Jan-Ole Sievers etwas?«

Nowak verneinte.

»Der wurde vermutlich vom selben Täter wie Frau Krüger-Lepinsky und Dirk Packer erschossen«, erklärte Sebastian.

Josef Nowak sank zurück auf seinen Stuhl, rollte an den Tisch, stützte die Ellenbogen darauf ab und schlug die ölbeschmierten Hände vors Gesicht. »Ich fasse es nicht. Wer ist denn dieses Schwein?«

»Haben Sie mal mit Frau Krüger-Lepinsky über das Thema Flüchtlinge gesprochen?«, fragte Pia.

Nowak überlegte: »Wenig. Ich weiß, dass sie sie kostenlos behandelt hat. Fand ich gut. Aber wir haben hauptsächlich über Paul gesprochen. Sie war ja auch immer in Eile. Warum fragen Sie?«

»Etwas ist auffällig«, erklärte Pia. »Frau Krüger-Lepinsky und Herr Packer haben sich beide intensiv mit den Flüchtlingen in Hamburg beschäftigt, aber in entgegengesetzter Weise. Und Jan-Ole Sievers hatte engen Kontakt zu einer ehemaligen Flüchtlingsfamilie, die inzwischen voll integriert ist. Vielleicht ist es ein Zufall.«

Josef Nowak lachte kurz auf. »Hätte Dirk Packer gewusst, dass Katharina sich für die Flüchtlinge engagiert, hätte er sich vielleicht nicht so liebevoll um ihr Auto gekümmert.«

»Wissen Sie, ob die beiden mal miteinander gesprochen oder sonstwie miteinander zu tun gehabt haben?«, fragte Sebastian.

Nowak überlegte. »Gestern habe ich Katharina noch erzählt, dass Dirk tot ist. Sie war geschockt. Aber ich hatte nicht den Eindruck, dass sie ihn näher kannte und außerhalb der Werkstatt etwas mit ihm zu tun hatte.« Der Mechaniker schüttelte fassungslos den Kopf. »Krass.« Er sah Sebastian nachdenklich an. »Ich finde das unheimlich«, sagte er leise. »Aber wir haben ganz sicher nichts damit zu tun, falls Sie das denken sollten.«

»Wir würden gerne einen Blick in Ihre Kundendatei werfen«, sagte Pia.

»Kommen Sie«, antwortete Nowak, rollte einen Stuhl an den Computer und bewegte die Computermaus. Namen und Adressen kamen zum Vorschein.

Pia setzte sich, scrollte zum Buchstaben ›S‹, aber der Name Sievers kam nicht vor.

Auf dem Weg nach Hause dachte Sebastian an die Reise mit Marissa, und dass er noch immer nicht wusste, ob und wann sie würden fahren können. Es war doch eigentlich klar: Urlaub war derzeit absolut unrealistisch. Er würde diesen Fall wohl kaum in ein paar Tagen lösen. Außerdem hatte Sebastian die ungute Ahnung, dass der Mörder noch etwas vorhatte.

# 25

Das gute Geschirr hatte er mal auf dem Flohmarkt erstanden, aber die Stoffservietten sah er heute zum ersten Mal. Die große Schüssel auf dem Tisch war zuletzt bei Annas Auszugsparty in Benutzung gewesen, damals für ein riesiges Mousse au Chocolat, das der kleine Leo still und leise zu mindestens zwei Dritteln alleine verputzt hatte, noch vor der Feier. Sebastian vermisste den Jungen und das Leben, das er in die Wohnung gebracht hatte. Er nahm eine Gabel und pickte in den Salat, der heute in der Schüssel angerichtet war: Radicchio mit Walnuss und noch irgendetwas. Schmeckte eigenartig gut.

»Du kannst schon mal die Kerzen anzünden«, rief Marissa aus der Küche. »Feuerzeug müsste auf dem Tisch liegen.«

Sebastian tat wie geheißen und dimmte das Deckenlicht. Das Zimmer mit der gedeckten Tafel sah geradezu feierlich aus.

»Der Fisch ist jetzt im Ofen«, kam es aus der Küche. »Ich hoffe, ich habe alles richtig gemacht.«

Es war das erste Mal, dass Marissa unangemeldet in Sebastians Wohnung gekommen war. Bisher hatten sie sich zumeist bei ihr getroffen. Sebastian gefiel es, mit welcher Selbstverständlichkeit sie sich in seiner Wohnung bewegte. Als würde sie schon hierhergehören. Aber tatsächlich war Marissa einfach so unabhängig, dass sie überall hinpasste.

»Ist der Lego-Kran von dir?«, fragte sie.

Sie hatten sich eben gesetzt, und Sebastian verteilte Salat. »Der ist von Leo.«

»Von wem?«

»Vom Sohn meiner ehemaligen Mitbewohnerin Anna. Einer alten Schulfreundin. Sie ist vor einigen Monaten ausgezogen und wohnt jetzt in Wilhelmsburg bei ihrem neuen Freund.«

Marissa schob ein Körbchen mit Croûtons über den Tisch. Sebastian filetierte den Fisch. Er war darin nie besonders geschickt gewesen und wollte es jetzt noch einmal versuchen. Vielleicht klappte es besser in Gegenwart von Marissa. Sebastian hob ein breites Stück Fisch an, um es auf Marissas Teller zu geben, da fiel es in zwei Stücken herab.

»Beides auf dem Teller gelandet«, sagte Marissa fröhlich, »super!«

Sie aßen, tranken, und Marissa fragte: »Anna und du, wart ihr mal ein Paar?«

»Nein«, antwortete Sebastian. »Nie.«

»Wolltest du nicht oder wollte sie nicht?«

»Erst wollte ich, da wollte sie aber nicht. Ob es auch andersherum so war, weiß ich nicht mehr.«

Marissa lächelte. »Ich kenne das. Komisch, dass man so etwas nicht einfach klärt. Stattdessen schweigen beide und hoffen, dass der andere den ersten Schritt macht.« Sie legte ihre Gabel beiseite. »Du musst mich stoppen, wenn ich zu viel frage.«

»Du kannst so viel fragen, wie du willst.«

145

»Wer ist Wanda?«

»Wie kommst du auf sie?«

»In der Küche hängt eine Karte mit einem Spruch, und darunter steht so was wie: Ich wünsche dir einen ereignisarmen Tag, Wanda«

Sebastian nickte. »Sie ist meine Großmutter.«

»Ach so. Sie hat hier gewohnt?«

»Sie wohnt immer noch hier. Sie hat nur gerade einen Auftrag in der Türkei.«

»Sie ist noch berufstätig?«, fragte Marissa und sah Sebastian verwundert an.

»Eigentlich ist sie schon lange pensioniert, sie war Archäologin, aber sie wird noch manchmal gebeten, bei einem Projekt mitzuarbeiten. Hat halt viel Erfahrung und ist noch fit.«

»Hoffentlich lerne ich sie mal kennen.«

»Bestimmt. Ihr werdet euch mögen.«

Zum Dessert hatte Sebastian etwas gekauft. Marissa hatte ihm gesagt, dass sie gerne manchmal kochte, aber Desserts seien nicht so ihre Stärke, und da hatte er angeboten, etwas mitzubringen. Er schob das Tiramisu auf zwei Teller und trug sie von der Küche zum Esstisch.

»Das soll ein kleiner Trost sein, weil wir noch nicht in Italien sind«, erklärte Sebastian.

Marissa lachte. »Nehmen wir es doch als Vorgeschmack.«

»Ein Dessert zur Vorspeise«, sagte Sebastian.

Nachdem sie probiert hatten, sagte Marissa: »Du brauchst dir keine Sorgen wegen dem Urlaub zu machen. Ich verstehe es total, dass du Wichtigeres zu tun hast. Wir können fahren, wann immer es dir passt. Ich meine, wenn es mir dann auch passt.« Sie lachte kurz auf und nickte dann, als wollte sie ihre Worte unterstreichen.

Sebastian gab ihr einen Kuss.

Nach dem Essen stand Marissa auf, nahm die Teller und sagte: »Heute bin ich mal Hausfrau und regele den Abwasch. Wirklich, für mich ist das Luxus, wenn ich mich mal nur darum kümmern muss.«

Sebastian half den Tisch abzuräumen. Nur die Weingläser ließ er auf dem Tisch stehen. Er faltete die Servietten, was völlig unsinnig war, und warf sie in den Wäschekorb im Bad. Dann überlegte er, wo eigentlich sein Telefon war.

Er schaute im Flur und ging in die Küche. Das Telefon lag auf dem Fensterbrett, neben der Obstschale. Jens hatte vor fünfzehn Minuten angerufen, aber keine Nachricht hinterlassen. Sebastian rief ihn gleich zurück.

Es dauerte eine Weile, bis Jens das Gespräch annahm. Er klang nachdenklich.

»Eine Sache geht mir nicht aus dem Kopf«, sagte er. »Hast du einen Moment?«

»Schieß los.«

»Also, pass auf: Auf der einen Seite haben wir Dirk Packer, der ein Problem mit Flüchtlingen hat und sich bedroht fühlt, auf der anderen Seite haben wir Jan-Ole Sievers, der in eine Frau aus einer Migrantenfamilie verliebt ist. Damit stehen sie politisch auf unterschiedlichen Seiten, würde man jedenfalls denken …«

»Worauf willst du hinaus?«

»Du predigst ständig, man solle sich nicht zu früh festlegen, weil das die Perspektive verengt. Aber genau das haben wir getan. Nur weil Sievers in ein Mädchen verliebt war,

147

dessen Familie vor langer Zeit nach Deutschland geflüchtet ist, kann er doch trotzdem eine kritische Haltung gegenüber der heutigen Willkommenskultur haben. Dann stünden er und Dirk Packer politisch auf derselben Seite, und der Mord an ihnen könnte dasselbe politische Motiv haben.«

»Das klingt erst einmal plausibel«, sagte Sebastian.

»Und dann noch etwas«, hob Jens wieder an. »Wie steht eigentlich die Migrantenfamilie Vaziri zum Thema Flüchtlinge? Der Vater hat ja schon was durchschimmern lassen, als wir bei denen waren, und die Tochter hat ihn gerade noch gebremst, weißt du noch?«

»Ja, ich erinnere mich.«

»Vielleicht sind sie mittlerweile deutscher als manche Deutschen.«

»Interessanter Gedanke«, sagte Sebastian.

## 26

Peer rührte eine Prise Zucker in die Tomatensoße und stellte die Flamme kleiner, aber die rote Pampe hörte nicht auf zu kochen. Das Zeug spritzte in alle Himmelsrichtungen und auf sein frisches T-Shirt. Wo war denn die Schürze? Peer fluchte.

Er hatte wirklich allergrößtes Verständnis für Frauen, die keinen Bock auf ein Dasein als Heimchen am Herd hatten, während der Gatte sich um nichts kümmern musste als ums Geld. Bei ihnen war es andersherum: Er war der Depp, und Anke war fein raus. Peer gab einen Schuss Olivenöl in die Soße.

Alle Siebensachen packen, die Wohnung verlassen und auf Nimmerwiedersehen verschwinden – das wär's. Und vorher den Topf mit dem verdammten Nudelwasser einfach auf die Straße kippen und die rote Pampe hinterher. Da würden die Passanten unten auf der Hein-Hoyer-Straße aber Augen machen.

Peer seufzte. Ja, er war frustriert. Und das Schlimmste: Es war kein Ausweg in Sicht. Die Kinder waren noch Kinder und würden auch noch lange Kinder bleiben, bevor sie sich in die pubertierenden Scheusale verwandelten, die man jeden Tag im Bushaltestellenhäuschen besichtigen konnte. Und wenn sie dann auszogen, würden sie sich nur noch zu

Hause blicken lassen, wenn sie Wäsche zu waschen hatten, Geld brauchten oder Lust auf eine warme Mahlzeit hatten. Peer erinnerte sich an seine eigene Jugend, die ständigen Diskussionen, vor allem mit seinem Vater. Er hatte sich vorgenommen, ganz anders mit seinen Kindern umzugehen.

»Papa!« Maltes helle Stimme auf dem Gang.

Als hätte jemand einen Zauberstab geschwungen, löste sich Peers schlechte Laune von einer Sekunde auf die andere in Luft auf.

Malte und Pauline kamen in die Küche gerannt, Peer legte den Kochlöffel ab, drehte sich herum und breitete seine Arme aus. Rechts und links drückte er seine Kinder an sich. Die ganze Arbeit, die er leisten musste, der gesamte Frust der vergangenen Jahre – alles kein Problem. Seine Kinder waren das Beste, was ihm in seinem Leben passiert war.

»Händewaschen, gleich gibt's was zu essen«, sagte er und gab beiden einen Klaps.

Fünf Minuten später saßen die Kinder hungrig am Küchentisch. Pauline berichtete mit roten Wangen und wichtiger Miene irgendetwas von einem Schwebebalken und einem Handstand-Überschlag, aber Peer hörte nicht so genau hin. Er freute sich einfach an der vertrauten Stimme dieses kleinen Wesens, das vor neun Jahren mit einem irren Gebrüll in sein Leben getreten war.

»Und wie war es bei dir?«, fragte Peer seinen Sohn, der von sich aus nicht so leicht mit der Sprache herausrückte.

Malte stopfte sich die Nudeln in den Mund, kaute und antwortete mit vollem Mund: »Alles okay.«

»Komm, erzähl doch ein bisschen«, drängte Peer, »hattest du heute nicht Mathe bei Frau Uhl?«

Die brünette Lehrerin mit den Grübchen war der einzige Grund, warum Peer in letzter Zeit nichts dagegen hatte, auch mal zum Elternabend zu gehen und sich dort das endlose Gequatsche anzuhören. Er hatte dann ausreichend Zeit, sich zurückzulehnen, Frau Uhl zu beobachten und seinen Phantasien freien Lauf zu lassen. Die Frau war ein echtes Geschoss und erinnerte ihn an Anke, wie sie damals war, als er bei ihrem Anblick noch Herzklopfen bekommen hatte.

»Krank«, antwortete Malte. »Herr Knaup hat sie vertreten.«

Knaup, der alte Sack. Was für ein Abturner. Peer stand von seinem Platz auf und räumte die Teller in die Spülmaschine.

Pauline fragte: »Wo ist denn die Überraschung?«

»Die Überraschung?« Peer lächelte und stellte sich dumm.

»Ist es Apfel-Birnen-Kompott?«, fragte Malte hoffnungsvoll.

»Bitte nicht!«, rief Pauline. »Bitte, bitte, lass es Schokoladenpudding sein. Mit Sahne.«

Peer grinste. »Wie wäre es denn mit noch mal Spaghetti zum Nachtisch?«

»Igitt!« Pauline schüttelte sich. »Nicht noch mal!«

Malte schaute seinen Vater nachdenklich an. Dann strahlte er plötzlich über das ganze Gesicht und sagte: »Ich weiß, was es ist.«

»Und?«, fragte Peer.

»Es sind Spaghetti. Aber ganz besondere.«

Peer musste lachen: Sein Sohn hatte recht. Peer holte die drei Portionen Spaghettieis, die er in der Eisdiele gekauft hatte, aus dem Tiefkühlfach und stellte die blauen Schälchen auf den Tisch. »Malte bekommt zuerst, weil er es richtig geraten hat.«

Sie löffelten schweigend, als es an der Tür klingelte.

»Wer ist das denn?«, fragte Pauline.

»Der Paketbote«, meinte Malte.

»Hat Mama denn schon wieder etwas bestellt?«, murmelte Peer und stand auf. Wahrscheinlich war es die neue Nachbarin, die immer irgendeine Lappalie vorschob und eigentlich nur sozialen Kontakt suchte. Peer erhob sich.

»Warte!«, rief Pauline aus dem Esszimmer. Sie sprang so aufgeregt vom Stuhl, dass er umkippte, und kurz darauf hörte er ihre leichten Schritte hinter sich im Gang.

Als Peer die Tür öffnete, sah er zunächst bloß die Augen: groß, dunkel und voller Kälte. Das Gesicht hatte er noch nie gesehen. Peer spürte höchste Gefahr. Er wusste, dass er sofort reagieren musste, und, dass es schon zu spät war – dass jetzt alles vom Glück abhing oder von Gott, an den er nie geglaubt hatte, von irgendetwas, nur nicht mehr von ihm selbst. Es gelang ihm noch, Pauline zurückzudrängen, da sah er die Pistole. Er wollte schreien, aber er spürte einen schweren Schlag auf der Brust und merkte noch, dass aus seinem aufgerissenen Mund kein Ton mehr kam.

## 27

Sebastian schaute auf die Journalisten, die dicht gedrängt in den Stuhlreihen vor ihm saßen. Er hasste es, Fragen beantworten zu müssen, obwohl er aus ermittlungstaktischen Gründen am besten schweigen sollte.

Pressekonferenzen konnten schnell zum Tauziehen ausarten. Auch wenn die Reporter es nicht zugaben: Ein frei herumlaufender Mörder und die Angst vor ihm sicherten ihnen den Job. Er garantierte Auflagen, einen Anstieg der Quote, hohe Klickzahlen. Je bedrohlicher die Medien die Lage schilderten, umso mehr verdienten sie daran.

Aber für die Polizei war das ein Problem. Je mehr die Medien berichteten, umso mehr Trittbrettfahrer engagierten sich und umso mehr Falschmeldungen kamen in Umlauf, die sich über die sogenannten sozialen Medien rasant verbreiteten.

Sebastian spürte den Ellbogen von Eva Weiß in seiner Seite. Der Innensenator trat ein und bahnte sich einen Weg zu ihrem Tisch. Sebastian und seine Chefin standen auf und schüttelten ihm die Hand, bevor er neben Sebastian Platz nahm. Als sie zu dritt nebeneinandersaßen, im Blitzlichtgewitter der Fotografen, wäre Sebastian am liebsten verschwunden, irgendwohin, wo er in Ruhe ermitteln konnte, anstatt nur darüber zu reden.

Jens lehnte an der Wand und warf Sebastian einen aufmunternden Blick zu.

Nachdem Eva Weiß als Leiterin des Morddezernats die Pressekonferenz eröffnet und den Journalisten für ihr Kommen gedankt hatte, übergab sie das Wort an den Leiter der Ermittlungen, Sebastian Fink.

Er trug die jüngsten Ereignisse so knapp wie möglich vor: Ein Familienvater war in der Hein-Hoyer-Straße vor den Augen seiner Tochter erschossen worden. Es hätte nicht schlimmer kommen können. Sebastian beendete sein kurzes Statement mit der Information, dass das 39-jährige Opfer mit einer Kleinkaliberpistole der Marke Mosquito Sport erschossen worden sei.

Während er sprach, faltete Eva Weiß die Hände, streckte ihre beiden Zeigefinger und presste sie aufeinander. Dass es wie eine Pistole aussah, war ihr wohl nicht bewusst.

Ein Reporter stand auf. Der Mann stellte sich vor als ein Mitarbeiter der *Hamburger Abendzeitung*. »Sehen Sie eine Verbindung zu den Morden an Packer, Sievers und Frau Krüger-Lepinsky?«, fragte er.

»Nach dem jetzigen Stand der Ermittlungen können wir einen Zusammenhang nicht ausschließen«, antwortete Sebastian. »In den nächsten Tagen wissen wir mehr.«

Ein anderer Journalist meldete sich zu Wort: »Herr Innensenator, was tun Sie, um die Sicherheit der Bürger zu gewährleisten?«

Während der Senator antwortete, suchte sich Sebastian einen Punkt im Raum, den silbernen Kugelschreiber einer Reporterin, und setzte ein möglichst neutrales Gesicht auf. Aus ermittlungstaktischen Gründen hatte er das meiste der neuesten Erkenntnisse nicht verraten. Nämlich, dass Peer Wolfsohn rückwärts in den Wohnungsflur gefallen war und seine neunjährige Tochter mitgerissen hatte, die hinter ihm stand. Der siebenjährige Sohn Malte hatte im Gespräch mit der Kinderpsychologin ausgesagt, dass er und seine zwei Jahre ältere Schwester Pauline mit dem Vater in der Küche Spaghettieis gesessen hätten, als es klingelte. Der Vater sei zur Tür gegangen und Pauline ihm hinterher. Mehr wusste der Junge nicht. Er habe zwar ein dumpfes Geräusch gehört, sich aber nichts weiter dabei gedacht und erst noch sein Eis aufgegessen, bevor er nachsehen ging.

Er fand seinen Vater auf dem Boden liegend und seine Schwester, die mit weit aufgerissenen Augen stumm danebensaß. Da Pauline nicht reagierte, klingelte Malte bei der Nachbarin in der gegenüberliegenden Wohnung, und kurz danach war alles voller Leute. Doch erst, als seine Mutter kam, konnte er weinen.

Die Kinderpsychologin versuchte auch die Tochter wieder zum Sprechen zu bringen, doch Pauline blieb stumm. Auf die Frage, ob sie den Täter beschreiben könne, schüttelte sie nur immer den Kopf. Die Psychologin hielt es für möglich, dass das Mädchen den Mörder gesehen hatte, dies aber verdrängte, als könnte sie damit die Tat ungeschehen machen.

Die Mutter, Anke Wolfsohn, erlitt einen Nervenzusammenbruch, als sie die Todesnachricht erhielt, und war zu keiner Aussage fähig. Derzeit war sie in stationärer Behandlung im Universitätsklinikum. Die Kinder kamen fürs Erste bei den Großeltern in Hamburg-Nienstedten unter. Die Nachbarin gab an, dass ungefähr fünf Minuten, bevor der

Junge geklingelt hatte, Schritte im Treppenhaus zu hören gewesen seien, und zwar eher von zwei Personen als von einer. Sicher war sich die Frau allerdings nicht.

Der Besitzer eines Imbisses in der Hein-Hoyer-Straße gab an, er habe zur fraglichen Zeit einen Mann vorbeirennen sehen. Der Mann habe ein schmales, hageres Gesicht gehabt. Die Haare seien dunkel, vielleicht braun gewesen, auf jeden Fall glatt und mittellang. Und er habe eine blaue Windjacke getragen. Allerdings, sagte der Imbissbesitzer, sei zu bedenken, dass häufiger Leute an seinem Laden vorbeirannten, um den Bus an der Haltestelle am Ende der Straße zu bekommen.

Eva Weiß dankte dem Innensenator für sein Kommen und Sebastian für den Einblick in die Ermittlungsarbeit und bat die Journalisten um Verständnis, dass weitere Fragen in diesem heiklen Fall nicht zugelassen seien. Damit war die Pressekonferenz beendet.

Sebastian erhob sich und folgte dem Innensenator und Eva Weiß aus dem Raum.

»Ich muss den Senator unter vier Augen sprechen«, sagte Frau Weiß, als sie vor ihrem Büro angekommen waren. Sebastian nickte knapp, verabschiedete sich von beiden und nahm die Treppe zu seinem Büro.

Worüber wollte die Chefin mit dem Senator reden? Warum wurde er nicht hinzugebeten? War der Punkt erreicht, wo Eva Weiß die Geduld verlor und ihn von dem Fall abzog oder sogar von seinem Posten entfernte?

Sebastian sank auf seinen Bürostuhl nieder. Und auf einmal fiel ihm ein, was er noch tun musste. Auch das noch. Er fuhr den Computer hoch, suchte die Seite mit den schönen Fotos von Neapel, versuchte die Bilder zu ignorieren, klickte sich zu den Buchungen durch – und stornierte. Danach klickte er die Seite sofort weg.

Das war's mit dem Urlaub. *Addio, mia bella Napoli …* Keine Ferienzeit mit Marissa mehr in Sicht. Sebastian spürte, wie sich langsam in ihm Hoffnungslosigkeit ausbreitete, und darum war er froh, als das Telefon auf seinem Tisch klingelte.

Eva Weiß. »Kommen Sie bitte mal rüber?«, bat sie.

Am liebsten hätte er geantwortet: »Ich habe leider keine Zeit. Ich muss eine Mordserie aufklären.« Stattdessen sagte er: »Okay«, legte auf und gehorchte.

»Herr Fink«, begann sie, nachdem er vor ihrem Schreibtisch Platz genommen hatte – der Innensenator war schon verschwunden. »Ich spreche in meinem Namen und im Namen des Senators.«

Das klingt schon mal schlecht, dachte Sebastian.

Sie holte einmal tief Luft, bevor sie weitersprach. »Wir sind der Meinung, dass Sie und Ihre Kollegen in den vergangenen Tagen hervorragende Arbeit geleistet haben.« Sie schaute Sebastian geradewegs an und nickte. »Ich hoffe sehr«, fuhr Eva Weiß fort, »dass wir der Öffentlichkeit bis Ende der Woche einen Tatverdächtigen präsentieren können.«

»Ich danke Ihnen für Ihr Vertrauen«, hörte Sebastian sich antworten. Er wollte eigentlich noch etwas hinzufügen, aber es kam ihm nichts über die Lippen.

Eva Weiß stand auf, ging um ihren Schreibtisch herum und lehnte sich an die Schreibtischkante.

»Ich brauche zusätzliches Personal«, sagte Sebastian.

»Wie viel?«

»So viel wie möglich. Wir müssen gleichzeitig an verschiedenen Tatorten ermitteln. Es sind nicht mal alle Ergebnisse aus der Hallerstraße da, und jetzt kommt noch eine neue Untersuchung hinzu. Ohne Hilfe schaffen wir das nicht.«

Eva Weiß überlegte. »Ich weiß nicht, wo ich die Kollegen abziehen kann.«

»Dann geben Sie mir wenigstens ein paar Kollegen von der Streife, die die Nachbarschaftsbefragungen durchführen können.«

»Ich werde sehen, was ich tun kann.« Eva Weiß nickte, zum Zeichen, dass Sebastian entlassen war.


Eine dunkle Wolkendecke zog über die Stadt, es roch nach Regen. Sebastian hatte in einer Querstraße der Hein-Hoyer-Straße geparkt und ging zu Fuß. Was hielt Marissa wohl davon, dass er den Urlaub nun definitiv abgesagt hatte? Vielleicht dachte sie: So ist es also, wenn man mit einem Polizisten zusammen ist. Ein Kommissar und eine DJane – gab es etwas Komplizierteres? Sebastian überquerte die Straße.

Das Wohnhaus, in dem die Familie von Peer Wolfsohn wohnte, bestand aus vier Stockwerken und acht Wohnungen. Überall war Licht. Nur die Wohnung der Wolfsohns lag im Dunkeln.

Sebastian öffnete die Versiegelung, trat durch die Tür in die Wohnung und wäre fast über die zwei Paar Kinderpantoffeln gestolpert, die wohl wegen des überstürzten Aufbruchs im Eingang lagen. Er schaltete das Licht ein. Es war eine eigenartige Atmosphäre, in die er eintrat. Alles wirkte noch belebt, obwohl niemand da war.

Auf dem Küchentisch standen noch die Plastikschalen, in zweien war eine eingetrocknete gelbe Pfütze, vermutlich das übriggebliebene Eis von Vater und Tochter.

Im Kinderzimmer befand sich ein Hochbett. Spielzeug und Kleidung lagen im Raum verstreut.

Im Elternschlafzimmer hing über dem Kopfende des großen altertümlichen Bettes ein abstraktes Gemälde, auf dem Nachtschränkchen waren Bilderrahmen mit Fotos von den Kindern aufgestellt, daneben lagen mehrere Ratgeber und ein Krimi.

Im Zimmer nebenan stand nahe am Fenster eine Staffelei. Mehrere Keilrahmen, mit weißer Leinwand bespannt, lehnten an der Wand. Das Regal war voll mit Farbkästen und -töpfen, Papierbögen und Gläsern voller Pinsel, auf dem Beistelltisch neben der Staffelei lagen eine Palette mit eingetrockneter Farbe und ein paar zerquetschte Tuben. Das Bild auf der Staffelei schien in Arbeit zu sein, ein rot aufgetragener Strich. Sebastian kannte sich nicht aus, aber ihm kam dieser Pinselstrich seltsam kraftlos und uninspiriert vor. In diesem Raum herrschte keine gute Atmosphäre.

Er setzte sich auf einen Hocker neben der Staffelei. Sein Mentor und Vorgänger, Herr Lenz, hatte ihm einst erklärt, dass Häuser und Wohnungen dem Ermittler etwas zuflüstern könnten, man müsse genau hinhören. Sebastian dachte an die Familie, die hier lebte und bis heute Mittag eine ziemlich normale Familie gewesen war. Warum interessierte sich der Mörder für Peer Wolfsohn, den Familienvater und Maler? Warum für Dirk Packer, den Automechaniker, warum für Jan-Ole Sievers, den Tischtennisspieler, und für Katharina Krüger-Lepinsky, die Zahnärztin? Warum hatte er es ausgerechnet auf sie abgesehen?

Plötzlich horchte Sebastian auf. Da waren Schritte. Jemand war in der Wohnung. Er tastete nach seiner Pistole.

Das Geräusch kam aus der Diele oder aus einem der beiden Zimmer nahe dem Eingang. Jemand bemühte sich, leise aufzutreten, aber das Parkett knarrte trotzdem. Sebastian stand vorsichtig auf und schlich im Schatten der Wand zur Tür.

Jemand bewegte sich in seine Richtung. Sebastian überlegte, die Pistole zu entsichern, aber das Geräusch würde ihn verraten. Er presste sich mit dem Rücken an die Wand, hörte ganz nah den Atem eines Menschen und hielt selber die Luft an. Wieder knarrte eine Diele. Ein Gesicht erschien in der Tür. Sebastian sah es im Profil.

Es war eine Frau. Sie ging langsam, wie in Zeitlupe, an ihm vorbei, schaute sich nicht um. Ihre Arme und Schultern ließ sie kraftlos hängen. Es konnte eigentlich nur Anke Wolfsohn sein, die Witwe, nunmehr alleinerziehende Mutter zweier kleiner Kinder. Sebastian musste jetzt aufpassen, dass er die Frau nicht zu Tode erschreckte. Er blieb erst einmal bewegungslos stehen und wartete auf den besten Moment, die Frau anzusprechen.

In der Mitte des Wohnzimmers schaute die Frau nach rechts, dann nach links, ging weiter in den nächsten Raum und verschwand aus Sebastians Blickfeld.

Sebastian wartete ein paar Sekunden und rief dann: »Hallo, Frau Wolfsohn? Sind Sie da?«

Stille.

»Hallo?«, rief er noch einmal. »Sebastian Fink, Kriminalpolizei Hamburg. Bitte bleiben Sie ganz ruhig. Ich komme jetzt zu Ihnen.«

»Ja«, antwortete die Frau mit schwacher Stimme.

»Entschuldigung«, sagte Sebastian, »ich wollte Sie nicht erschrecken.« Er gab ihr die Hand. »Es tut mir unendlich leid, was passiert ist. Mein herzliches Beileid.«

In der Küche setzte sich Anke Wolfsohn an den Tisch, schob mechanisch die Schälchen mit dem geschmolzenen Eis zur Seite.

»Dürfte ich Ihnen ein paar Fragen stellen?«, erkundigte sich Sebastian vorsichtig.

Frau Wolfsohn nickte. »Ich muss ja irgendwie damit zurechtkommen. Für die Kinder.«

Sebastian erzählte ihr, dass es in den vergangenen Tagen schon mehrere Todesopfer gegeben habe, und nannte ihre Namen.

Anke Wolfsohn schüttelte den Kopf. Sie hatte keinen der Namen je gehört und war sich nach kurzem Überlegen sicher, dass auch ihr Ehemann nichts mit den Leuten zu tun gehabt hatte.

»Sind Sie sicher?«, fragte Sebastian.

»Ich weiß immer genau, wo mein Mann ist, denn die Organisation der Familie erfordert bestimmte Abläufe. Anders geht es nicht«, erklärte sie.

»Könnte es nicht sein«, fragte Sebastian, »dass Ihr Mann neben den Kindern und der Hausarbeit Zeit für andere Aktivitäten gehabt haben könnte?«

»Natürlich hatte er das.« Anke Wolfsohn sah Sebastian verwundert an. »Er hat gemalt. Er war Künstler.«

Sebastian ließ die Aussage so stehen und erkundigte sich: »Darf ich fragen, warum Sie heute Abend hierhergekommen sind?«

Sie starrte Sebastian ein paar Sekunden lang an. »Das Leben geht weiter«, sagte sie mit leiser Stimme. Dann erhob sie sich, rückte ihren Stuhl an den Tisch, ging den Flur hinunter, durch die Diele, nahm die Schulranzen vom Haken und verschwand durch die Wohnungstür.

Sebastian blieb vor dem offenen Eingang stehen. Es war schrecklich mitanzusehen, mit welchem Leid die Angehörigen der Opfer eines solchen Verbrechens von einem Augenblick zum anderen leben mussten. Vielleicht konnte es nur wirklich nachvollziehen, wer es selbst erlebt hatte.

Später, wenn der Verlust und die Umstände überhaupt verkraftet werden konnten, war es für die Angehörigen lebenswichtig, dass sie die Erinnerung an das Grauen unter Kontrolle hielten. Sie mussten für den Rest ihres Lebens gut und mit Ausdauer verdrängen können.

Auch Sebastian tat genau dies.

Manchmal fragte er sich, warum er ausgerechnet einen Beruf gewählt hatte, der ihn immer wieder mit Mord konfrontierte.

Aber er wollte es so. Er konnte helfen und verhindern. Er konnte verdrängen und sich zusammenreißen. Und das tat er auch in diesem Moment, in der Wohnung des letzten Opfers, obwohl er am liebsten losgeheult hätte. Aber dafür war keine Zeit. Es galt jetzt zu verhindern, dass der Täter sein nächstes Opfer tötete.

## 28

Der Rentner Volker Gollenhauer saß auf dem Rasen, die Beine wie ein V von sich gestreckt, und hielt einen kleinen roten Ball in die Luft. Der Rauhaardackel schaute wie gebannt auf den Ball, bereit, sofort loszulaufen. Gollenhauer warf den Ball in einem hohen Bogen in Richtung der Rhododendren. Der Hund jagte hinterher, als gäbe es nichts Wichtigeres auf der Welt, als dieses alberne rote Ding zu fassen. Gollenhauer lachte.

Der Busch bewegte sich. Wie konnte es sein, dass ein so großer Busch von einem so kleinem Hund geschüttelt wurde?

Jetzt hatte er aufgehört zu schwanken, und unter den Zweigen kam der Dackel hervorgekrochen, den Ball im Maul. Mit wedelndem Schwanz stand er wieder vor Gollenhauer, wollte, dass er den Ball noch mal warf, gleichzeitig wollte er ihn aber nicht hergeben.

»Gib aus, Guggi«, sagte Gollenhauer. »Sonst kann ich ihn nicht wieder werfen.«

Der Hund sah sein Herrchen mit glänzenden Augen an. Die Muskeln in seinem Nacken zuckten, und er war kurz davor, den Ball abzulegen.

»So wird das nichts«, erklärte Gollenhauer und hielt dem Dackel die offene Hand entgegen. Herr und Hund sahen sich abwartend an.

Wenn Gollenhauer es sich recht überlegte, war der Dackel inzwischen seine liebste Gesellschaft. In den vierundsiebzig Jahren seines Lebens, in denen er die meiste Zeit als Bauingenieur tätig gewesen war, hatte er viele Menschen kennengelernt. Freunde waren nur wenige geworden, und von denen waren kaum noch welche da.

Der Hund legte den Ball auf den Rasen ab, trippelte rückwärts, ohne die Augen von dem Spielzeug zu nehmen.

Gollenhauer warf den Ball, und der Hund jagte wieder los. Seit er nur noch Rentner war, werkelte Gollenhauer gern an seinem Häuschen, ein Hobby, dem er auch nachgegangen war, als er noch arbeitete und seine geliebte Maja noch am Leben war. Es gab Momente, da fragte er sich, warum und für wen er das Haus eigentlich noch mit so viel Aufwand in Schuss hielt – was für einen Sinn das überhaupt noch hatte. Doch solche Gedanken schob er möglichst schnell beiseite. Der Hund brauchte ihn, und er brauchte den Hund. Es war alles in Ordnung.

Und dann gab es ja auch immer wieder Dinge, die erledigt werden mussten. Zum Beispiel die Tüten aus dem Supermarkt vom Auto ins Haus schaffen und in die Schränke räumen. Gollenhauer erhob sich ächzend, klopfte sich die Hose ab und ging zum Parkplatz hinüber. Guggi trottete hinterdrein. Bald schon war alles verstaut. Sein ganzes Leben lang hatte Gollenhauer Aufgaben, die anfielen, sofort erledigt.

Bevor er sich ein paar Rühreier zum Abendessen machte, legte Gollenhauer den Dackel an die Leine, was der Hund ihm mit Freudensprüngen dankte. Gemeinsam gingen sie um den Block, oder »um den Pudding«, wie Maja sich ausgedrückt hätte. Dann entschied Gollenhauer spontan, auch noch eine Runde durch den Park zu drehen. Es war so schön mild, und alles lag so friedlich im Frühlingsabendlicht da. Gollenhauer war nicht naiv, dafür hatte er in seinem langen Leben zu viel gesehen. Aber in diesem Moment wollte er sich einbilden, dass auf der ganzen Welt ein solcher Frieden herrschte wie hier in Hamburg-Bergedorf und im gepflegten Bergedorfer Rathauspark.

Sie waren nicht die Einzigen, die es noch mal an die frische Luft gezogen hatte. Auf der Wiese tobten drei, vier Hunde, die Gollenhauer nur allzu bekannt vorkamen, ihre älteren Frauchen standen am Rande und unterhielten sich. Gollenhauer grüßte, hielt aber Abstand, was ihm die Frauen vielleicht negativ auslegten. Sie hielten ihn für mürrisch, aber er hatte keine große Lust auf das übliche Palaver. Und sich noch mal nach einer neuen Ehefrau umzuschauen kam für Gollenhauer nicht in Frage. Wer eine so glückliche Ehe geführt hatte wie Maja und er, blieb lieber allein.

Als Gollenhauer und Guggi nach Hause kamen, hatte schon die Dämmerung eingesetzt. Gollenhauer gab dem Hund zu trinken und hörte ihn schlabbern, während er in der Küche sein Abendessen richtete. Gegessen wurde am Tisch, nicht vor dem Fernseher – an diese Regel hielt er sich eisern. Als Gollenhauer seinen Teller in die Spüle stellte, ins Wohnzimmer hinüberging und den Flimmerkasten anstellte, begab sich der Hund artig in sein Körbchen.

Gollenhauer machte es sich bequem, folgte der banalen Handlung eines Unterhaltungsfilms und bemerkte plötzlich, dass er das Licht noch gar nicht angeschaltet hatte, dass er im Dunkeln saß und der Raum nur von dem flackernden

Licht des Fernsehers erhellt war. Er griff nach der Fernbedienung und stellte den Apparat aus.

Die plötzliche Stille war wie eine Erlösung. Er schaute durch die große Fensterscheibe in den Garten hinaus. Die Rhododendren versanken in der Dunkelheit. Das Bild hatte etwas Beruhigendes.

Der Dackel schnarchte leise. Nie hätte Gollenhauer damit gerechnet, dass er einmal alleine zurückbleiben würde, dass Maja vor ihm ging. Aber der Krebs war stärker gewesen als Maja mit ihrem starken Willen. Bis zuletzt hatte sie gekämpft und nicht aufgegeben, war nicht mal mehr eine halbe Portion gewesen, ausgezehrt und mager, und hatte trotzdem noch geflüstert: »Ich schaffe das, Volker, mach dir keine Sorgen.« Und er hatte nichts anderes tun können, als ihr die Hand zu halten, die sich anfühlte wie Papier.

Wenn er jetzt so darüber nachdachte: Wäre Maja nicht gestorben, hätte er sich nie den Dackel angeschafft. »Nutzlose, sabbernde Viecher« hatte Maja Hunde genannt. Sie konnte Tiere nicht leiden.

Guggi schaute auf, als hätte er den Blick seines Herrchens bemerkt.

»Schlaf weiter.« Gollenhauer nahm einen Schluck aus der Flasche. Das Bier war lauwarm. »Es ist alles gut.«

Nach dem Tod seiner Frau war Volker Gollenhauer depressiv geworden. Er war morgens einfach nicht aus dem Bett rausgekommen. Bis er eines Morgens mit dem rettenden Einfall aufwachte: Nun, da er allein war, konnte er sich doch einen Dackel anschaffen!

Noch am selben Tag fand er Guggi. Was war er für ein winziges Wesen gewesen, nur ein paar Wochen alt und

wenig größer als seine Handfläche. Von Tag zu Tag ging
es Gollenhauer besser, bald schon brauchte er keine Medikamente mehr. Und er wusste, dass Maja es ihm auch nicht
verübelte, wenn er an jedem Morgen, an dem er noch aufwachen durfte, als Erstes an Guggi dachte und dann erst,
irgendwann, vielleicht beim Kaffee, an Maja.

Gollenhauer lächelte in die Dunkelheit hinein. Es war
eine angenehme Stille. Hätte er sie nicht gerade so bewusst
wahrgenommen, wäre ihm das leise Quietschen des Gar-
tentors wahrscheinlich gar nicht aufgefallen. Guggi hob den
Kopf, kläffte einmal kurz. Gollenhauer lauschte in die Dunkelheit. War es wirklich das Gartentor? Er stand auf und
verzog sich in den dunkleren Teil des Wohnzimmers, wo der
Schreibtisch stand. Das große Fenster war wie eine Wand,
die die Dunkelheit draußenhielt. Zwar konnte er von hier
hinten kaum noch etwas erkennen, aber irgendetwas warnte
ihn, besser einen Sicherheitsabstand zum Fenster zu halten.

Büsche, verschwommene Silhouetten, Schemen.

Guggi kam kläffend aus der Diele ins Wohnzimmer gerannt und blaffte gegen die schwarze Scheibe.

»Pssst!«, machte Gollenhauer. Guggis Kläffen sagte ihm,
dass dort draußen wirklich etwas im Gange war.

Jetzt wich der Hund winselnd zurück. Gollenhauer blieb
fast das Herz stehen. Aus dem Dunkel löste sich eine Gestalt
und trat als menschliche Silhouette an die Terrassentür.

Vielleicht war es nur eine Sinnestäuschung, vielleicht
hatte er sich in seinen Gedanken verlaufen und träumte nur,
vielleicht war er eingeschlafen, würde gleich aufwachen, wie
die meisten Alpträume aufhörten, wenn es am fürchterlichs-
ten war.

Aber dann war da der klirrende Schlag. Glas splitterte, und die schwarze Silhouette drang in sein Wohnzimmer ein.

Reflexartig hob Gollenhauer mit all seiner Kraft den Schreibtisch an, den er noch nie angehoben hatte, als wäre er ein Riese, der einen Felsen stemmt, und schleuderte das Möbelstück auf die Gestalt. Noch während der Tisch auf den Eindringling niederkrachte, rannte Gollenhauer los. Aus dem Wohnzimmer, durch den Flur. Er hörte ein Knallen, das wie ein Schuss klang, hörte wieder Glas splittern, und schon war er zur Haustür hinaus, lief über die Auffahrt zur Straße, stieß das Gartentor zur Nachbarin auf, sprang keuchend die Stufen hoch und hämmerte gegen die Haustür. »Frau Schmidt«, schrie er. »Hilfe! Polizei!«

Endlich ging die Tür auf. »Was ist denn los?« Frau Schmidt schürzte ihren Bademantel.

»Einbrecher. In meinem Haus!«

»Um Gottes willen! Kommen Sie rein!«

Sein Herz schlug so schnell, dass er keine Luft mehr bekam. Das Blut pochte in seinen Adern. Aber auf einmal fuhr er herum. »Guggi!«, rief er. »Wo ist mein Hund?«

»Herr Gollenhauer!«, hörte er Frau Schmidt ihm hinterherrufen. »Um Himmels willen, bleiben Sie doch stehen!«

## 29

Im Großraumbüro war an diesem Morgen nicht viel Betrieb. Pia saß an ihrem Platz, war wie üblich wortkarg und murmelte auf Sebastians Frage, ob sie gut geschlafen habe, nur etwas von ihren Nachbarn, um dann zum Thema zu kommen: »Es gibt neue Erkenntnisse über die Zahnärztin, Frau Krüger-Lepinsky. Eine Kleinigkeit, vielleicht auch ganz unwichtig.«

»Leg los.« Sebastian zog sich einen Stuhl heran.

Pia erzählte: »Die Sprechstundenhilfe aus der Zahnarztpraxis hat sich gemeldet, weil ihr zwei Dinge eingefallen sind. In den vergangenen Monaten haben sich vermehrt Patienten über anhaltende Schmerzen während und nach der Behandlung beklagt. Und einige Privatpatienten haben sich darüber beschwert, dass die Behandlungskosten höher ausgefallen sind, als Frau Krüger-Lepinsky vorhergesagt hatte.«

»Und?«, fragte Sebastian.

Pia hatte die Liste der Beschwerden bereits zwei anderen Zahnärzten vorgelegt, die aussagten, dass die von den Patienten beklagten Beschwerden an und für sich nicht ungewöhnlich seien. Auffallend sei die hohe Anzahl der Beschwerden.

Sebastian ließ den Teebeutel in seinem Becher kreisen.

»Waren die Zahnarztkollegen, die du gefragt hast, männlich?«

»Ja«, erklärte Pia. »Warum fragst du?«

»Dann sprich noch einmal mit einer weiblichen Kollegin, bevor wir dieser Spur weiter nachgehen. Es könnte sein, dass männliche Patienten und Kollegen über weibliche Ärzte strenger urteilen.«

Pia hob eine Augenbraue. »Wie kommst du denn darauf?«

»Ist nicht von mir«, gab Sebastian zu und stand auf. »Ich habe es irgendwo gelesen, aber es leuchtet mir ein.«

»Leider glaube ich nicht, dass Frauen gegenüber Frauen freundlicher und schon gar nicht solidarischer eingestellt sind«, meinte Pia. »Frauen werden von allen genauer unter die Lupe genommen.«

»Vielleicht hast du recht.«

Sebastian setzte sich an den Schreibtisch in seinem Büro und zog die Schublade auf. Keine Schokolade. Nur noch ein Rest Stanniolpapier. Eigentlich war es gut so, wenn auch schade. Sehr schade. Er schob die Schublade wieder zu, fuhr den Computer hoch, als es klopfte. Jens stand in der offenen Tür. »Hast du einen Moment?«

»Klar«, sagte Sebastian.

»Eine Bekannte von Peer Wolfsohn hat sich gemeldet. Sie will ihn am Hauptbahnhof in der U-Bahn Richtung Wandsbek gesehen haben. Sie war sich aber nicht sicher. Wir haben mal die Kameras der nächsten Stationen überprüft und in Eilbek haben wir jemanden gefunden, der Peer Wolfsohn verdammt ähnlich sieht.«

»Hat Frau Wolfsohn bestätigt, dass es sich um ihren Mann handelt?«

»Noch nicht, aber ich kümmere mich darum.« Jens drehte sich um und stieß fast mit Eva Weiß zusammen, die lautlos hinter ihn getreten war.

»Ich habe eine schlechte und eine gute Nachricht«, sagte sie.

Jens blieb in der Tür stehen, und Eva Weiß fuhr fort: »Einbruchversuch in Bergedorf, Graustraße 22, gestern, gegen 21.30 Uhr.« Sie legte Fotos auf den Tisch, Aufnahmen von Garten und Terrasse, Details von zersplittertem Holz und Glas. »Der Täter hat von der Schusswaffe Gebrauch gemacht«, fuhr sie fort. »Die Kollegen haben Patronenhülsen sichergestellt, die Untersuchung hat ergeben, dass es sich um dieselbe Waffe handelt, mit der auch Packer, Sievers, Krüger-Lepinsky und Wolfsohn getötet wurden.«

Sebastian spürte, wie sich ein kaltes Gefühl in ihm ausbreitete.

»Das gibt's doch nicht«, entfuhr es Jens.

»Und das Opfer?« Sebastian starrte auf die Abzüge.

»Volker Gollenhauer, 74 Jahre, Rentner.«

Sebastian stand auf.

»Er lebt«, sagte Eva Weiß. Zum ersten Mal seit langem huschte ein Lächeln über Eva Weiß' Gesicht. »Und Herr Gollenhauer kann uns Informationen über den Täter liefern.«

# 30

Bergedorf lag, vom Polizeipräsidium aus gesehen, am anderen Ende der Stadt, an der Grenze zu Schleswig-Holstein. Sebastian und Jens fuhren über die Bundesstraße Nummer fünf nach Südosten. Jens gab den Straßennamen in das Navigationssystem ein und zitierte aus dem Protokoll der Kollegen vom Einbruchdezernat. Die Terrassentür des Hauses von Volker Gollenhauer war ausgehebelt worden, was darauf hinwies, dass hier ein Profi am Werk war. Im Garten waren Fußspuren sichergestellt und ausgewertet worden, Turnschuhe der Marke Adidas, Größe 42. Im Besitz des Opfers befanden sich solche Schuhe nicht. Und es lag eine erste Täterbeschreibung vor: männlich, etwa 1.80 Meter groß, sportliche Statur. Das Gesicht, gab Volker Gollenhauer zu Protokoll, sei vermummt gewesen.

»Wäre ja zu schön gewesen.« Jens ließ die Papiere sinken.

Die Informationen, wenn auch dürftig, waren elektrisierend. Es war die erste Beschreibung des Täters. Welch ein Glück, dass er das fünfte Opfer nicht erwischt hatte. Das konnte die Wende einleiten.

Sebastian folgte der Anweisung des Navigationssystems und bog in ein Wohngebiet ab. Einige Querstraßen später fand sich die Graustraße, in der, etwa hundert Meter entfernt, zwei Polizeiwagen und andere Fahrzeuge parkten. Sebastian hielt und stellte den Motor ab.

»Hier könnte gestern Abend der Täter entlanggelaufen sein«, sagte Jens, nachdem sie ausgestiegen waren.

»Aber nicht zur S-Bahn, die nächste Station ist Bergedorf, die ist ein ordentliches Stück weit weg.«

»Außerdem«, warf Sebastian ein, »wäre er dann das Risiko eingegangen, von einer Kamera am S-Bahnhof oder in den Zügen gefilmt zu werden.«

»Also Auto?«

»Das würde er wahrscheinlich nicht hier in der Straße, sondern ums Eck geparkt haben«, mutmaßte Sebastian. »Er könnte aber auch ein Stück mit dem Fahrrad gefahren und dann erst in sein Auto umgestiegen sein.«

»Und hat das Fahrrad einfach stehenlassen?«, gab Jens zu bedenken.

»Vielleicht hat er es ins Auto gepackt und mitgenommen«, meinte Sebastian. »Oder einfach irgendwo hingestellt und abgeschlossen, das würde erst einmal niemandem auffallen.«

Entlang der schmalen Straße verlief auf beiden Seiten ein kleiner Fußweg. Die Vorgärten waren eher klein, mit Blumenrabatten und sehr gepflegt.

»Oder er hat ein Fahrrad geklaut«, fuhr Jens fort. »Vielleicht hat er es vor einem Einkaufszentrum abgestellt.«

»Und dann?«, fragte Sebastian.

»Ist er zum Parkhaus gegangen, seelenruhig in sein Auto gestiegen und weggefahren.« Jens überlegte. »Wenn er nicht in einem der Häuser hier verschwunden ist.«

»Wie bitte?« Sebastian blieb stehen.

»Ich weiß«, sagte Jens. »Aber immer wenn ein Täter spurlos verschwindet, denke ich: Vielleicht ist er ja gar nicht weg. Vielleicht ist er noch hier, da drüben, zum Beispiel, oder im Nachbarhaus.«

Aus dem Haus gegenüber kam ein älterer, aber noch rüstiger Mann heraus, gefolgt von einem Dackel. An der Gartenpforte blieb der Mann stehen und nestelte in seinen Hosentaschen.

»Herr Gollenhauer?«, fragte Jens.

Der Mann schaute auf, und Sebastian konnte es kaum fassen, dass jemand, auf den vor wenigen Stunden ein Mordanschlag verübt worden war, hier einfach so, ohne Polizeischutz, spazieren ging.

»Guten Tag«, sagte Sebastian und stellte sich und seinen Kollegen vor.

Gollenhauer ließ ihn kaum ausreden. »Dann sind Sie also verantwortlich dafür, dass der Typ, der in meinem Haus herumgeballert hat, immer noch frei herumläuft? Was tun Sie eigentlich die ganze Zeit?«

»Wir müssen uns in Ruhe miteinander unterhalten«, sagte Sebastian.

»Ich möchte in mein Haus.«

»Können wir hier rein?« Sebastian zeigte auf das Haus, aus dem Gollenhauer eben gekommen war.

»Frau Schmidt hat gestern die Polizei gerufen und mir und Guggi Asyl gegeben«, erklärte Herr Gollenhauer. Er zog ein wenig an der Leine, aber der Dackel sträubte sich. »Schauen Sie mal, wie ängstlich er guckt«, schimpfte Gollenhauer. »Das hat er sonst nie gemacht. Der Typ hätte ihn beinahe erschossen. Wenn ich den kriege … den mache ich fertig.«

»Ist Ihnen vielleicht im Nachhinein noch etwas aufgefallen, was Sie gestern in der Aussage gegenüber den Kollegen vergessen haben?«

»Was weiß ich, was ich gestern erzählt habe, und außerdem ging alles so schnell. Der Mann war ungefähr so groß wie Sie, sportlich, wie man so schön sagt, aber es war stockfinster, und ich meine, dass er etwas übern Kopf gezogen hatte. Von seinem Gesicht habe ich jedenfalls nichts gesehen.«

Eine Frau mit onduliertem Haar erschien besorgt in der Haustür und erkundigte sich, ob sie vielleicht behilflich sein könne.

»Die Herren sind von der Kripo«, rief Gollenhauer, und es klang fast ein wenig stolz.

Sebastian stellte sich und Jens noch einmal vor, und die Dame sagte: »Möchten Sie vielleicht ein Tässchen Kaffee? Schmidt ist mein Name. Hier draußen ist man ja seines Lebens nicht mehr sicher.«

Als sie mit Gollenhauer in der Wohnstube auf einem großen geblümten Sofa Platz genommen hatten und der Dackel sich zu Sebastians Füßen zusammengerollt hatte, bat Jens die beiden Rentner, noch einmal zu erzählen, was gestern passiert war.

Herr Gollenhauer und Frau Schmidt schauten sich an, und Jens sagte: »Fangen Sie doch vielleicht an, Frau Schmidt.«

Sie holte einmal tief Luft und berichtete dann ohne Punkt und Komma, wie sie hier im Wohnzimmer gesessen und Fernsehen geschaut hatte, als es plötzlich klingelte und jemand gegen ihre Tür schlug. Sie habe irgendwie sofort gewusst, dass es einer ihrer Nachbarn sein müsse. »Und tatsächlich stand Herr Gollenhauer da, völlig aufgelöst war er, der Ärmste, bei ihm sei eingebrochen worden, ich solle die Polizei rufen. Doch bevor ich das tun konnte, ist er plötzlich wieder zu seinem Haus gerannt, ich wollte ihn noch aufhalten, es war doch gefährlich, da wieder hinzurennen, aber er wollte seinen Hund retten. Guggi kam ihm aber zum Glück schon hechelnd entgegen, und dann habe ich die Polizei gerufen. Und bis die dann endlich kam, haben wir hinter der verschlossenen Haustür gewartet, ich und Herr Gollenhauer, das war ganz schön unheimlich, weil ja der Einbrecher drüben im Haus oder in der Umgebung sein musste. Ich habe ab und zu vorsichtig aus dem Küchenfenster geschaut, aber die beiden Bäume im Vorgarten und die Hecke haben mir teilweise die Sicht versperrt.«

»Und außerdem war es dunkel«, fügte Gollenhauer entschuldigend hinzu. Sie hätten jedenfalls keine Menschenseele mehr gesehen. Nach einer halben Ewigkeit sei die Polizei dann endlich da gewesen.

Jens fragte: »Ist Ihnen in letzter Zeit jemand hier in der Gegend aufgefallen, den Sie nicht kannten?«

Frau Schmidt schaute ihre Schrankwand an und schüttelte den Kopf.

»Wir würden jetzt gerne mit Herrn Gollenhauer unter vier Augen reden«, sagte Sebastian.

Überrascht schaute Frau Schmidt Herrn Gollenhauer an.

»Reine Routine«, erklärte Jens.

»Also gut.« Frau Schmidt strich mit den Händen über ihre Hose. »Dann gehe ich mal nach oben.« Sie nickte den dreien noch einmal zu und verschwand.

Jens beugte sich vor und rief: »Wir müssen Sie bitten, die Tür zu schließen.«

»Selbstverständlich!« Frau Schmidt kam noch einmal zurück und zog demonstrativ laut die Tür zu.

Unsicher schaute Herr Gollenhauer von Sebastian zu Jens und wieder zurück. »Der Hund mag Sie«, sagte er zu Sebastian.

»Ich will ganz offen sein.« Sebastian sah Herrn Gollenhauer direkt ins Gesicht: »Nach dem jetzigen Stand der Ermittlungen wollte der Täter nicht nur einbrechen, um etwas zu stehlen.«

Gollenhauer sah Sebastian abwartend an.

»Wir müssen davon ausgehen, dass er Sie umbringen wollte«, sagte Sebastian in ruhigem Ton.

Gollenhauer lehnte sich ungläubig zurück. Nach einer Weile fragte er: »Woher wollen Sie das wissen?«

Sebastian erklärte, dass mit der Pistole, die gestern Abend zum Einsatz gekommen war, in den vergangenen Tagen vier Menschen getötet wurden. Immer auf dieselbe Weise.

»Ist ja ein Ding.« Gollenhauer knetete seine Hände, und Sebastian war sich nicht sicher, ob der Mann die Tragweite der Worte wirklich schon erfasst hatte.

»Haben Sie eine Vorstellung, wer Ihnen nach dem Leben trachten könnte?«, fragte Jens.

Der Rentner schaute Jens ausdruckslos an. »Ehrlich gesagt«, murmelte er, »kann ich das nicht glauben.« Er streckte den Arm aus und begann den Dackel hinterm Ohr zu kraulen. »Warum sollte mich jemand umbringen wollen? Die Vorstellung ist absurd.«

»Haben Sie Feinde?«, fragte Jens.

Gollenhauer schüttelte den Kopf. »Nicht dass ich wüsste. Keine Feinde, keine Schulden, keine Leichen im Keller. Das muss ein Missverständnis sein.« Er beugte sich vor und schaute Sebastian an. »Vielleicht hat sich der Mann in der Hausnummer geirrt?«

»Herr Gollenhauer«, sagte Sebastian. »Sie sind gestern mit sehr viel Glück einem Mordanschlag entgangen. Sie könnten auch tot sein. Wie ihre vier Vorgänger. Bitte überlegen Sie.«

Der Mann zog jetzt seinen Dackel auf den Schoß, nahm dessen Kopf in seine Hände und fragte: »Glaubst du, was die Herren da sagen? Man will uns umbringen?«

»Ich weiß«, sagte Sebastian, »das ist erst einmal schwer vorstellbar. Aber leider nicht für uns, wir haben jeden Tag mit Mord und Totschlag zu tun. Das ist die Realität.«

Gollenhauer schaute schweigend aus dem Fenster, und Sebastian hatte das Gefühl, dass es langsam in dem Mann zu arbeiten begann. Von oben waren Geräusche zu hören, vermutlich Frau Schmidt, die umherging.

»Daher die Kraft«, murmelte Gollenhauer.

Sebastian wechselte mit Jens einen Blick.

»Was meinen Sie?«, fragte Sebastian.

Gollenhauer schaute auf. »Ich wundere mich im Nachhinein, woher ich die Kraft hatte, den Schreibtisch zu heben und auf den Typen zu werfen.« Er schaute fast trotzig seinen Dackel an, der mit der Zunge nach ihm zu lecken begann. »Vielleicht habe ich doch gespürt, dass es hier um mehr ging als nur um einen Einbruch.«

»Das war Instinkt«, sagte Jens. »Sie haben genau das Richtige getan.«

Gollenhauer setzte den Hund zurück auf den Boden. »Also gut. Gehen wir mal davon aus. Was kann ich tun?«

»Sagt Ihnen der Name Dirk Packer etwas?«, fragte Sebastian.

Gollenhauer überlegte und schüttelte den Kopf. »Wer soll das sein?«

»Jan-Ole Sievers?«, fragte Jens.

Wieder schüttelte Gollenhauer den Kopf.

»Katharina Krüger-Lepinsky?«

Gollenhauer verneinte.

»Peer Wolfsohn?«

Gollenhauer ließ sich die Namen noch ein zweites Mal nennen und bekannte beinahe feierlich: »Habe ich alle noch nie gehört, tut mir leid.«

Sebastian erklärte Gollenhauer, dass er für die Polizei ein enorm wichtiger Zeuge sei und in den nächsten Tagen wohl noch einige Male befragt werden würde. »Ich bitte Sie, uns jeden Gedanken, jede Erinnerung, egal welche, zu berichten. Sie können mich Tag und Nacht anrufen.«

Gollenhauer nickte.

»Sie sagten, Sie wollen uns helfen?«, fragte Sebastian.

»Selbstverständlich!«

»Dann werden Sie verstehen, dass Sie vorübergehend in eine gesicherte Wohnung ziehen müssen. Sie bekommen rund um die Uhr Polizeischutz.«

Gollenhauer warf einen Blick auf seinen Dackel. »Und Guggi?«

»Der auch«, antwortete Jens. »Bitte packen Sie jetzt ein paar Sachen zusammen. Für sich und den Hund.«

## 31

Gegenüber, in Gollenhauers Garten, arbeiteten noch immer die Kollegen von der Spurenermittlung. Der Garten mit dem frischgrünen Rasen, den voluminösen Büschen, den kleinen Bäumen und Blumenrabatten sah aus, als wäre er von einer Plage befallen: Die Ermittler in ihren weißen Schutzanzügen sahen aus wie riesige Insekten, die Informationen aus dem Erdreich zu saugen versuchten.

Sebastian hockte sich neben Jochen Lexert, den Leiter der Spurensicherung, der auf einem Laptop die Aufnahmen von den Fußabdrücken studierte. »Wir haben Glück«, sagte Lexert. »Der Täter hat viele Spuren hinterlassen.«

»Dann war ihm das offenbar egal«, sagte Sebastian.

»Vielleicht war er in Panik?«, meinte Lexert.

Sebastian hoffte im Stillen, dass der Kollege recht hatte, dass der Täter, nachdem er seinen Plan erstmals nicht hatte durchziehen können, verunsichert war und ins Straucheln geriet. Wie beim Fußball, wo jedes Tor die Mannschaft stärker machte, aber ein einziges Gegentor die Wende herbeiführen konnte.

Lexert scrollte durch die Aufnahmen. Sie stammten alle aus dem Garten, in dem sie gerade saßen, sie waren umringt von den Spuren. Sebastian schaute auf den Bildschirm, auf dem nacheinander die Bilder der Fußspuren erschienen. Auf einmal sagte er: »Stop!«

Lexert schaute Sebastian fragend an.

Sebastian hatte irgendeine Unstimmigkeit bemerkt, aber er wusste nicht genau, was es war. »Scrollen Sie bitte noch mal zurück.«

Lexert schob die Bilder rückwärts über den Schirm.

»Die Aufnahme ist vom linken Schuh?«, fragte Sebastian.

Lexert nickte.

»Zeigen Sie bitte noch mal das andere Foto.«

Lexert schob ein anderes Bild nach vorn.

»Und das?«, fragte Sebastian.

»Das ist auch vom linken Schuh«, erklärte Lexert verwundert.

Sebastian wurde nervös. Er zeigte mit dem Finger auf den hinteren Teil des Schuhabdrucks. »Zoomen Sie da mal ran.«

Lexert vergrößerte den Bereich, den Sebastian genauer ansehen wollte.

»Und jetzt schauen wir dieselbe Stelle auf dem anderen Bild an«, sagte Sebastian.

Lexert holte das zweite Bild vom linken Schuh und vergrößerte dieselbe Stelle.

»Sehen Sie es?«

Lexert schüttelte den Kopf. »Ich weiß nicht, was Sie meinen.«

»Den Riss?«

Der Kollege nickte jetzt langsam. »Tatsächlich. Der Riss ist nur auf dem einen Bild zu sehen. Auf dem zweiten fehlt er.«

»Es sind zwei verschiedene linke Schuhe …«, sagte

Sebastian. »Wir haben es mit zwei Tätern zu tun.« Er seufzte leise. »Haben Sie von allen Fußabdrücken Fotos gemacht?«

»Selbstverständlich. Ich schicke sie Ihnen ins Büro«, sagte Lexert. »Heute Nachmittag haben Sie sie auf dem Rechner.«

Bei den Markierungen am hinteren Gartentor ging Sebastian in die Hocke. Es war nicht ein einzelner Mann, der sich hier versteckt hatte, bevor er zum Haus gegangen war, sondern es waren zwei Personen, von denen eine losging, während die andere Wache stand. Das würde die Ermittlungen in eine neue Richtung treiben.

»Entschuldigung, Herr Fink«, begann Lexert vorsichtig. »Gesetzt den Fall, dass es zwei Täter sind, glauben Sie denn wirklich, dass beide dieselbe Schuhmarke und genau dieselbe Schuhgröße haben?«

Sebastian verstand die Frage nicht: »Warum sollten zwei Täter nicht die gleichen Schuhe tragen?«

Jens kam über die Terrasse. Er berichtete, dass der Personenschutz mit Gollenhauer und dem Hund abgefahren sei. »Und hier?«, fragte er. »Gibt's was Neues?«

»Leider ja«, sagte Sebastian und eröffnete ihm die neueste Erkenntnis.

Jens zog laut die Luft durch die Zähne. »Das ist ja ein Ding.«

»Du sagst es.« Sebastian zupfte die Schutzhülle über seinem Schuh zurecht und ging über die Terrasse zum Haus. Jens kam ihm hinterher. Sie stiegen durch die kaputte Terrassentür ins Wohnzimmer.

Die Polstergarnitur mit dem Karomuster war schon etwas in die Jahre gekommen. Ein mittelgroßer Flachbildschirm stand an der Wand, daneben ein vollgestelltes Bücherregal aus dunklem Holz, Bilder an den Wänden. Der Schreibtisch lag kopfüber im Raum, um ihn herum waren Papiere und Schreibutensilien verstreut. Dahinter, an der Wand, neben der Tür zur Diele, waren zwei Einschusslöcher markiert. Eine dritte Kugel hatte das goldgerahmte Aquarell getroffen, das auf dem Boden in einem Kranz von Glassplittern lag.

»Gollenhauer hat echt Glück gehabt«, sagte Jens. »Und der Täter ebenfalls. Ich meine, dass er von diesem Monstrum nicht erschlagen worden ist.«

Sebastian ging neben dem Schreibtisch in die Knie. »Die Sache dürfte auf den Täter Eindruck gemacht haben, das Riesending, und dann der Krach, wenn das Teil hier aufschlägt …«

»Deshalb hat der Täter blind geschossen«, sagte Jens.

In der Diele stand unter der Treppe ein Hundekörbchen, an der Garderobe hing ein Anorak. Die Haustür hatte Gollenhauer bei seiner Flucht offen gelassen, so hatte er es jedenfalls bei seiner ersten Befragung zu Protokoll gegeben. Und der Dackel war ihm dann hinterhergelaufen.

Im Vorgarten, vor den Büschen, leuchteten Tagetes und Begonien. Sebastian und Jens blieben dort stehen. In der Nachbarschaft war es ruhig, kein Auto fuhr, kein Mensch war zu sehen, nur ein Rasenmäher war in der Ferne zu hören. Die Luft hier draußen war angenehm frisch, es roch schon fast ein wenig nach Sommer. Aber Sebastian konnte sich nicht daran erfreuen. Ihm war sogar ein bisschen übel.

»Ist es nicht seltsam?« Jens schob seine Hände in die Hosentaschen. »Unsere Opfer sind so harmlos. Ich meine: ein Familienvater, der Bilder malt, ein Arbeitsloser, der Karnevalskostüme liebt, eine Zahnärztin, die anderen Menschen hilft, ein Abiturient, der super Tischtennis spielt, und jetzt Gollenhauer – ein Rentner mit Dackel. Wo ist denn da bloß das Motiv?«

Das Rattern des Rasenmähers hörte plötzlich auf, und in die plötzliche Stille hinein sagte Sebastian leise: »Oder die Opfer sind gar nicht so harmlos, wie wir denken.«

## 32

Sie ist da.« Pia stand in der Tür. »Soll ich sie gleich runter in die Technik bringen, oder soll sie erst mal hochkommen?«

Sebastian spürte Pias Unbehagen, und sie hatte natürlich recht. Anke Wolfsohn war seit gestern Witwe, und es wäre reichlich grob, sie umstandslos in einen Technikraum zu komplimentieren und mit Aufnahmen zu konfrontieren, die möglicherweise ihren Ehemann zeigten – nur drei Tage, bevor er ermordet wurde.

»Sie soll erst einmal raufkommen«, sagte Sebastian.

Er legte auf und zerknüllte ein Blatt mit veralteten Notizen. Was hatte er bloß für einen Job. Menschen aufspüren, die anderen Menschen Gewalt angetan haben.

»Etwas für die Gerechtigkeit tun« – so hatte er versucht, es Marissa zu erklären – »nicht nur im juristischen, sondern auch in einem irgendwie höheren Sinne.« Er wusste, es klang bescheuert hochtrabend. Aber genau deshalb war er Kriminalkommissar geworden, und jede Sekunde, die er für seine Aufgabe einsetzte, empfand er als wertvoll genutzte Zeit.

»Süß«, hatte Marissa geantwortet, und das hatte ihn plötzlich wütend gemacht. Süß, hatte er zurückgegeben, sei es vielleicht, wenn man Musik auflegte, um Leute zum Tanzen zu bringen.

»Es ist mein Beruf«, hatte Marissa geantwortet. »Etwas für die Lebensfreude tun, wenn du so willst. Nicht im juristischen Sinne, sondern in einem – wie hast du gesagt? – höheren Sinne.«

Sebastian stand auf und gab Anke Wolfsohn die Hand, und beinahe wäre ihm herausgerutscht, wie sehr er sich freute, sie wiederzusehen. Er mochte diese Frau mit den seltsamen Augen, die irgendwie zu groß schienen für ihr schmales Gesicht. Sie war zierlich, aber der äußere Eindruck mochte täuschen. Sebastian hatte das Gefühl, dass sie sehr stark war.

»Vielen Dank, dass Sie sich die Mühe gemacht haben und hergekommen sind«, sagte er. »Möchten Sie etwas trinken?«

Anke Wolfsohn schüttelte den Kopf und nahm, ohne zu fragen, Platz. Sebastian kam diese Situation nicht ideal vor, denn nun saß die Witwe wie beim Verhör vor dem Kriminalhauptkommissar, und genau das hatte er verhindern wollen. Aber es war jetzt nicht mehr zu ändern.

»Frau Wolfsohn«, begann er, »Sie haben gegenüber den Kollegen ausgesagt, dass Ihr Mann nicht in Eilbek gewesen sein kann.«

»Richtig.« Sie legte ihre Hände in den Schoß.

»Haben Sie seitdem noch einmal darüber nachgedacht, ob es vielleicht doch möglich wäre …«

»Natürlich habe ich nachgedacht«, unterbrach sie. »Ich denke pausenlos nach, ich mache nichts anderes. Aber es führt zu nichts. Ich verstehe nicht, was hier los ist. Was ist mit Eilbek? Warum sagen Sie mir nicht, was Sie wissen?«

Pia war hereingekommen und stellte lautlos ein Glas Wasser auf den Schreibtisch. Anke Wolfsohn nahm das Glas, trank und stellte es wieder zurück.

»Wir haben Aufnahmen aus dem U-Bahnhof Ritter-straße«, sagte Sebastian. »Wären Sie bereit, sie sich anzu-sehen?«

Sie starrte aus dem Fenster. Ein Vogel kämpfte gegen den Wind, aber Anke Wolfsohn schien ihn gar nicht wahr-zunehmen.

»Gehen wir?«, fragte Sebastian.

»Natürlich.« Anke Wolfsohn stand sofort auf. »Gehen wir.«

Ein Stockwerk tiefer im Technikraum hatte Kollege Ol-sen alles schon vorbereitet. Er gab Anke Wolfsohn die Hand und sagte: »Wir haben leider nur einen Stuhl.« Dem Tech-niker schien es unangenehm zu sein, als Einziger zu sitzen, aber Sebastian bedeutete ihm, dass es okay sei. Pia schloss die Tür, schaltete das Deckenlicht aus und trat hinter Sebas-tian und Frau Wolfsohn.

Olsen gab ein Passwort ein, und der große Bildschirm flackerte auf. U-Bahnhof Ritterstraße. Uhrzeit: 10:51 Uhr. Wenige Passanten. Grelles Licht und orangefarbene Ka-cheln. Eine U-Bahn fuhr ein. Türen gingen auf. Ein Mann in Kapuzenjacke ging den Bahnsteig entlang, gefolgt von einem roten Pfeil. Anke Wolfsohn griff nach Sebastians Un-terarm, als müsste sie sich irgendwo festhalten.

»Das könnte er sein«, sagte Olsen, und Sebastian wünschte, er würde schweigen.

Nächste Szene. Von hinten war zu sehen, wie der Mann zügig auf die Rolltreppe zuging und einen kleinen Sprung auf die Stufen machte.

Dritte Szene. Der Mann kam über die Zwischenebene, bog ab, stieg die Treppe hinauf, die nach oben ans Tageslicht führte. Es war gerade noch zu erkennen, dass der Typ auf die rechte Seite der Treppe strebte – dann war er verschwunden.

Schwarzbild. Olsen tippte auf der Tastatur, und niemand sagte etwas. Wahrscheinlich waren es nur ein paar Sekunden, aber Sebastian spürte, wie sich in der Dunkelheit eine schreckliche Verunsicherung ausbreitete. Eine Frau, die wahrscheinlich noch gar nicht fassen konnte, dass sie ihren Ehemann verloren hatte, sah ihn jetzt auf dem Bildschirm zum ersten Mal seit seinem plötzlichen und grausamen Tod – in einem möglicherweise anderen Leben, das er ihr verheimlicht hatte.

Ein Standbild, der Mann aus dem U-Bahnhof. Gesicht und Oberkörper ein wenig verzerrt, aber anscheinend schon bearbeitet.

»Sieht schon sehr nach Peer Wolfsohn aus, oder?«, fragte Olsen.

Die junge Witwe schaute ausdruckslos in das eingefrorene Gesicht auf dem Bildschirm. Nach einer Weile fragte sie: »Was wollte mein Mann in Eilbek?«

Keiner antwortete.

»Vielleicht wollte er zum Arzt?« Pias Stimme kam aus dem Hintergrund.

»Ohne mir etwas davon zu sagen?« Anke Wolfsohn atmete hörbar aus. »Meinen Sie, er war krank?«

»Die Autopsie lässt darauf keine Rückschlüsse zu«, erklärte Sebastian. »Aber es gibt viele Gründe, zum Arzt zu gehen. Vielleicht war er besorgt, wollte sich Gewissheit verschaffen und vorher niemanden beunruhigen.«

»Vielleicht wollte er etwas besorgen«, schaltete Pia sich wieder ein, »womit er Sie überraschen wollte.«

»Sie meinen: Ein Geschenk?« Anke Wolfsohn ließ ihren Blick suchend im Raum umherwandern.

»Zum Hochzeitstag, zum Beispiel«, setzte Pia hilflos hinzu.

»Wäre das möglich?«, fragte Sebastian.

Anke Wolfsohn schluchzte auf.

»Frau Wolfsohn …« Sebastian hielt sie hilflos am Arm. Pia reichte ihr ein Taschentuch.

»Es tut mir leid.« Anke Wolfsohn schneuzte sich. »Aber ich weiß doch, was Sie von mir hören wollen«, schluchzte sie. »Peer hätte eine andere gehabt, eine Geliebte, das wollen Sie doch hören, oder? Aber das glaube ich nicht. Die Familie ging ihm über alles.«

Sebastian hatte das Gefühl, dass diese Antwort nicht ganz der Wahrheit entsprach, dass die Frau vielleicht nur an einem Bild festhalten wollte. Und ein Ehemann, der heimlich unterwegs war, passte einfach nicht in dieses Bild.

Für Sebastian war aber eine andere Frage entscheidend: Hatte Peer Wolfsohns Geheimnis etwas mit seinem Tod zu tun?

## 33

Die ersten Strahlen der Morgensonne fielen durch das gekippte Fenster in die Küche. Selma Andersson schaute auf die Uhr. Es war gleich sieben, länger konnte sie nicht mehr warten.

Mia schlief tief und fest, einen Arm weit von sich gestreckt, den anderen angewinkelt, den Daumen nahe am Gesicht, als hätte sie im Schlaf daran gelutscht. Selma setzte sich vorsichtig auf den Bettrand.

Diese Daumenlutscherei war auch so eine Sache. Mia war jetzt sieben, sie war in der zweiten Klasse, da sollte diese Phase langsam vorbei sein. Der Kinderarzt hatte gemeint: »Das wächst sich aus, Frau Andersson«, und sie solle sich nicht bei allem und jedem so viele Gedanken machen. Das war einfacher gesagt als getan, wenn man für alles und jedes allein die Verantwortung trug.

Selma legte ihrer Tochter die Hand auf die Schulter und streichelte sie. Das Kind nicht aus seinen Träumen reißen, sondern warten, bis es von allein aufwachte. Sie erinnerte sich noch zu gut, wie sie es gehasst hatte, wenn ihre Mutter im Zimmer Licht machte und sie mit lauter Stimme weckte. Darum zog sie es vor, ihre Tochter aus dem Schlaf zu streicheln.

Mia öffnete ihre Augen, sah ihre Mutter – und lächelte.

Und dieses Lächeln war für Selma das Schönste. Für dieses Lächeln hätte sie alles gegeben.

Während Mia auf dem kleinen Hocker stand und sich vor dem Spiegel die Haare bürstete, bereitete Selma in der Küche das Frühstück vor. Im Radio meldeten sie verstärkten Pollenflug. Zum Glück zeigte Mia bislang keine Anzeichen von Heuschnupfen oder anderen Allergien. Selma klopfte auf das Holzbrett und schob die Apfelstücke, die sie geschnitten hatte, ins Schälchen, schüttete Haferflocken dazu, Rosinen und Haselnüsse und goss Milch darüber. Fast hätte sie die Aprikosen vergessen. Sie musste sich noch daran gewöhnen. Mia aß neuerdings Aprikosen! Es war tatsächlich so, wie ihre Kollegin vorhergesagt hatte: Kinder änderten ihren Geschmack oft, es lohnte sich, immer mal wieder einen Versuch zu starten.

»Beeil dich, Mäuschen!«

Sie stellte die Schüssel auf den Tisch und begann schon mal mit den Butterbroten.

Da lag ja noch der Überweisungsantrag. Hundertfünfzig Euro für die Klassenfahrt, sie hatte es eigentlich schon vergangene Woche erledigen wollen. Sie steckte den Zettel gleich mal in die Handtasche. Eigentlich ein Unding. Wie machten es denn die Eltern, die nicht so viel verdienten? Und die anderen Alleinerziehenden? Aber beim Elternabend hielten immer alle schön die Klappe und taten, als sei alles kein Problem. Wo war der Deckel für die Tupperdose?

Im Radio lief *Private Dancer*. Früher, als sie jung war, in der Schulzeit, hatte sie das Lied geliebt, inzwischen mochte sie es nicht mehr hören. Sie drehte am Knopf, und nun redete jemand vom Wetter. Das war okay.

»Und zieh dir schon die Schuhe an, hörst du?«, rief sie über die Schulter.

Kurz darauf erschien Mia im Türrahmen. Natürlich hatte sie ihre Schuhe nicht an, und statt des Pullovers hatte sie sich ein Kleid angezogen – falschherum. Selma schüttelte den Kopf und kauerte sich vor ihre Tochter. »Das ist nicht warm genug«, erklärte sie. »Du wirst frieren.« Sie schob Mia mit der Schmetterlingsspange eine Haarsträhne aus dem Gesicht. »Bitte geh und zieh den Pulli an. Den roten von Oma, den hast du doch so gerne.«

Mia zog einen Flunsch, aber nach einer kurzen Diskussion fügte sie sich. Selma schaute auf die Uhr.

»Jetzt aber schnell!«, rief sie ihrer Tochter hinterher.

Das große Thema beim Frühstück war die Klassenfahrt und dass heute festgelegt werden würde, wer mit wem auf ein Zimmer kam, und wenn Mia nicht auch mit Larissa auf ein Zimmer käme, dann – Mia suchte nach Worten, und Selma strich ihr über den Kopf. »Ich bin mir sicher, ihr zwei kommt in ein Zimmer. Und jetzt hol deinen Ranzen.«

Der Weg zur Schule führte über eine Kreuzung, und die Verabredung, die sie kurz nach den letzten Ferien getroffen hatten, lautete, dass Selma Mia über diese Kreuzung brachte und dass Mia den Rest des Weges, etwa zweihundert Meter an der Schulmauer entlang, alleine zurücklegte, schließlich sei sie ja »kein Baby mehr«.

Selma gab ihrer Tochter einen Kuss, und dann ging Mia los, mit kleinen, schnellen Schritten, so dass der Schulranzen auf ihrem Rücken hüpfte. Wie jeden Morgen ging ihr die Mutter hinterher und hoffte, dass das Kind sich noch einmal umdrehte, bevor es um die Ecke, durch das Schultor, verschwand. Heute hatte sie Glück. Mia winkte, und Selma winkte zurück, so wie die anderen Mütter, die ihre Kinder verabschiedeten, um dann zur Arbeit oder nach Hause zu gehen. Und für einen kurzen Augenblick dachte Selma, wie gerne sie auch so ein normales Leben gehabt hätte. Aber sie hatte damals den Fehler gemacht, einen großen Fehler, den Fehler ihres Lebens. Sie hatte versucht, neu zu beginnen, aber es war nicht möglich. Das hatte sie völlig falsch eingeschätzt. Doch das Schlimmste am Ganzen war, dass es immer schwieriger wurde, diese Fehlentscheidung vor der Welt und vor Mia zu verheimlichen.

Eine gute halbe Stunde später parkte Selma in der Papenstraße, lief ein kurzes Stück zurück, ging durch die Gartenpforte, den Vorgarten und verschwand mit gesenktem Kopf im Haus.

In der Wohnung hängte sie ihren Mantel in den Schrank, stellte ihre Schuhe hinein. Bevor sie die Schranktür schloss, griff sie noch in die Manteltasche und zog die Zigarettenpackung hervor. Jetzt konnte sie endlich die erste anzünden, natürlich am offenen Fenster. Wie immer war sie versucht, in den Terminkalender zu schauen, aber sie tat es nicht, schaltete ihre Gedanken ab und sog so stark, dass es ihr fast schlecht wurde.

Nachdem sie das Fenster wieder geschlossen hatte, sprühte sie ein wenig Patschuliduft. Dann zog sie ihr Kleid aus, hängte es auf einen Bügel und neben den Mantel in den Schrank. Als Arbeitskluft wählte sie heute die rote Kombination. Darüber zog sie den weißen Überhang aus Seide. Und nun konnte sie auch in den Terminkalender schauen. Bis dreizehn Uhr war sie durchgetaktet.

# 34

U-Bahnhof Ritterstraße, elf Uhr morgens. Eine Frau schob langsam ihren Kinderwagen über den Bahnsteig. Jugendliche saßen nebeneinander im Neonlicht und starrten schweigend auf ihr Smartphone. In der Stille waren nur Absätze zu hören, es stöckelte, es hallte, dann setzte sich am anderen Ende die Rolltreppe in Bewegung.

»Das müsste sie sein.« Jens hatte seine Hände in den Hosentaschen vergraben und schaute hinauf zur Kamera, die über der Bahnsteigkante unter der gewölbten Decke hing. »Von hier wurde die Bahn aufgenommen, mit der Peer Wolfsohn angekommen ist.«

Sebastian schaute sich um. Dann wäre Peer Wolfsohn hier zielstrebig unter der Kamera hindurch zum Ausgang gegangen. Sebastian und Jens nahmen die Stufen, die parallel zur Rolltreppe nach oben auf das Zwischengeschoss führten.

»Kamera Nummer zwei.« Jens zeigte auf das Gerät über der Plakatwand, Werbung für das Thalia-Theater. Gegenüber ein Fahrkartenautomat. Sebastian erinnerte sich, dass Peer Wolfsohn den rechten Ausgang nahm, bevor er aus dem Blickfeld der Kamera entschwand.

Oben auf der Wandsbeker Chaussee war viel Verkehr. Entlang der Fahrbahn reihten sich auf beiden Seiten dreistöckige Häuser aus rotem Klinker, wie sie für die Aufbaujahre nach dem Krieg typisch waren. Kleine Fenster, niedrige Decken, winzige Balkone. In den Erdgeschossen Geschäfte mit Schaufenstern.

»Und?«, fragte Sebastian. »Wo würdest du jetzt langgehen?«

Jens überlegte. »Was meinst denn du?«

»In Fahrtrichtung«, sagte Sebastian.

Sie gingen an der rechten Häuserzeile entlang, passierten ein Nagelstudio, eine Damen-Boutique, einen Seniorentreff, ein Wettbüro, eine Kneipe, eine Spielothek, einen Dönerladen, eine Sportbar, einen Imbiss, einen Klempnerladen, einen Optiker, ein Geschäft für Licht- und Tontechnik, einen Second-hand-Shop und einen Discounter. Zwei Blöcke waren sie gegangen, dann blieben sie stehen. Auf der anderen Straßenseite – ähnliche Geschäfte, ähnliche Häuser. Auf vier Spuren rasten die Autos vorbei, gesteuert vom Rhythmus der Ampeln an den Kreuzungen. Niemand hielt hier. Als wäre es eine Gegend nur zum Durchfahren. Auf den Gehwegen waren kaum Menschen unterwegs.

»In welches Geschäft könnte Peer Wolfsohn gegangen sein?«, fragte Sebastian.

Jens wischte sich über die Nase. »Entweder ist er ins Wettbüro oder in die Spielothek. Was anderes kommt eigentlich nicht in Frage, oder?«

»Aber solche Schuppen gibt es doch überall in der Stadt.« Sebastian schaute zu, wie eine junge Frau mit einer Einkaufstüte aus dem Discounter kam und ihr Fahrrad vom Fahrradständer losband. »Warum sollte Peer Wolfsohn ausgerechnet nach Eilbek gefahren sein, um das Haushaltsgeld in der Spielothek zu verzocken?«

»Ganz einfach«, antwortete Jens, »hier konnte er sicher sein, dass ihn keiner kennt.«

War Peer Wolfsohn spielsüchtig? Hatte er sich von den falschen Leuten Geld geliehen? Könnte das die Verbindung zwischen den Opfern sein?

»Komm«, sagte Sebastian. »Wir schauen uns den Laden mal an.«

Die Spielothek war erfüllt vom Gedudel der buntblinkenden Geräte. Die Gestalten, die vereinzelt an den Spielautomaten saßen, starrten wie gebannt und drückten ruckartig Knöpfe. Sebastian ging zum Tresen, von wo ein stämmiger Mann mit stechendem Blick herübersah. Sebastian stellte sich und Jens vor und präsentierte seinen Ausweis. Der Mann mit den breiten Schultern war, wie sich herausstellte, der Besitzer der Spielothek. Sebastian legte ein Foto von Peer Wolfsohn auf den Tresen und fragte, ob er hier bekannt war.

Der Besitzer zog die Mundwinkel nach unten und schüttelte den Kopf. »Nie gesehen.«

»Sicher?«, hakte Sebastian nach.

»Auf jeden Fall ist er kein Stammgast, das wüsste ich. Aber ich bin ja auch nicht immer hier.«

»Uns geht es vor allem um die Vormittagsstunden«, erklärte Jens. »Ungefähr die Zeit von zehn bis zwölf.«

Der Mann nahm jetzt das Foto in die Hand und fixierte es. »Ich will nicht ausschließen, dass der Herr ein-, zweimal hier gewesen sein könnte. Aber um sicherzugehen, würde ich Ihnen raten, auch meine Angestellten zu fragen.«

»Wann kommen die?«, fragte Sebastian.

»Schichtwechsel ist um vierzehn und dann noch mal um zwanzig Uhr. Insgesamt sind wir acht Leute.«

»Danke.« Sebastian steckte das Foto wieder ein. »Notieren Sie mir bitte die Namen. Eventuell schauen die Kollegen noch mal vorbei.«

Als sie wieder auf die Straße traten, schaute Sebastian sich um. »Lass es uns mal drüben in der Kneipe versuchen.«

Zwei Männer saßen im schummrigen Licht an der Theke, vor ihnen ein Bier, Aschenbecher und Zigarettenpäckchen, ein Stück weiter hockte eine Frau, eingehüllt in den Rauch ihrer Zigarette. Aus unsichtbaren Lautsprechern kam irgendein Schlager. Unter der Decke hingen uralte gusseiserne Bügeleisen und Modelle von Segelschiffen in verschiedenen Größen. Auf der Fensterbank verstaubte Puppen und getrocknete Blumen. Nur wenig Tageslicht drang herein. In diesem Lokal mit der dunklen Holzvertäfelung und dem abgetretenen Linoleum war die Zeit stehengeblieben, und nur die Stammgäste wurden älter.

Hinter der Theke war niemand zu sehen. Sebastian stellte sich neben die beiden Männer und erkundigte sich, ob hier jemand bedienen würde. Es dauerte ein paar Sekunden, dann hob einer der beiden den Kopf. Gitta sei gerade mal für kleine Mädchen.

Sebastian präsentierte das Foto von Peer Wolfsohn, aber den Mann – da waren sich beide einig – hatten sie noch nie gesehen. Die Frau schüttelte ebenfalls den Kopf. »Gitta kommt gleich«, sagte sie und wandte sich wieder ihrem Bierglas zu.

Für ein paar Sekunden war es still. Dann tauchte Gitta hinter dem Tresen auf: braungebranntes, von vielen Falten durchzogenes Gesicht, aus dem ein rotgeschminkter Mund herausleuchtete, ein nicht mehr taufrisches Dekolleté, das

Rüschenkleid wurde über dem kleinen Bauch von einem breiten, nietenbesetzten Gürtel mit großer goldener Schnalle zusammengehalten.

Sebastian legte das Foto auf den Tresen.

Die Frau nickte und sagte nur: »Kenn ich.« Sie zündete sich eine Zigarette an und pustete den Rauch in die Luft. »Der war mal hier.«

»Wann?«

»Mit Zeiten bin ich ganz schlecht.«

»Vor ein paar Tagen?«, fragte Jens. »Oder eher vor ein paar Wochen?«

Die Frau fixierte Jens sekundenlang, dann schüttelte sie entschieden den Kopf. »Also, ich würde mal sagen: vor drei, vier Monaten.«

»Warum erinnern Sie sich so genau an den Mann?«, fragte Sebastian.

Wieder zuckte die Frau mit den Schultern. »Ich weiß noch, dass er an dem Morgen einen Schnaps getrunken hat.« Die Frau betrachtete das Foto mit großen, gutmütigen Augen. »Ich glaube, er wollte sich etwas Mut antrinken.«

»Haben Sie eine Ahnung, warum?«

Die Frau schüttelte den Kopf und lächelte. »Nein, eigentlich nicht.«

Sie sagt nicht die Wahrheit, dachte Sebastian. Er trat näher und sagte zu der Frau: »Sie haben eine Vermutung, nicht wahr? Bitte verraten Sie mir, was Sie denken.«

Die Frau stellte die Musik eine Nuance lauter. Es war nicht klar, ob die anderen Gäste ihnen zuhörten oder ob sie von ihren Getränken, dem Tabak, der Musik und ihren eigenen Gedanken absorbiert waren.

Die Frau beugte sich vor, wobei ihre Brüste auf der Theke zu liegen kamen, und sagte mit gedämpfter Stimme: »Bevor er ging, hat er gefragt, wo der Roßberg ist.«

»Roßberg?«, wiederholte Jens. »Was ist das?«

»Seitenstraße.« Die Frau drückte ihre Zigarette aus und machte auf diese Weise klar, dass sie dieses Thema nicht weiter vertiefen würde.

»Und wo ist die Straße?«, fragte Sebastian.

»Rechts runter, nächste Querstraße.« Sie wandte sich ab, nahm ein Glas und hielt es unter den Zapfhahn. Sebastian hatte das Gefühl, dass sie noch etwas sagen wollte. Er wartete, bis sie das Bier gezapft und das Glas abgestellt hatte.

»Achten Sie einfach auf den kleinen Engel im Vorgarten«, sagte sie leise, während sie nach einem Bierdeckel angelte. »Und jetzt gehen Sie bitte.«

Sebastian steckte das Foto wieder ein. An der Tür drehte er sich noch einmal um. Gitta sprach laut mit den beiden Biertrinkern an der Bar über ein Fußballspiel – als hätte es ihre Unterhaltung nie gegeben.

## 35

Selma Andersson schaute auf ihre Hand. Zeige- und Mittelfinger, zwischen denen ihre Zigarette hing, zitterten, als würden tiefste Minustemperaturen herrschen. Sie versuchte nicht an Mia zu denken.

Sie rauchte einfach zu viel. In letzter Zeit war sie nervös. Irgendetwas machte ihr Angst. Sie hätte eine Beruhigungstablette nehmen können, aber dafür war es eigentlich schon zu spät. Gerade als Selma auf die Uhr schaute, klingelte es wieder.

Sie drückte den Summer. Die letzten Sekunden ihrer Pause zerrannen. Sie zog den Lippenstift nach und legte noch ein wenig Rouge auf.

In ihrer Zeit als Studentin hatte Selma eine kurze Zeit im Theater gejobbt. Es hatte ihr Spaß gemacht. Wäre sie doch damals dort geblieben! Hier an ihrem Arbeitsplatz kam es ihr dagegen vor, als sei sie selbst Zuschauerin, Zeugin eines erbärmlich schlechten Stücks.

Aber nun musste sie sich konzentrieren.

Selma gab den Männern Nummern, und der Typ, der in der Tür erschien, war heute schon die Nummer drei. Sie schloss hinter ihm die Tür und löste den Gürtel von ihrem Kimono.

Das Erste, was sie bemerkte, war sein Blick. Gierig und

ängstlich, aber auch arrogant. Er schaute ihr nur ganz kurz in die Augen, die Zeit, die es brauchte, um eine Gefahr zu erkennen. Dann wanderte sein Blick auf ihre Brüste und weiter über ihren Körper bis zu den Schenkeln, da war Ende.

Sie setzte ihr Lächeln auf, kühl, fest, es fiel ihr nicht schwer, die Muskeln waren gut trainiert. »Magst du etwas trinken?«, fragte sie. »Willst du noch ins Bad?« Es waren immer dieselben Fragen.

Er wollte sich erst einmal setzen. Selma war es egal, sie seufzte innerlich, bot ein Getränk an, das er annahm, dann aber ignorierte. Männer, die sich vorher setzten, wollten ihre Vorfreude steigern.

Selma setzte sich ebenfalls, schlug ein Bein über das andere. Seine Augen klebten an ihrem Körper wie Blutegel. Selma ging nach dem festgelegten Ablauf vor: Sie sah den fremden Mann oberflächlich an, pickte sich irgendetwas heraus – in jedem Gesicht war irgendetwas zu finden, das okay war, und ansonsten dachte Selma sich einfach etwas aus, die Männer glaubten ja alles, wirklich alles.

»Du hast schöne Augen«, sagte sie.

Er nickte wissend. »Danke.«

»Und eine besondere Ausstrahlung. Ist mir gleich aufgefallen, als du reingekommen bist. Und ich glaube, du hast auch noch andere Vorzüge, kann das sein?«

Er lächelte. »Dann wollen wir mal.«

Sie lag nackt auf dem Bett, als dem Mann – ebenfalls nackt bis auf die Strümpfe, die er vergessen hatte – plötzlich etwas einfiel. Er versuchte mit Zeigefinger und Daumen den Ehering vom Ringfinger der anderen Hand zu ziehen. »Habe ich ihr versprochen«, sagte er und legte das Schmuckstück auf den Nachttisch. »Im Geiste, natürlich.«

Dann betrachtete er Selma, ihren nackten Körper, der da vor ihm auslag, und rieb an seinem Schwanz, der wegen der Sache mit dem Ring an Spannung verloren hatte.

Selma machte ihm Komplimente, und sie musste den Gedanken verdrängen, der sie immer wieder überwältigte: *Brich die Sache ab. Er soll gehen. Einfach verschwinden.*

Sie roch Deo und Schweiß, während er über ihr war, und musste aufpassen, nicht zu gähnen. Sie hatte letzte Nacht nicht gut geschlafen. Der Gedanke, dass Mia auf der Klassenfahrt von Heimweh gequält werden könnte, hatte sie wachgehalten. Ihre Kleine, noch nie waren sie so lange voneinander getrennt gewesen.

Er begann zu stöhnen, für Selma das Signal, ebenfalls zu stöhnen. Ein, zwei Mal reichten, bevor sie die Position wechseln musste. Sie musste jetzt nach oben. Sie durfte nicht vergessen, einen kleinen Kinderkulturbeutel zu kaufen, den hatte sie Mia versprochen. Und was war noch mal das andere?

Selma legte den Kopf in den Nacken, fuhr sich in die Haare und stöhnte noch einmal.

Die Puppe. Richtig! Die war überhaupt das Wichtigste. Wenn Mia Heimweh bekommen würde, würde ihr die Puppe helfen. Sie hatte sie neulich mit Mia im Kaufhaus gesehen, und Mia hatte sich sofort in sie verliebt. Sie war teuer, eigentlich unerschwinglich, aber das durfte jetzt keine Rolle spielen.

»Umdrehen!«, keuchte der Mann.

Das kam aber plötzlich, dachte Selma. Sie gehorchte.

Aber irgendetwas irritierte sie. Seine Stimme hatte einen anderen Klang bekommen.

Es war schon oft passiert, dass ein Mann gewalttätig geworden war, eine Verwandlung, die während des Akts immer passieren konnte. Aber eigentlich hatte sie ein gutes Gespür, hörte schon am Telefon oder sah spätestens an der Tür, ob der Kunde gefährlich werden könnte. Und es lag auch daran, dass sie ihre eigene Chefin war und nicht eines von den armen Mädchen an der Reeperbahn, die noch ganz anderes mitmachen mussten.

Die Position auf allen vieren war von allen Varianten noch die beste, weil der Mann ihr Gesicht nicht sehen konnte. Nur das Stöhnen durfte sie nicht vergessen. Lieber einmal zu viel als einmal zu wenig.

Die Ostsee. Ausgerechnet an die Ostsee ging Mias Klassenreise. Dort hatte Selma mit ihr den ersten Urlaub gemacht und ihr das Schwimmen beigebracht. Sie fand es wichtig, dass Mia das früh lernte. Sie erinnerte sich an die Spaziergänge mit Mia an der Hand im flachen Wasser, und Mia hatte gejauchzt. Sie waren so glücklich gewesen.

Er zog seinen Schwanz heraus, was bedeutete: noch einmal umdrehen. Die Ausdauer der Männer war unterschiedlich. Das hatte nicht nur mit dem Alter zu tun, sondern auch mit Nikotin und Alkohol. Wenn ein Körper nach Zigaretten und Alkohol roch, ging es insgesamt etwas schneller, aber die Männer waren dann auch weniger berechenbar.

Er hatte jetzt zum Glück seinen Rhythmus gefunden. Selma atmete im Takt, öffnete ihre Lippen, dachte wieder an die Ostsee, Mias Schwimmflügel. Und plötzlich kamen ihr fast die Tränen. Sie musste sich zusammenreißen.

Sie stöhnte, aber der Ton kam nur leise. Sie stöhnte noch einmal, mit mehr Druck, und spürte, dass er jetzt im Gefühl des Triumphs fester zustieß, dann wieder in den alten Rhythmus verfiel.

Wie gerne würde sie wieder an die See. So wie sie es früher liebte. Die weiche Luft. Der warme Sand. Die Ruhe. Sie hatte Mia unterstützend ihre Hand unter den Bauch gelegt, und Mia hatte zu schwimmen begonnen.

Er zog sein Ding heraus und lächelte sie an, stolz und zufrieden.

Selma sprach aus, was jetzt dran war: »Toll.«

Der Mann ließ sich keuchend zurückfallen, schaute sie fragend an, und sie wiederholte, wie sie es immer tat: »Das war toll. Du bist toll.«

Und da war er, der Moment: Der Mann glaubte ihr. Wie alle seine Vorgänger, wie alle, die kommen würden. Sie glaubten ihr. Er glaubte wirklich und wahrhaftig, dass sie ihn toll fand. Es war der Moment, wo Selma in den Abgrund sah – wo sie sich selbst verkaufte und verriet.

Er lächelte zufrieden, und sie wiederholte, während sie sich mit einem Kleenex das Sperma abwischte: »Du bist der Hammer.«

# 36

Der Roßberg war eine Wohnstraße mit rot geklinkerten Häusern, wie sie auch an der Wandsbeker Chaussee standen, nur dass es hier als Zugabe schmale Vorgärten gab, die gegen den Gehweg durch zerzauste, halbherzig gepflegte Hecken abgegrenzt waren. Und hier sollte irgendwo ein Engel stehen?

Sie beschlossen sich zu trennen. Jeder nahm sich eine Straßenseite vor. Sebastian ging langsam, schaute über die niedrigen Hecken. Kleine Fenster, Vorhänge, halb heruntergelassene Jalousien, hier und dort Zimmerpflanzen auf der Fensterbank oder bunte Motive an der Scheibe. Vor dem Haus Nummer 44b blieb Sebastian stehen.

Nahe der Haustür stand auf dem Rasen tatsächlich eine kleine Statue mit Flügeln. Sebastian schaute hinüber zu Jens auf die andere Straßenseite, steckte zwei Finger in den Mund und pfiff. Die Putte aus hellem Sandstein war nahe der Haustür postiert, ein dicklicher, zufrieden lächelnder Engel. Sebastian öffnete die Pforte und trat näher.

Auf dem Klingelbrett standen sechs Namen, Sebastian kannte keinen von ihnen. Die Haustür war nur angelehnt – ob absichtlich oder zufällig, war nicht zu erkennen. Vielleicht war auch das Schloss nicht in Ordnung.

Das Treppenhaus war schmucklos und sauber. »Soll ich

Verstärkung anfordern, und wir nehmen uns jede Wohnung vor?«, fragte Jens.

Sebastian überlegte, ob es sinnvoll war, gleich zum großen Besteck zu greifen, als in einem der oberen Stockwerke Stimmen zu hören waren. Eine Tür klappte, jemand kam die Treppe herunter.

Sebastian schätzte den Mann auf Mitte dreißig. Schlacksige Gestalt, die langen, blonden Haare zu einem dünnen Zopf gebunden. Er stutzte, als als er Sebastian und Jens auf dem Treppenabsatz erblickte, und wollte dann ohne Begrüßung eilig an ihnen vorbeigehen.

Sebastian präsentierte seinen Ausweis. »Kriminalpolizei«, sagte er. »Sind Sie ein Bewohner dieses Hauses?«

Der Mann schaute mit zusammengekniffenen Augen auf Sebastians Ausweis.

»Darf ich fragen, wo Sie gerade herkommen und was Sie hier tun?«

»Tut mir leid.« Der Mann wollte nach der Türknauf greifen. »Das ist meine Privatangelegenheit.«

»Bitte beantworten Sie die Frage.« Jens lehnte sich gegen die Tür und verschränkte gelassen die Arme vor der Brust.

»Und wer sind Sie?«, schnappte der Mann.

»Immer mit der Ruhe.« Jens zeigte seinen Dienstausweis. »Mordkommission. Kann ich bitte Ihre Papiere sehen?«

Der Mann musterte Jens' Ausweis demonstrativ lange. »Worum geht es überhaupt?«, fragte er dann.

»Wir ermitteln in mehreren Mordfällen«, sagte Jens.

»Reine Routine«, ergänzte Sebastian. »Also: Wo kommen Sie gerade her?«

»Aus dem dritten Stock«, antwortete der Mann schnippisch und holte widerstrebend seinen Personalausweis aus der Brieftasche.

»Herr Müller, Sie wohnen in Eimsbüttel.« Jens gab ihm den Ausweis zurück.

»Ist das ein Verbrechen?«

»Was haben Sie da oben, im dritten Stock, gemacht?«

Der Mann fuhr sich mit der Hand über die Haare, stellte sich etwas lockerer hin und antwortete scheinbar selbstbewusst: »Ich habe mich oben mit einer Dame getroffen. Ist das verboten?«

Jens lächelte zufrieden. »Wären Sie so freundlich, uns nach oben zu begleiten?«

»Ich habe es wirklich eilig.«

»Bitte«, sagte Sebastian, aber er ließ es wie einen Befehl klingen.

Der Mann antwortete nicht, drehte sich um und stampfte wütend, Stufe für Stufe, wieder die Treppe hinauf. Sebastian und Jens folgten ihm.

In der obersten Etage waren zwei Türen, eine rechts, eine links. Der Mann klingelte links. Kurz darauf öffnete sich die Tür, und eine Frauenstimme hauchte: »Hast du was vergessen?«

»Hier sind zwei Männer, die wollen mit dir sprechen«, sagte Herr Müller, und Sebastian kam es vor, als ob seine Stimme zitterte.

Ein junges, hübsches Gesicht, umrahmt von einem blonden Pagenschnitt, schaute aus dem Türspalt.

»Kriminalpolizei.« Sebastian trat vor. »Wir haben nur eine kurze Frage.«

»Kann ich jetzt gehen?«, erkundigte sich der Mann, und als Jens bereitwillig den Weg freimachte, galoppierte er bereits die Treppe hinunter. Die Frau klammerte sich an die Klinke und zog die dunklen Augenbrauen unter dem blonden Pony besorgt zusammen.

»Dürfen wir hereinkommen?«, fragte Sebastian. »Es dauert auch nicht lange.«

»Worum geht es denn?«, fragte sie mit hoher, leicht künstlicher Stimme und lächelte unsicher. Auf ihrem Schneidezahn blitzte eine goldene Verzierung auf.

Sebastian hielt ihr das Foto von Peer Wolfsohn unter die Nase. »Kennen Sie diesen Mann?«

Wie ihre großen Augen das Foto nur ganz kurz streiften, sah Sebastian, dass sie den Mann kannte.

Die Frau antwortete: »Tut mir leid, der ist mir nicht bekannt. Sonst noch etwas?« Sie schaute Sebastian abwartend an.

»Machen Sie jetzt bitte keinen Fehler«, sagte Sebastian, »und denken Sie noch einmal nach. Ihnen wird nichts passieren, aber Sie müssen die Wahrheit sagen. Also: Schauen Sie sich das Foto in Ruhe an und überlegen Sie.«

Die Zungenspitze an der Oberlippe, starrte die Frau wieder auf das Foto. »Peer kommt regelmäßig. Vor ein paar Tagen war er wieder hier.«

»Wann?«

»Mittwoch. Nein, Donnerstag. Was hat er denn verbrochen?«

»Er ist tot.«

Erschrocken ließ die Frau die Türklinke los.

»Dürfen wir jetzt doch hereinkommen?«, bat Jens.

»Ich habe in zwanzig Minuten einen Termin«, antwortete die Frau und trat mechanisch zur Seite.

Von der Diele gingen drei Türen ab: Rechts war eine kleine Küche, daneben vermutlich ein kleines Bad und gegenüber ein Zimmer, dessen Wände in einem dunklen Rot gestrichen waren – ein starker Kontrast zu der beinahe klinisch reinen Atmosphäre in den übrigen Räumen. Es schien hier auf den ersten Blick überhaupt keinen persönlichen Gegenstand zu geben. Jens schloss die Wohnungstür hinter sich und fragte: »Wann war Peer Wolfsohn das erste Mal hier?«

Die Frau verschränkte mit hochgezogenen Schultern die Arme vor der Brust. »Vor fünf Monaten ungefähr. Ich glaube, es war vor Weihnachten. Kam mit einer Schnapsfahne. Normalerweise schicke ich diese Kerle gleich wieder weg. Aber ihn …«

»Ja?«, fragte Sebastian.

Sie schüttelte den Kopf. »Was ist denn passiert?«

»Peer Wolfsohn wurde erschossen.«

»Was? Das ist ja schrecklich!«

Sie trat ein paar Schritte zurück ins rote Zimmer und sank auf die Bettkante. Sebastian und Jens folgten ihr, blieben aber im Türrahmen stehen.

»Normalerweise kommen Kunden unter falschem Namen hierher.«

»Was können Sie uns von Herrn Wolfsohn erzählen?«

»Wie meinen Sie das?«

»Hatte er Probleme, vielleicht Geldsorgen, Wettschulden, Eheprobleme? Jeder Hinweis ist für uns interessant.«

»Er war nett. Ruhig, irgendwie anhänglich. Nichts Besonderes, keine speziellen Vorlieben.«

»Als er das letzte Mal hier war …«

»Donnerstag. Er war am Donnerstag hier. Um elf.«

»War er da anders als sonst?«, fragte Jens. »Hat er etwas erzählt, was Ihnen im Nachhinein seltsam vorkommt?«

Die Frau schaute zum Fenster. »Er wollte hinterher noch ein bisschen reden, aber das wollen die meisten.«

»Worüber haben Sie geredet?«

»Über seine Kinder. Wie wichtig ihm seine Frau ist. Aber auch das ist ganz normal.«

»Hat er von irgendwelchen Problemen erzählt?«

Sie schüttelte den Kopf.

»Wie kam der Kontakt eigentlich zustande?«, fragte Sebastian.

»Über meine Annonce im Internet.« Sie zögerte, bevor sie weitersprach: »Früher war er bei einer Kollegin auf St. Pauli. Aber seit er mit seiner Familie in genau diesen Stadtteil gezogen ist, war ihm das zu nah.« Sie lächelte schwach. »Er bedauerte es, er meinte, die Kollegin sei etwas ganz Besonderes gewesen. Und er beschrieb sie sehr schön.«

»Wie denn?«

»Er hat sie mit einem Regenbogen verglichen. Ein Regenbogen über einer weiten Landschaft.«

»Wissen Sie den Namen der Kollegin?«, fragte Sebastian. »Oder wo wir sie finden können?«

Sie schüttelte den Kopf. »Tut mir leid.«

Sebastian fragte nach den anderen Opfern: Dirk Packer, Jan-Ole Sievers, Katharina Krüger-Lepinsky und auch Volker Gollenhauer, aber sie kannte keinen der Namen. Sie schaute auf die Uhr. »Sie müssen gehen, ich bekomme gleich Besuch.«

»Verzeihen Sie«, sagte Sebastian, als sie bereits in der Wohnungstür standen. »Wir haben Sie noch gar nicht nach Ihrem Namen gefragt.«

»Lola.«

»Und welcher Name steht in Ihrem Pass?«, fragte Jens.

»Selma Andersson.«

»Wie können wir Sie erreichen?«, fragte Sebastian. »Ich meine, falls wir noch eine Frage haben.«

Sie ging ich die Küche und schrieb mit einer großen Kinderschrift eine Telefonnummer auf einen kleinen Zettel.

»Sie haben keine Visitenkarte?«, fragte Sebastian.

»Nein. Und jetzt gehen Sie bitte.«

Als Sebastian und Jens aus dem Haus traten, stand neben dem Engel ein Aktenkoffer und ein paar Meter weiter ein Mann im Anzug, der noch eine rauchte. Sebastian schätzte ihn auf höchstens dreißig.

Der Mann drückte seine Zigarette auf dem Kopf des Engels aus, nahm seinen Koffer, nickte und verschwand im Haus.

»Schade«, meinte Jens. »Peer Wolfsohns kleines Geheimnis bringt uns nicht wirklich weiter.«

Sebastian stimmte Jens zu, und doch ließ ihn das Gefühl nicht los, dass er etwas gesehen oder gehört hatte, das noch einmal wichtig werden könnte.

# 37

Sebastian drehte sich in seinem Bürostuhl um 180 Grad, streckte die Beine und schaute in den unaufgeräumten Himmel. Eben hatte er den Presse-Ordner mit den Kopien der regionalen und überregionalen Berichterstattung überflogen. Allgemeiner Tenor: *Serienmörder in Hamburg. – Wann schlägt er wieder zu? Was tut die Polizei? Wie können wir uns schützen?*

Sebastian vergrub sein Gesicht in den Händen. Wie war es möglich, dass zwei Täter aus dem Nichts kamen und im Nichts verschwanden, ohne eine brauchbare Spur zu hinterlassen? Die Ermittlungen hatten nichts Wesentliches zutage gefördert, außer – Fußspuren. Er drehte sich wieder zurück und griff nach dem Telefon.

»Nichts Neues«, sagte Kollege Lexert. Keine relevanten Spuren – weder in Gollenhauers Haus noch im Garten.

Sebastian dankte, legte auf und rief Kollegin Meyer an, die für den Abgleich der Spuren mit der Datenbank zuständig war, aber auch sie hatte nichts zu berichten. Dann telefonierte Sebastian mit dem Kollegen Niemann, der die Nachbarschaftsbefragung in Bergedorf rund um Gollenhauers Haus leitete und mit der Auswertung der Protokolle beauftragt war. Die wenigen Hinweise, die es gab, hatten sich bisher alle als Nieten erwiesen: So war einer Anwohnerin zum Beispiel ein fremdes Auto aufgefallen, das durch die Graustraße gekurvt sei, doch dann stellte sich heraus, dass ein Nachbar im Gojenbergsweg bloß ein neues Auto hatte. Es war nicht zu fassen.

Sebastian ging in die Teeküche und drückte den Kippschalter an der Kaffeemaschine, die kurz darauf zu röcheln begann. Auf dem Schrank stand ein Glas mit einem Goldfisch darin.

»Spinn ich?«, fragte Sebastian.

»Geburtstagsgeschenk für Dagmar«, antwortete die Kollegin, die an der Spüle Obst schnippelte. »Wir haben doch gesammelt.«

Ein Goldfisch zum Geburtstag – verrückte Idee. Passte aber irgendwie zur Kollegin.

»Kannst du mal kommen?« Pia stand in der Tür. »Da will jemand eine Aussage machen.«

Sebastian schaute über ihre Schulter zum Empfangsbereich, wo neben den Grünpflanzen eine Frau stand. Sie trug eine Regenjacke und hielt einen Schirm in der Hand. Sebastian warf einen Blick aus dem Fenster. Nach Regen sah es eigentlich nicht aus.

»Hat sie gesagt, worum es geht?«, fragte er.

Pia zuckte die Achseln. »Sie will nur mit dir sprechen.«

Die Frau, die kurz darauf vor Sebastians Schreibtisch Platz nahm, schien verunsichert, wie so viele, die zur Kriminalpolizei kamen, um eine Aussage zu machen. Immerhin hatte sie sich extra herbemüht. Die meisten Leute riefen an, sobald ein Fall in den Medien behandelt wurde, und behaupteten, etwas gesehen oder gehört zu haben, was sich oft als purer Unsinn erwies. Zeugen, die sich freiwillig meldeten, waren mit Vorsicht zu genießen und hielten die Ermittlungen manchmal eher auf, als dass sie sie voranbrachten.

»Wie ist denn Ihr Name?« Sebastian zog seinen Notizblock heran.

»Sommer.« Die Frau schaute im Raum umher, und ihre Regenjacke raschelte. »Brigitte. – Warum? Ist das wichtig?«

»Möchten Sie etwas trinken?« Sebastian lächelte die Frau an, die jedoch unverändert ein ernstes Gesicht machte. Ein rundes Gesicht mit roten Haaren, vielleicht frisch gefärbt.

»Ich hoffe, dass ich Ihnen nicht unnötig Zeit stehle«, sagte sie. »Ich habe nur einen furchtbaren Schreck bekommen, als ich das heute Morgen von dem armen Jungen in der Zeitung las.«

»Von welchem Jungen sprechen Sie?« Sebastian zog die Schublade auf und holte das Aufnahmegerät heraus.

»Na, der junge Mann im Jenischpark. Der mit dem Seil, der erschossen wurde.«

Sebastian hatte gerade das Gerät angestellt, als die Tür aufging. Jens kam herein und nickte Frau Sommer zum Gruß zu, die aber kaum hochschaute.

»Was ist mit dem jungen Mann?«, fragte Sebastian.

»Ich habe etwas beobachtet«, sagte Frau Sommer.

»Wann?«

»Am Tag, als er erschossen wurde.«

Sebastian rückte das Aufnahmegerät zurecht. »Es geht also um Jan-Ole Sievers.«

»Ich wusste nicht, wie er heißt.«

»Aber Sie kannten ihn?«

»Nur vom Sehen. Ich komme jeden Tag durch den

Jenischpark, wenn ich zur Arbeit gehe, immer frühmorgens und spätnachmittags. Da kennt man irgendwann die Leute. Und dieser Junge – der hat da immer seine Sportübungen gemacht.« Brigitte Sommer breitete die Arme aus. »Mit so einem Seil, das er zwischen zwei Bäume gespannt hat. Der konnte das richtig gut!«

Jens lehnte am Fensterbrett, und Frau Sommer zupfte nervös an ihrer Kapuze.

»Sprechen Sie weiter«, sagte Sebastian.

»Ich kann Ihnen leider nicht hundertprozentig sagen, ob sie es wirklich waren …«

»Sie?«, fragte Sebastian.

»Naja, ich habe doch in der Zeitung gelesen, dass zwei Täter gesucht werden. Ich habe im Jenischpark zwei Leute beobachtet, ein Pärchen, wenn Sie mich fragen. Am vergangenen Dienstag. Das ist doch der Tag, an dem der Junge ermordet wurde, oder?«

Sebastian wechselte mit Jens einen Blick. »Was genau haben Sie gesehen?«, fragte er.

Brigitte Sommer schaute sich verstohlen um, als hätte sie Angst, sich mit ihrer Aussage in Gefahr zu bringen.

Jens nickte ihr aufmunternd zu, und die Frau fuhr fort: »Ich war früh dran«, begann sie, »früher als sonst – ich weiß auch nicht, warum. Im Park war jedenfalls noch niemand unterwegs.« Sie machte eine Pause. »Und plötzlich war da dieses Paar, das ich noch nie gesehen habe, ein Mann und eine Frau. Die standen genau dort, wo der Junge immer sein Seil spannt. Die sind mir irgendwie aufgefallen, die beiden.«

»Wieso?« Sebastian beugte sich vor.

»Ich weiß nicht.« Sie überlegte. »Vielleicht, weil sie nichts zu tun hatten. Sie standen einfach so herum.« Fast trotzig schaute sie Sebastian an. »Das war jedenfalls mein Eindruck.«

»Und der Junge hat sein Seil immer an derselben Stelle gespannt?«, fragte Jens.

»Richtig.«

»Können Sie die Leute beschreiben?«

»Ich weiß nicht.«

»Wie weit standen Sie von den beiden entfernt?«, fragte Jens.

Frau Sommer überlegte. »Schwer zu sagen.«

»So weit, wie ich von Ihnen entfernt stehe, oder eher doppelt so weit?«, hakte Jens nach.

»Nein, nein, viel weiter! Zehn, zwanzig Meter?« Unsicher schaute sie Jens an. »Ich wollte ja nicht mit den Leuten in Kontakt kommen. Wieso fragen Sie?«

»Warum wollten Sie mit diesen Leuten nicht in Kontakt kommen?«, erkundigte sich Sebastian.

Frau Sommer zuckte die Schultern. »Die waren mir irgendwie nicht geheuer.«

»Wie würden Sie die beiden Leute beschreiben?«,

Frau Sommer beschrieb die beiden Menschen als etwa gleich groß, ca. 1,80 Meter, »normale« Figur, »also eher schlank«.

Das deckte sich mit der Beschreibung von Herrn Gollenhauer, dachte Sebastian. Andererseits war die Beschreibung so vage, dass es überhaupt nichts bedeuten musste.

Der Mann hatte, nach Frau Sommers Aussage, dunkelblondes kurzes Haar und ein markantes Gesicht, einen ziemlich ausgeprägten Kiefer und starke Augenbrauen.

Die Frau trug eine dunkle Mütze, unter der blondes Haar zu sehen war. Ihr Gesicht war ebenfalls kantig. Doch Frau Sommer betonte, dass sie nicht nah genug dran war, um eindeutige Aussagen zu machen.

Sebastian wusste aus Erfahrung, dass solche Aussagen, auch wenn sie nur einen allgemeinen Eindruck wiedergaben, oft näher an der Realität waren, als die Zeugen dachten. Jetzt würde es darauf ankommen, gemeinsam mit Frau Sommer die Details herauszuarbeiten. Vielleicht hatte sie noch etwas wahrgenommen, was ihr gerade nicht einfiel.

Er brachte die Frau zum Kollegen, ein Stockwerk tiefer, der für die Erstellung von Phantombildern zuständig war.

»Danke«, sagte Sebastian, als er Frau Sommer die Hand reichte. »Sie haben uns schon jetzt sehr geholfen.«

Jetzt lächelte die Frau zum ersten Mal.

Auf dem Weg in die Cafeteria bemerkte Sebastian, dass ihn eine leichte, fast angenehme Aufregung erfasst hatte. Bei aller Vorsicht konnten sie jetzt vielleicht doch mit einem Ergebnis rechnen, das sie endlich weiterbringen würde. Allein die Aussicht auf ein solches Ergebnis tat schon gut.

Aber Jens bremste seine Zuversicht. »Wahrscheinlich stellt sich am Ende wieder alles als großer Humbug heraus«, meinte er, als Sebastian sich mit seinem Tablett und einem Teller Senfeier mit Kartoffelpüree neben ihn setzte.

Sebastian verzog sein Gesicht, und Pia sagte: »Immer optimistisch, der Herr Kollege. Guten Appetit.«

»Wäre ja nicht das erste Mal, dass wir völlig umsonst ein Phantombild anfertigen, das überhaupt nichts bringt«, sagte Jens. Er sprach aus Erfahrung: Wie oft hatte schon jemand etwas gehört oder gesehen, von dem sich alle sicher gewesen waren, dass es der große Durchbruch sei – »und dann war doch wieder Essig«.

Auf der anderen Seite des Raums fiel ein Stuhl um. Nach dem Lärm herrschte für einen kurzen Moment Stille, dann setzte wieder das übliche Gemurmel ein. Sebastian stellte fest, dass der Salzstreuer wie immer verstopft war.

Andererseits gehörte es zum Job, auch auf Zufälle zu vertrauen. Es war schon vorgekommen, dass Leute mitten in der Nacht aufwachten, aus dem Fenster schauten und etwas sahen, das sie nur in dieser Sekunde sehen konnten. Warum sollte es nicht genau so gewesen sein, wie Frau Sommer erzählte? Es handelte sich ja nicht einmal um einen besonderen Zufall.

Jens brachte ein Tablett mit Kaffee, und Sebastian schaute auf die Uhr.

»Das Warten auf ein Phantombild hat immer etwas total Schräges«, sagte Jens. »Man wartet auf etwas Großes, und dann bekommt man eben doch nur ein Gesicht zu sehen.« Er schaute in die ausdruckslosen Mienen von Sebastian und Pia und fügte fast beleidigt hinzu: »Also, ich finde das jedenfalls schräg.«

»Ich finde, du bist heute schräg drauf«, sagte Pia. »Wart's doch ab, verdammt noch mal.«

Jens trank seinen Kaffee in einem Zug aus. Es schien, als würde er noch etwas zu Pia sagen wollen, aber er schwieg.

Der Moment, als Sebastian im Büro die Datei mit den Phantombildern öffnete, hatte fast schon etwas Feierliches: Da waren die Gesichter, die möglichen Gesichter der möglichen Täter.

Die Gesichtsform der beiden Personen war breit und kantig. Die Form von Augen und Mund kamen Sebastian beliebig vor. Beide machten einen nordischen Eindruck, meinte Pia.

Es war offensichtlich, dass Frau Sommer verhältnismäßig wenige Informationen hatte einbringen können. Auffallend war, dass die beiden Menschen auf den Phantombildern sich ähnlich sahen. Aber das konnte an der Unzulänglichkeit von Frau Sommers Beschreibung liegen. Sebastian war enttäuscht. Er gab es zu, und Jens sagte nichts. Trotzdem entschied Sebastian, die Phantombilder zur Veröffentlichung freizugeben. Vielleicht hatten sie ja doch Glück und bekamen in den nächsten Tagen einen entscheidenden Hinweis.

## 38

Er hatte nicht die richtigen Klamotten an, aber das war ihm jetzt egal. Sebastian setzte den Blinker, bog am späten Abend vom Büro kommend kurzentschlossen in die Schanzenstraße ein und fuhr Richtung St. Pauli.

Der massive Hochbunker an der Feldstraße, in dem im Zweiten Weltkrieg die Menschen Schutz vor den Bomben gesucht hatten, war heute voll mit Geschäften und Büros. Das oberste Geschoss verwandelte sich abends in einen Musik- und Tanztempel, und die Partys gingen bis tief in die Nacht.

Unten vor dem Eingang hatte sich eine lange Schlange gebildet. Sebastian ging an den Leuten vorbei und ignorierte die wütenden Blicke. An der Eisentür grüßte er den Türsteher, der mit seinen Muskeln gleich aus dem Anzug zu platzen schien. »Kann ich durch?«, fragte Sebastian.

Der Mann musterte ihn misstrauisch.

»Ich bin Marissas Freund. Sie legt heute auf.«

Jetzt erkannte der Türsteher Sebastian endlich und ließ ihn an sich vorbei.

Ein Lastenaufzug brachte ihn und zwanzig weitere Personen nach oben. Als die Türen sich öffneten, schlugen ihnen die Elektrobeats entgegen. Sebastian bahnte sich im Pulk einen Weg durch den breiten Gang. Die Luft und die hohen Wände schienen zu vibrieren. Unter der Decke verliefen riesige metallene Lüftungsrohre, gegen die sich die Kronleuchter winzig ausnahmen. Diskokugeln reflektierten das Licht der Scheinwerfer, das in hellen Strahlen in den dunklen Saal einfiel. Durch Fenster, schmal wie Schießscharten, konnte man auf die glitzernde Stadt schauen. Alle strebten zur Bühne, wo ein schmaler Typ in weißem T-Shirt über ein Pult gebeugt war und mit spitzen Fingern an Knöpfen drehte. Der Ausdruck in seinem bleichen Gesicht war ernst und konzentriert. Er war der erste in einer Reihe von DJs, die in dieser Nacht auflegen würden. Marissa sollte, wenn Sebastian sich richtig erinnerte, als nächste auftreten, wann genau, wusste er nicht. Sebastian ging zu der Tür am Rand der großen Tanzfläche, die im Dunkel fast nicht zu erkennen war.

Er klopfte und wartete, dann hämmerte er, und kurz darauf öffnete ein kahlgeschorener Typ. Hier sei kein Durchgang, schrie der Mann. Dann kapierte er und ließ Sebastian hinein.

In dem Raum war geschäftiges Treiben, doch musste Sebastian seinen Blick nicht lange schweifen lassen, um Marissa auszumachen. Sie saß im Schneidersitz auf einem alten Sessel und schien erstaunt über sein Auftauchen zu sein, aber sie hatten sich ja auch nicht verabredet.

»Hi«, grüßte Sebastian in die Runde und blieb unschlüssig stehen.

Die Lampe auf dem Tisch war mit einem bunten Tuch bedeckt. Durch die dicken Wände war das Wummern der Bässe zu hören, und man spürte es auch. Marissa gab ihm einen Kuss auf die Lippen, sagte etwas zu den Leuten, das Sebastian nicht verstand, und griff nach seiner Hand. Fast im selben Moment kam ein Typ mit Headset herein, woraufhin sich alle erhoben und den Raum verließen. Marissa nickte Sebastian zu, und er verstand.

Er trat wieder in die große Halle. An der Stirnseite, hinter dem langen Tresen, flitzten Barkeeper auf und ab, zapften Bier, mixten Drinks und reichten Gläser und Flaschen. Sebastian bestellte ein Bier und verzog sich damit an die Seite. Von hier aus konnte er den Saal und die in rotes Licht getauchte Bühne gut überblicken.

Der DJ stand leicht erhöht, seine Silhouette pulsierte im rhythmisch blinkenden Scheinwerferlicht. Über den Boden kam Nebel herangekrochen, der in den Saal hineinwaberte und sich über den Köpfen der Tanzenden langsam auflöste. Hier und da leuchtete Zigarettenglut von Leuten, die heimlich rauchten. Die Menge vor der Bühne tanzte mit Hingabe, während andere weiter weg vom Geschehen mit Flaschen in der Hand quatschten oder einfach vor sich hin glotzten, als ginge das ganze Spektakel sie nichts an.

Sebastian überlegte, ob er nicht einfach austrinken und nach Hause gehen sollte. Wenigstens kurz hatte er Marissa gesehen, und morgen musste er früh raus. Er schloss die Augen und spürte, wie sich die Vibrationen auch in seinem Körper ausbreiteten und seine Lebensgeister weckten, obwohl er eigentlich hundemüde war.

Als er das zweite Bier bestellte, war die Tanzfläche bereits gut gefüllt, drei- bis vierhundert Menschen mochten es sein. Hier verging die Zeit ohne Aufhebens. Man dachte eigentlich gar nicht über sie nach. Vielleicht ging es den Leuten auch genau darum.

Plötzlich verstummte die Musik. Vorfreudige Pfiffe gellten durch den Saal. Erwartungsvoll blickten die Leute in Richtung Bühne. Der DJ schien wie erstarrt.

Jetzt näherten sich aus der Ferne die Beats, leise und vorsichtig, dann immer lauter und dominanter. Ein Rauschen war zu hören, dann ein Dröhnen wie von einer heranfliegenden Rakete. Nun setzte die Musik wieder ein, ein harter Rhythmus schlug aus den Boxen, wie ein Kommando, dem sich die Menge dankbar hingab. Die Tanzenden folgten ihrem Dompteur, hüpften und sprangen, wie es ihm gefiel. Hunderte Menschen hatten Spaß, und das war ansteckend. Die Wände schienen sich im Rhythmus zu dehnen und wieder zusammenzuziehen wie ein pumpendes Herz. Sebastian fühlte sich, als wäre er unter Drogen. Und die Substanz, die ihn in Trance versetzte, war eine ganz legale, die allerdings nicht immer zu kriegen war: die positive Energie, die von all diesen Menschen ausging. Sie stand in radikalem Kontrast zu seinem Alltag, seinem Leben als Polizist, der Gewalt, mit der er es ständig zu tun hatte.

Die Menge war inzwischen zu einem einzigen Körper geworden, und dieser Körper schien kein Gedächtnis, keine Erinnerung zu haben. Es gab kein Gestern und kein Morgen, nur die Gegenwart, und die Naivität, die in diesem Lebensgefühl lag, hatte etwas Friedliches.

Er entfernte sich von der Tanzfläche und nahm die Treppe zur Dachterrasse. Die Partygäste rauchten dort unter freiem Himmel und unterhielten sich. Ein leichter Wind hatte eingesetzt. Sebastian schnorrte sich eine Zigarette, schlenderte auf die andere Seite und schaute auf die nächtliche Stadt hinab.

Die vier Mordopfer gingen ihm nicht aus dem Kopf. Sie

waren tot, und unten tanzte ausgelassen die Menge, als wäre nichts geschehen. Die Schiffe glitten gemächlich über die Elbe, und die meisten Menschen lagen in ihren Betten und schliefen. Plötzlich überkam Sebastian wieder der Gedanke an seine Schwester Klara.

Nach den schrecklichen Ereignissen wunderte sich Sebastian, der damals erst sieben Jahre alt war, dass die Natur davon ganz unbeeindruckt blieb: Die Sonne ging unter und wieder auf, Wind kam und ging, alle Bäume, Büsche und Sträucher waren noch da, die Kühe grasten auf der Weide, still und friedlich. Die Welt drehte sich einfach weiter. Und dabei war für ihn von jenem Tag an alles anders. Er hätte nicht gedacht, dass er ein Leben ohne seine ältere Schwester aushalten könnte.

Der Applaus kündigte den DJ-Wechsel an. Sebastian trat seine Zigarette aus. Er hatte eigentlich nicht an Klara denken wollen. Er vermied es, wenn es irgendwie ging.

Die Musik war verstummt, die Menge verharrte fast bewegungslos. Sebastian drängelte sich zu den Stufen. Marissa war weit weg, auf der anderen Seite des Saals, in rotes Licht getaucht, und er war mit ihr fast auf Augenhöhe. Er spürte die Erregung im Saal. Die ersten Töne waren weich und schwer, begleitet von höheren sphärischen Klängen, umspielt von Bässen. Schon nahm die Menge den Beat an, tanzte wieder im Rhythmus.

Sebastian bewegte sich im Nebel zwischen den Körpern, sah Marissa dort oben hinter dem Pult und der Technik. Er näherte sich immer mehr der Bühne, versuchte ihren Blick zu fangen, wollte, dass sie sah, dass er ein Teil von ihrer Welt war. Aber wenn sie aufschaute, sah sie über ihn hinweg. Sie war in einer Parallelwelt, und da war sie das Zentrum, und er gehörte mit Hunderten anderer Menschen zur anonymen Masse.

Und dann sah sie ihn doch.

Sie lächelte, und Sebastian war plötzlich der glücklichste Mensch. Er tauchte wieder ein, ließ sich durch den Saal treiben, sah ekstatisch geschlossene Augen, nackte Haut, Schultern, schmale Träger und offene Hemden, Sekundenbruchteile – und ließ sich verschlingen, tauchte in die Tiefe ab, wo alles Sichtbare verschwand, sich auflöste, wo nichts mehr war.

Plötzlich blieb er stehen. Wie eine Säule inmitten tanzender Körper. Auf einmal war die Erinnerung da. An die Bemerkung, die die Frau fallengelassen hatte, nur am Rande. Der Regenbogen.

Sebastian ging zu Fuß nach Hause. Die Straßen waren leer, die großen Bäume standen stumm Spalier. Irgendwo in der Ferne fuhr ein Zug und machte die Stille nur noch größer. Sebastian sah auf dem Gehweg seinen Schatten im orangefarbenen Licht der Straßenlaternen.

Im Treppenhaus hallten seine Schritte. Noch in der vergangenen Woche waren auch die Schritte von Packer, Sievers, Wolfsohn und Frau Krüger-Lepinsky zu hören gewesen.

Sebastian stolperte auf der vorletzten Stufe und machte Krach. Er steckte seinen Schlüssel ins Schloss. Der Geruch der Wohnung war ihm tief vertraut. Ein Gefühl der Dankbarkeit durchströmte ihn, dass er ein Zuhause hatte, einen geschützten Ort, und dass er am Leben war. Er stellte seinen Handy-Wecker auf 8:00 Uhr. Er wusste jetzt, was er zu tun hatte.

# 39

Sebastian hatte keine Ahnung, wie spät es war. Er tastete nach dem Telefon und stellte fest, dass er wie so oft kurz vor dem Klingeln des Weckers aufgewacht war.

Mit halbgeschlossenen Augen scrollte er durch die Nummern. Die Verbindung wurde hergestellt, und schon wurde am anderen Ende abgehoben.

»Wir müssen noch einmal miteinander sprechen«, bat Sebastian mit rauer Stimme. »So schnell wie möglich.«

Als hätte die Frau auf seinen Anruf gewartet, antwortete sie: »In einer Stunde.«

»Wo?«, fragte Sebastian.

»Am Elbstrand. Övelgönne.«

»Bis gleich.«

Sie hatte bereits aufgelegt. Sebastian schlug die Decke zurück und zog sich hastig an.

Auf der Stresemannstraße, Richtung Altona, staute sich der Verkehr. Sebastian trommelte nervös mit den Fingern auf sein Lenkrad, fluchte leise und öffnete schließlich sein Fenster. Dann langte er hinter den Beifahrersitz und bugsierte das Blaulicht mit einem Griff aufs Dach. Nachdem er das Martinshorn angestellt hatte, machten die Autos vor ihm Platz. Endlich war er auf der Max-Brauer-Allee, wechselte auf die Busspur und gab Gas.

Keine fünf Minuten später bremste er und stieg aus. Die Luft war noch kühl und schmeckte ein bisschen nach Salz. Um diese Zeit war am Elbstrand noch kein Mensch. Auf dem Fluss tuckerten zwei Schiffe.

Sebastian ging ans Wasser und schaute sich um. Möwen kreisten am blauen Himmel. Auf der anderen Seite der Elbe wurden Container verladen, auf einem Baugerüst machten Arbeiter Frühstückspause und baumelten mit den Beinen. Von der Elbchaussee kam eine Frau herunter zum Strand. Sie sah ganz anders aus als die Frau, die Sebastian in Erinnerung hatte. Sie legte eine Hand über die Augen – und winkte. Sebastian winkte zurück.

Es lag nicht an der türkisfarbenen Jacke und dem feinen hellgelben Schal. Auch nicht an der weißen Mütze, die ihr blondes Haar verdeckte. Es war irgendetwas an der Art, wie sie ging, ihre Haltung. Diese Frau hatte gar nichts mit Lola aus der Wohnung am Roßberg zu tun. Selma Andersson wirkte selbstbewusster. Und zudem viel attraktiver.

»Guten Morgen«, grüßte Sebastian. »Schön, dass Sie so schnell Zeit hatten.«

»Meine Tochter ist schon in der Schule, und ich habe heute Vormittag frei.«

»Sie haben eine Tochter?«, fragte Sebastian.

»Sieben Jahre. Ich bin alleinerziehend.« Sie vergrub ihre Hände in den Jackentaschen, lächelte zurückhaltend, so dass die goldene Verzierung auf ihrem Zahn kurz zu sehen war. Ihre Frage war eine Feststellung: »Es geht um Peer Wolfsohn, stimmt's? Ich musste sehr an ihn denken, nachdem Sie bei mir waren. Wie kann ich Ihnen helfen?«

»Wenn Sie über Peer Wolfsohn nachgedacht haben – ist

Ihnen da vielleicht noch etwas eingefallen?«, fragte Sebastian.

»Das Problem ist: Ich weiß gar nicht mehr, was ich Ihnen überhaupt erzählt habe.«

»Sie haben einen Satz zitiert, den Peer Wolfsohn gesagt haben soll.«

Selma Andersson lächelte und schaute verlegen in die Ferne.

»Können Sie den Satz bitte wiederholen?«

»Meinen Sie den Satz über die andere Frau?«

Sebastian nickte.

»Sie ist wie ein Regenbogen, der sich über eine weite Landschaft spannt.« Selma Andersson wandte den Blick ab.

»Hat Sie dieser Satz über Ihre Kollegin gekränkt?«, fragte Sebastian vorsichtig, und als Selma Andersson schwieg, hakte er nach: »Was, glauben Sie, hat er mit dem Satz über Ihre Kollegin gemeint?«

Sie drehte sich wieder ihm zu und schaute ihn aus wehmütigen Augen an. »Das weiß ich nicht«, sagte sie. »Aber mein Großvater hat mich manchmal auch so genannt. Mein Regenbogen, sagte er. Als Peer Wolfsohn das zu mir sagte, habe ich etwas begriffen. In der Sekunde wurde mir klar, was aus mir geworden ist. Kein Regenbogen weit und breit. Nur rauhes, zerklüftetes Gebirge.«

Mit den Händen in den Taschen, begann sie, am Wasser entlangzuschlendern. Sebastian ging neben ihr. Nach ein paar Schritten blieb sie stehen und zog sich Schuhe und Strümpfe aus. Sebastian tat es ihr nach. Es war angenehm, beim Gehen den Sand unter den Füßen zu spüren.

»Ich war mal eine ganz andere«, erklärte sie. »Ich war

ein ganz normales Mädchen aus Garmisch-Partenkirchen. Meine Mutter stammt von dort, mein Vater ist aus Schweden. Nach dem Abitur bin ich nach Hamburg gegangen, habe Kunstgeschichte studiert. Nebenher habe ich gekellnert, auch mal im Theater gejobbt. Es war alles ganz einfach, und gleichzeitig war es überhaupt nicht einfach. Dann las ich irgendwo einen Bericht.«

»Was für einen Bericht meinen Sie?«

»Über Studentinnen, die sich prostituieren und sich auf diese Weise Geld für ihr Studium verdienen. Die Mädchen in dem Report haben behauptet, es sei viel Geld für wenig Aufwand. Da habe ich gedacht, ich könnte es ja auch mal versuchen.«

Sie hob eine Muschel auf, drehte sie zwischen ihren Fingern und steckte sie in die Jackentasche. »Ich war naiv. Ich habe eine kleine Anzeige geschaltet und geschaut, was passiert. Fast jeden Tag kam ein Anruf. Es waren ganz normale Männer, und einer, ich erinnere mich noch, war sogar richtig nett – auch wenn das eher die Ausnahme war. Ich war wählerisch: Ich habe mich erst mit ihnen getroffen, und wenn mir einer nicht gefallen hat, habe ich gesagt: Sorry, geht nicht.«

»Wo haben Sie die Männer getroffen?«

»Meistens im Hotel, später auch mal bei mir zu Hause, aber nur, wenn mein WG-Mitbewohner nicht da war. Ich habe sehr schnell gemerkt, dass es sich finanziell richtig lohnt, und habe die Wohnung am Roßberg gemietet. Für 500 Euro im Monat – ich wusste, dass ich das spielend wieder reinholen konnte und mir damit viel Aufwand und Organisation ersparte.«

Sie hob einen flachen Stein auf, holte aus und ließ ihn über die Wasseroberfläche hüpfen.

»Siebenmal«, sagte Sebastian. »Nicht schlecht.«

Sie blieb stehen und schaute Sebastian an. »Am Anfang hatte ich kein Problem. Oder besser gesagt: Ich dachte, ich hätte keins.« Sie schaute zum Wasser und seufzte. »Es ist unsichtbar«, sagte sie.

»Was meinen Sie?«

»Es ist wie ein Gift. Man sieht es nicht, man spürt es nicht, aber es breitet sich ganz langsam aus, und am Ende greift es das Herz an. Das Gefühl. Man wird vergiftet. Und stirbt ganz langsam.«

»Das ist grauenhaft.« Sebastian blieb stehen.

»Niemand kann seinen Körper verkaufen, ohne dabei jedes Mal ein bisschen zu sterben«, erklärte sie.

»Aber man hört doch immer wieder, dass es Frauen gibt, denen das Spaß macht«, wandte Sebastian vorsichtig ein.

»Spaß?«

»Dass es Frauen gibt, die mit der Prostitution ganz gut zurechtkommen«, versuchte Sebastian zu präzisieren.

In ihrem Blick war ein seltsamer, fast mitleidiger Ausdruck. »Männerphantasien«, sagte sie und ging weiter.

»Man muss sich einen Panzer zulegen«, fuhr sie fort, »damit es einen nicht ständig verletzt. Aber auch der hilft einem letztlich nicht. Der Mensch ist emotional nicht so konstruiert, dass er seinen Körper verkaufen kann. Kein Geld der Welt kann aufwiegen, was man dafür hergibt, wenn man sich beherrschen lässt. Man wird ein anderer Mensch. Und das Schlimmste ist: Man kann nie wieder zurück.«

Im seichten Wasser stand eine Frau und warf einen Stock

in die Elbe. Ihr Hund, ein großes, zotteliges Tier, sprang ins Wasser, holte ihn wieder heraus und präsentierte ihn schwanzwedelnd.

Sie gingen weiter. »Was ist zum Beispiel mit den anderen Studentinnen, die das tun?«, fragte Sebastian.

»Ich kenne keine.«

»Sagten Sie nicht vorhin, dass Sie dadurch erst auf die Idee gekommen sind?«

»Man liest es ab und zu. Aber das sind in Wahrheit ebenfalls Männerphantasien. Hübsche junge Frauen, die studieren und nebenbei Männern sexuell zu Diensten sind – schön wär's! Frauen, die sich prostituieren und sich Studentinnen nennen – ich gehörte ja auch dazu – sind in Wahrheit keine Studentinnen mehr, sie sind dann Prostituierte. Ich habe das damals völlig falsch eingeschätzt.«

»Das heißt, Sie haben ihr Studium nicht mehr weiterverfolgt?«, fragte Sebastian.

»Nein.«

»Warum nicht?«

»An der Uni, unter diesen ganzen harmlosen Studenten, fühlte ich mich nicht mehr wohl. Ich wusste jetzt zu viel. Besonders ein Erlebnis … Zum Lernen ging ich damals gern in die Staatsbibliothek, dort war so eine konzentrierte Atmosphäre. Ich saß im Lesesaal, irgendwann sah ich von meinem Buch auf – da entdeckte ich einen meiner Freier an einem Arbeitsplatz schräg gegenüber. Das war ein echter Schock.« Sie schüttelte den Kopf. »Von da an konnte ich nicht mehr in der Bibliothek sitzen, ohne an meine Freier zu denken. Ist das nicht schrecklich? Ich habe es versaut. Meinen Regenbogen gibt es nicht mehr.«

Über ihnen kreisten Möwen in der Vormittagssonne. Sebastian dachte: So traurig wie Selma Andersson war die andere Frau, der Regenbogen, wahrscheinlich auch. »Frau Andersson«, sagte er, »wissen Sie, wen Peer Wolfsohn mit seinem Satz über den Regenbogen gemeint haben könnte?«

Sie schüttelte den Kopf.

»Bitte überlegen Sie.«

»Ich habe darüber nachgedacht, aber ich weiß es nicht. Ich kann Ihnen da wirklich nicht weiterhelfen.« Sie warf wieder einen Stein. Er hüpfte zweimal und versank.

Sebastian überlegte. »Aber er hat gesagt, dass er nicht mehr in St. Pauli zu seiner Prostituierten gehen kann, weil er dort mit seiner Familie wohnt.«

»Er hat gesagt: ›Ich kann doch nicht zu einer Nutte nach nebenan gehen.‹«

Auf der Rückfahrt bemerkte Sebastian, dass er ein flaues Gefühl im Magen hatte. Sein Kreislauf sackte ab, und vor seinen Augen begann es zu flimmern. Er hielt an einer Bushaltestelle.

Ein paar Häuser weiter war eine Bäckerei. Er holte sich ein Brötchen, einen Kaffee und eine Flasche Mineralwasser. Das Flimmern vor den Augen hörte auf, aber das flaue Gefühl im Magen blieb.

Die Mitarbeiter im Polizeipräsidium waren damit beschäftigt, die Flut der Hinweise nach der Veröffentlichung der Phantombilder auszuwerten und zu überprüfen. Und wieder einmal zeigte sich, dass unter dem, was Leute glaubten, gesehen zu haben, ziemlich viel Belangloses war. Zwei Spuren, erzählte Jens, seien jedoch immerhin »interessant«.

Die Vermieterin einer Ferienwohnung in Nienstedten hatte gemeldet, dass ein dänisches Touristenpärchen den Gesuchten täuschend ähnlich sehe. Die beiden seien schon abgereist, aber die Vermieterin hatte Namen, Adresse und Telefonnummern gleich mit angegeben. Die Angaben würden gerade überprüft.

Der zweite Hinweis betraf zwei Landschaftsgärtner. Ein Zeuge hatte sich gemeldet und auch gleich ein Foto der beiden Verdächtigen gemailt. Sebastian begutachtete erst die Fotos der beiden Dänen, die Pia aus dem Internet gezogen hatte, dann die Bilder der beiden Landschaftsgärtner. Alle vier sahen den Gesuchten tatsächlich verblüffend ähnlich. Doch Sebastian hatte ein ungutes Gefühl, und dann sprach Jens genau das aus, was Sebastian dachte: »Vielleicht haben wir das Problem«, sagte Jens, »dass im Norden viele Menschen so aussehen wie die beiden auf den Phantombildern?«

»Möglicherweise«, antwortete Sebastian. »Kümmert euch darum. Wir müssen wissen, was Sache ist.«

Nach der Sitzung ging Sebastian in sein Büro, schloss hinter sich die Tür, setzte sich an den Computer und startete das Internet.

Die Nachbarschaft zur Wohnung von Peer Wolfsohn in der Hein-Hoyer-Straße. Ein Bordell befand sich tatsächlich in der Querstraße zum Wohnblock der Familie. Das Men's Palace. Laufhaus und Wellness-Bordell in einem. Sebastian lehnte sich zurück.

Für einen Polizeieinsatz reichte die Beweislage nicht, und Rückendeckung für einen Alleingang konnte er von Eva Weiß nicht erwarten.

Er zog die Schublade auf. Die Schokolade lag ganz hinten. Sebastian aß den letzten Riegel auf und legte auf den freien Platz seine Waffe. Dann stand er auf und verließ sein Büro. Er musste es einfach riskieren.

# 40

Auf dem Empfangstresen des Men's Palace stand ein Trockengesteck, und dahinter saß eine Dame in hochgeschlossener Bluse, wie sie auch an der Rezeption eines Mittelklassehotels hätte sitzen können. Während die Dame seine Identitätskarte prüfte, klingelten hinter Sebastian die Fahrstuhltüren. Er drehte sich um.

Die junge Frau, die heraustrat, trug hochhackige Schuhe, eine Handtasche und war ansonsten nur mit einem Slip bekleidet. Nackt stand sie da, öffnete ihre Handtasche und schien darin nach etwas zu suchen.

Während Sebastian sein Wechselgeld und die Quittung entgegennahm, ließ die junge Frau ihre Handtasche wieder zuschnappen und stolzierte den Flur hinunter, ohne ihn weiter zu beachten.

Er folgte ihr, vorbei an einer Tür, aus der der Geruch nach ätherischen Ölen drang. Der Flur mündete in einen großen Raum, der von einer Sofalandschaft dominiert wurde und wieder an eine Hotellobby erinnerte. Nur dass hier die Barbusige mit zwei Kolleginnen saß, die ebenfalls oben ohne waren. Das Licht war gedämpft und angenehm, die Wände dunkelrot gehalten, die Fenster mit barocken Stoffen verhängt. Es war warm, es roch frisch, und eine sanfte Musik plätscherte aus unsichtbaren Lautsprechern. Sebastian ging an die Bar, wo bereits drei Männer saßen, und schwang sich auf einen der Hocker, der ein wenig abseits stand. Die Situation stresste ihn mehr, als er gedacht hätte.

Die beiden Männer schätzte Sebastian auf Mitte vierzig bis Mitte fünfzig. Anzugträger, offenes Hemd, Halbglatze – sie hätten Kollegen aus dem Präsidium sein können. Einer von ihnen war mit einer jungen Frau im Bikini im Gespräch, tätschelte jetzt ihren Arm und sagte: »Lieb gemeint, Schätzchen, aber heute nicht.« Auf dem Weg zum Sofa streifte das Mädchen Sebastian mit einem Blick. Sie war hübsch, keine Frage.

Sebastian bestellte Wasser. Er musste sich einen Plan zurechtlegen und war froh, dass die Frau hinter der Bar nicht nur eine Fliege um den Hals trug, sondern auch eine Korsage. Er war hier auf einem anderen Stern, und dass er die Gesetze, die hier galten, nur aus Polizistenperspektive kannte, machte ihn nervös. Am liebsten wäre er einfach mit einem Foto von Peer Wolfsohn herumgegangen und hätte gefragt: Entschuldigung, kennen Sie diesen Mann? War er hier Stammkunde? Aber wahrscheinlich hätten sich die Damen zumindest in dieser Hinsicht bedeckt gehalten oder gleich den Betreiber gerufen.

Von seinem Platz an der Bar aus konnte Sebastian sehen, dass am Empfang ein neuer Kunde eingetroffen war. Wieder erschien dort eine nackte Dame, und auch sie suchte etwas in ihrer Handtasche. Das Ganze war also eine Masche.

Der Kunde musterte die Frau auf eine Weise, wie man vielleicht im Baumarkt Tapeten oder Türklinken prüfte. Dann winkte der Typ ab. Als wäre nichts geschehen, fuhr die Frau fort, in ihrer Handtasche zu kramen.

Denn in diesem Moment kam der nächste Kunde herein. Auch er trat an die Rezeption, bezahlte und musterte dabei den nackten Körper. Die Frau drehte sich, als überlegte sie, wohin sie gehen sollte. Der Mann schnippte mit den Fingern und ging zur Tür, die offenbar in den Wellnessbereich führte. Die junge Frau folgte, und beide verschwanden.

Sebastian nahm einen Schluck von seinem Wasser und versuchte nicht daran zu denken, wie die junge Frau sich jetzt würde befingern lassen müssen. Er bezahlte, ging zurück zu den Aufzügen, die nach oben ins angegliederte Laufhaus führten, und hatte das unangenehme Gefühl, dass ihm alle Blicke folgten. Wahrscheinlich benahm er sich wie der letzte Idiot. Zum Glück war der Fahrstuhl gleich da. Er stieg ein, als wäre es die normalste Sache der Welt.

Im ersten Stock trat er in einen langen Gang, der mit Teppich ausgelegt und mit schmalen Zierleisten verschönert worden war. In den offenen Türen posierten auf hohen Hockern spärlich bekleidete Mädchen und starrten bewegungslos wie Schaufensterpuppen auf den Boden oder an die Decke.

Sebastian ging langsam den Gang hinauf. Manche Frauen streiften ihn mit einem Blick, andere suchten Augenkontakt, wieder andere beachteten ihn gar nicht. Im Vorbeigehen sah Sebastian kleine, fensterlose Zimmer, rötliches Licht, große Betten, Lichterketten. Wo Türen geschlossen waren, hingen an den Klinken Schilder mit seidigen Bommeln und der Aufschrift *Bitte nicht stören*.

Am Ende des Ganges leuchtete eine Preisliste. *Französisch oder Verkehr: ab 30 Euro. – Einmal entsaften: nur 20 Euro, im 2. Stock.*

Wieder war das »Pling« des Fahrstuhls zu hören, Männer kamen Sebastian entgegen, die Hände in den Hosentaschen, sie blieben stehen, wechselten mit den Frauen ein paar Worte, gingen weiter. Es war wie in einer Fußgängerzone. Um die Ecke ging es zur Toilette.

Sebastian verschwand in einer der Kabinen und schloss ab. Wie sollte er weiter vorgehen? Welche der Frauen sollte er ansprechen – und mit welchen Worten? Sebastian überlegte. Eine Frau war ihm aufgefallen. Dunkle Locken, dunkelrot geschminkter Mund. Aber da war noch etwas. Etwas Warmes lag in ihrem Blick. Er musste es versuchen.

Die Frau war gerade in Verhandlung mit einem potentiellen Kunden. Sebastian hörte im Vorbeigehen Wortfetzen – es ging ums Geld – und schlenderte weiter zu den Aufzügen.

Er überlegte, ein Stockwerk höher zu fahren und sich dort einmal umzuschauen. Die Möglichkeiten waren ja unendlich: Insgesamt vier Etagen, auf jeder Etage mindestens zwanzig Zimmer mit zwanzig verschiedenen Frauen. Sebastian blieb vor dem Fahrstuhl stehen, sah noch einmal zurück und beobachtete, wie der Kunde sich mit einer Bemerkung von der Frau mit den dunklen Locken abwandte und weiterging. Sebastian drehte um und ging zurück.

»Guten Abend.« Sebastian stand vor der fremden Frau und wusste nicht, wohin mit seinen Armen und Händen. Mit etwa Anfang dreißig war sie älter als die meisten anderen hier. Das Rot ihrer Lippen entsprach der Farbe des Nagellacks. Slip und BH waren schwarz, ihre Haut weiß wie Porzellan. Sebastian lächelte. »Dürfte ich einmal zu Ihnen hereinkommen?«

»Was möchtest du?« Obwohl sie leise sprach, war sie gut zu verstehen.

»Wenn es Ihnen nichts ausmacht, würde ich das lieber drinnen mit Ihnen besprechen«, antwortete Sebastian.

Sie musterte ihn, spitzte dabei ein wenig die Lippen, und Sebastian hatte den Eindruck, dass sie lächelte, aber vielleicht bildete er sich das auch nur ein. Sie stand auf und sagte: »Komm.«

Das breite Bett war frisch bezogen, daneben stand ein kleiner Nachttisch, auf dem eine Lampe und eine Box mit Papiertüchern standen. Die einzige Sitzgelegenheit war ein Hocker in der Ecke. Ohne Sebastian aus den Augen zu lassen, schloss sie die Tür, setzte sich auf die Bettkante und schlug ein Bein über das andere. »Was möchtest du?«, fragte sie in ihrem seltsamen leisen Tonfall.

»Darf ich mich setzen?«, fragte Sebastian.

»Du darfst tun und lassen, was du willst.«

Sebastian zog den Hocker heran. In der Stille war leise Musik zu hören. Der Geruch von Räucherstäbchen übertünchte ein wenig den Geruch nach Parfüm, Schweiß und Desinfektionsmitteln. Irgendwo stöhnte jemand.

»Okay«, sagte sie. »Einmal Blasen macht dreißig Euro – Abspritzen auf die Brüste inklusive. Ins Gesicht – fünfzehn Euro extra. Falls du …«

»Verzeihen Sie«, unterbrach Sebastian. »Ich würde gerne einfach nur mit Ihnen reden.« Er zog das Foto von Peer Wolfsohn aus der Tasche. »Ich möchte wissen, ob Sie diesen Mann kennen.«

Ihre Augen waren von einem tiefen Braun, soweit Sebastian das in diesem Licht erkennen konnte, und es war unmöglich herauszufinden, was in diesen Augen vor sich ging.

»Du bist von der Polizei?«, fragte sie, ohne einen Blick auf das Foto zu werfen.

»Ich bin hier als Privatmann.«

»Jede Extra-Dienstleistung wird gesondert abgerechnet.« Sebastian holte sein Portemonnaie aus der Tasche, zog einen Fünfziger heraus und überlegte, ob er die Frau weiterhin siezen oder duzen sollte. »Wie heißt du?«, fragte er.

»Du kannst mich Rebecca nennen. Oder Becky. Was dir lieber ist.« Sie ließ den Schein in einer kleinen Schublade verschwinden. »Den Typ kenne ich nicht.«

»Von unserem Gespräch wird niemand etwas erfahren«, sagte Sebastian. Er hielt ihr das Foto jetzt direkt vors Gesicht.

»Was ist mit ihm?«

»Er wurde umgebracht.«

Die Frau nahm Sebastians Hand und schob das Foto von sich. »Glaubst du, dass jemand hier im Haus etwas damit zu tun hat?«

»Ich glaube gar nichts. Ich frage nur. Und ich würde mich gerne mit der Frau unterhalten, bei der er Stammkunde war. Wie es aussieht, hat er viel von ihr gehalten. Weißt du, wer das gewesen sein könnte?«

Die Frau schaute zur Seite, und ihre Locken verhinderten, dass er ihr Gesicht sehen konnte.

»Noch einmal«, sagte Sebastian. »Ich verspreche dir, dass alles, was du mir erzählst, unter uns bleibt. Wenn ich aus diesem Raum gehe, hat dieses Gespräch nie stattgefunden.«

»Also gut«, sagte sie und sah ihn an. »Es gibt jemanden,

der sehr viel weiß. Rosi heißt sie. Sie arbeitet hier seit zwanzig Jahren.«

»Seit zwanzig Jahren?«, entfuhr es Sebastian.

»Sie ist eine Reinigungskraft.«

»Wo kann ich sie finden?«

»Du kannst sie nicht hier treffen.« Rebecca überlegte. Sie schaute Sebastian prüfend an. »Warte«, sagte sie. »Rühr dich nicht von der Stelle.« Sie stand auf, verließ den Raum und schloss geräuschlos hinter sich die Tür.

Sebastian lauschte. Das Stöhnen nebenan hatte aufgehört. Er drehte sich um und sah sich im Spiegel. Da saß er, allein im Puff, rot ausgeleuchtet neben dem Bett, auf dem Rebecca jeden Tag viele Stunden lang von immer wieder neuen fremden Männern bestiegen wurde.

Sebastian überkam eine leichte Atemnot, doch da war kein Fenster, das man hätte aufreißen können. Er schaute zur Tür, stand auf und öffnete sie, um wieder ruhiger atmen zu können, doch es nützte nicht viel.

Er setzte sich wieder hin. Wo blieb die Frau?

Das Leben, das diese Frauen hier führten, war für Sebastian unvorstellbar, obwohl er es gerade direkt vor Augen hatte. Aber jeden Tag in so einem Kabuff mit fremden Männern intim zu werden, einen ganzen Tag lang, und am nächsten Tag wieder mit anderen Männern und immer weiter, hatte etwas Morbides.

Endlich kam Rebecca wieder zurück, schloss leise die Tür. Sie nickte Sebastian zu. »Rosi hat bald Dienstschluss. Sie kommt um 14:10 Uhr zur Bushaltestelle Davidstraße, hier um die Ecke.«

»Weiß sie Bescheid?«

»Du gibst ihr fünfzig Euro, und sie lässt einen Bus aus-
fallen und nimmt den nächsten. In diesem Zeitraum kannst
du mit ihr sprechen. Das muss reichen.«

Sebastian schaute auf die Uhr. »Danke«, sagte er und
stand auf. Er wollte Rebecca die Hand geben, aber sie drehte
sich weg.

Als er aus dem Zimmer trat, torkelten zwei junge Männer
vorbei, beide wahrscheinlich noch keine zwanzig Jahre alt.
Auf dem Weg zum Fahrstuhl kam ihm ein Mann entgegen –
graumeliertes Haar, gebräunt, dynamisch – gefolgt von einer
dünnen, jungen Frau, die etwas apathisch wirkte. Sie verschwanden in einem der Zimmer.

Sebastian ging an den Frauen, die vor den Zimmern saßen,
vorbei zum Aufzug. Während er auf ihn wartete, schaute er
noch einmal zurück, sah Rebecca – in Verhandlung mit den
betrunkenen jungen Männern – und wünschte, sie bekäme
eine Million Euro. Aber vermutlich würden es nur die üb-
lichen dreißig sein.

# 41

Da sind wir wieder«, sagte Volker Gollenhauer zu seinem Dackel.

Einer der Beamten hatte das Sperrband der Polizei entfernt, Gollenhauer hatte seinen Schlüssel ins Schloss gesteckt, die Tür geöffnet, das vertraute Quietschen gehört, worauf er zum ersten Mal seit langem das Gefühl hatte, dass sich alles einrenken würde. Doch noch wichen die Beamten, die für seine Sicherheit sorgten, nicht von seiner Seite. Ein verrücktes Leben war das. Niemals hätte Gollenhauer gedacht, sich je in so einer Situation vorzufinden. Ein Einbruch, Schüsse, echte Lebensgefahr … Und dann waren es offenbar nicht nur ein, sondern zwei Täter, wie ihm einer der Polizisten erzählt hatte. Doch irgendwann würde sich herausstellen, dass alles nur ein Versehen war.

Denn da war sich Gollenhauer sicher: Die Täter hatten sich geirrt. Sie wollten zu irgendwem anderem in dieser Gegend und hatten sich im Haus vertan. Zu wem genau, wusste er zwar nicht, er schloss jedoch aus, dass die gute Frau Schmidt ihr Ziel gewesen war. Denn anscheinend musste man ja etwas verbockt haben, damit die Täter zuschlugen – nur so erklärte sich die Mordserie. Doch man wusste ja nie, was die Nachbarn so alles tun, wenn der Tag lang ist. Und er kannte ja nicht einmal alle.

In den Tagen, die Gollenhauer mit Guggi in der Ferienwohnung verbracht hatte, mit echten Personenschützern vor der Wohnungstür und draußen vor dem Haus, hatte er genug Zeit, in Ruhe zu überlegen, was er getan haben könnte, um andere gegen sich aufzubringen. Doch sein Leben war so normal verlaufen, dass auch ein normaler Tod zu erwarten war und nicht etwa die Abschlachtung durch ein Killerkommando. Das hatte er auch der Polizei gesagt und noch dazu beteuert, dass es ihm leidtue, nicht weiterhelfen zu können. Hätte er ja zu gern getan, schon um sich für den Schock zu rächen, den sein armer Dackel erlitten hatte. Aber auch für die Aufräumarbeiten, die jetzt noch vor ihm lagen.

Gollenhauer betrat das Wohnzimmer und schüttelte den Kopf. Wie das hier aussah! Der Schreibtisch lag noch kopfüber vor der Fenstertür. Alles, was mal fein säuberlich auf dem Schreibtisch angeordnet war, lag nun am Boden bis in alle Ecken verstreut. Die Spurensicherung hatte das so liegen lassen, war ja logisch. Ein Bild hing schief, getroffen von einer Kugel, die dieses Schwein abgeschossen hatte. Pech für ihn, dass er nur das Bild erwischt hatte.

Der Dackel lief zur Terrassentür und schaute wehmütig in den Garten, wie er es immer tat. Gollenhauer öffnete die Tür. Der Dackel jagte hinaus in den Garten, schnüffelte alles ab, aber vermutlich waren seine Interessen ganz andere als die der Polizei. Er fand den roten Ball, der noch hinten bei den Rhododendren lag, nahm ihn ins Maul und schaute rüber zum Haus, ob sein Herrchen vielleicht gerade Lust zum Spielen hatte, doch Gollenhauer war jetzt nicht danach. Er wollte sein Wohnzimmer in Ordnung bringen. Aber er beneidete den Hund dafür, dass der keine Erinnerung hatte.

Gollenhauer war jedoch optimistisch, dass die Sache schließlich gut ausgehen würde. Das war wohl die Gelassenheit des Alters, die er früher nicht hatte und erst in den letzten Jahren und vor allem nach dem Tod seiner Frau entwickelt hatte. Die Dinge kamen doch immer früher oder später ins Lot. Manchmal war es zwar nicht genau die Ordnung, die man bevorzugt hätte, aber es war dennoch eine Ordnung, und wie richtig sie war, merkte man oft viel später.

Gollenhauer versuchte den Schreibtisch anzuheben, aber merkwürdigerweise fiel es ihm jetzt schwer, obwohl er doch vor drei Tagen das Teil durch den Raum geschmissen hatte. Unglaublich, welche Kräfte der Mensch in Panik entwickeln konnte.

Der Beamte, der im Gang stand und gerade einen Blick ins Wohnzimmer warf, kam Gollenhauer zu Hilfe. Gemeinsam stellten sie den Tisch wieder an seinen Platz.

»Danke schön«, sagte Gollenhauer.

»Keine Ursache«, antwortete der Personenschützer. Er warf dabei einen scharfen Blick in den Garten und vergewisserte sich, dass einer seiner Kollegen draußen auf der Straße war.

Gollenhauer ließ sich davon nicht aus der Fassung bringen. Alles war in Ordnung. Heute würden er und der Dackel wieder in ihrem Haus schlafen können.

## 42

An der Bushaltestelle Ecke Davidstraße Reeperbahn standen eine alte Dame mit Einkaufsbeutel und ein Typ, dem die Hose fast in den Kniekehlen hing. Aber niemand, der aussah, wie man ihm Rosi, die Putzfrau des Men's Palace, beschrieben hatte. Sebastian trat an die Bordsteinkante und schaute in beide Richtungen die Straße hinunter. Einige Autos fuhren vorbei, ein Lastwagen, eine Vespa.

Jetzt Motorroller fahren. Die warme Luft an Beinen und Armen spüren. Eigentlich hätte er jetzt schon mit Marissa in den Gassen von Neapel sein können – auf der Piazza Bellini, am Strand, Bruschetta und gebratene Doraden essen. Sebastian verscheuchte die Vorstellung. Und dann kam auch schon der Bus.

Die Türen öffneten sich zischend. Die alte Dame und der Typ stiegen ein. Die Bushaltestelle war jetzt leer. Der Busfahrer wartete gereizt darauf, dass der Typ mit der Hose in den Kniekehlen endlich seinen Ausweis herausfischte, die ältere Dame setzte sich ans Fenster und schaute mit leerem Blick hinaus. Sebastian trat einen Schritt zurück, schaute nach links und rechts. Da tauchte hinter dem Bus eine kleine Frau mit rostrotem kurzem Haar auf, die etwas gedrungen aussah und eine sommerliche Jacke mit Reißverschluss trug, den sie bis zum Hals zugezogen hatte. Fast erschrocken schaute sie zu Sebastian rüber. Er nickte ihr zu. Die Bustüren zischten. Mit entschlossenem Schritt sprang die Frau in die hintere Tür des Busses. Sebastian konnte kaum glauben, was er sah. Warum tat sie das?! Schnell versuchte er noch, die vordere Tür zu öffnen, aber sie war schon zu. Er hämmerte gegen die Scheibe, und der Busfahrer schaute ihn genervt an. Sebastian schaute böse zurück, und tatsächlich öffnete sich die Tür mit einem Zischen, und Sebastian stieg ein. Er schaute an den Fahrgästen vorbei durch den Gang nach hinten. Die hintere Tür hatte sich noch einmal geöffnet, und die Frau stieg wieder aus!

»Hey!«, rief Sebastian, aber die Frau verschwand aus dem Bus.

In dem Augenblick schlossen sich die Türen wieder. Sebastian schrie den Fahrer an: »Tür öffnen!«

»Jetzt reicht's aber«, gab der Fahrer zurück. »Sie müssen sich schon entscheiden, ich fahre jetzt weiter.«

»Polizei! Öffnen Sie die Tür!«, schrie Sebastian. »Sofort!« Er schlug mit der Faust gegen die Scheiben.

Der Fahrer schaute erschrocken über seine Schulter, drückte einen Knopf, die Tür öffnete sich, und Sebastian sprang hinaus. Die Frau war spurlos verschwunden.

Der Bus fuhr ab, die Reeperbahn kam zum Vorschein, drüben die Davidwache, daneben verschiedene Theater, Geschäfte in der anderen Richtung, die Imbissbude, wenige Menschen um diese Zeit, davor die Straße, der Mittelstreifen, Autos, noch ein Bus in die Gegenrichtung – aber keine Rosi.

Sebastian drehte sich um die eigene Achse. Die Frau

konnte nur in die Gasse gelaufen sein, einige Meter weiter. Sebastian lief hin. Die Gasse war schmal, am anderen Ende verschwand gerade jemand nach links. Sebastian lief über das Kopfsteinpflaster, trat gegen irgendetwas, das mit blechernem Krach gegen eine Hauswand schepperte, er rief: »Bleiben Sie stehen!« Als er das Ende der Gasse erreicht hatte, war die Person verschwunden. Er bog nach links, lief an einem zurückversetzten Eingang vorbei und nahm eine Bewegung wahr. Sebastian stoppte, drehte sich um und ging zu dem Eingang zurück. Die Frau sah Sebastian verängstigt an.

»Was soll das?«, fragte er außer Atem.

Sie schüttelte vorsichtig den Kopf. »Ich habe es mir anders überlegt«, antwortete sie leise und ebenfalls außer Atem. »Ich möchte nicht mit der Polizei reden.«

»Zu spät«, sagte Sebastian streng. »Ich könnte Sie gleich auf die Wache mitnehmen, wollen Sie das?«

»Nein, auf keinen Fall!« Die Frau schaute an Sebastian vorbei, als wollte sie gleich wieder loslaufen, aber dann wurde ihr offensichtlich klar, dass sie keine Chance hatte.

Sebastian sagte jetzt in ausgesucht sanftem Ton: »Sie müssen nur ein, zwei Fragen beantworten, dann können Sie gehen, und niemand wird etwas von diesem Gespräch erfahren. Einverstanden?«

Die Frau antwortete mit einem vorsichtigen Nicken.

Sebastian zeigte ihr das Foto von Peer Wolfsohn, das die Frau mit zusammengezogenen Augenbrauen betrachtete.

Nach einer Weile murmelte sie: »Kenn ich.«

»Men's Palace?«, fragte Sebastian.

Sie nickte. »Ist aber schon eine Weile her.«

Sebastian steckte das Foto wieder ein. »Wissen Sie, bei wem er Kunde war?«

»Entschuldigung … mir wurde gesagt …« Unsicher schaute sie Sebastian an.

»Ist okay.« Er nahm seine Brieftasche und gab der Frau fünfzig Euro.

Hastig steckte sie das Geld ein. »Er ging zu Liliana«, sagte sie. »Zu Lilly.«

»Woher wissen Sie das so genau?«

»Ich habe ihn gesehen. Er kam morgens, wenn noch nicht viel Betrieb ist und ich dort putze.«

»Sind Sie mit Lilly befreundet?«

»Das ist zu viel gesagt. Aber ich mag sie.«

»Was mögen Sie an ihr?«

Sie zuckte die Achseln. »Vielleicht erinnert sie mich an jemanden. Ich weiß es nicht.«

Sebastian überlegte. »Wo kann ich Lilly treffen?«

Die Frau sah Sebastian mit müden Augen an. »Ich weiß nicht, wo sie ist. Die Mädchen kommen und gehen, Rebecca ist da eine Ausnahme.«

»Haben Sie eine Idee, wo Lilly sein könnte?«

Sie schaute unbestimmt in die Ferne, dann schüttelte sie traurig den Kopf.

»Haben Sie ihre Telefonnummer? Oder mal eine Nachricht von ihr erhalten? Eine sms? Hat sie sich denn gar nicht von Ihnen verabschiedet?«

»Die Mädchen werden woanders eingesetzt und sind dann weg. So einfach ist das.«

»Wer entscheidet, wo die Mädchen hingehen? Ihr Zuhälter? Hatte Lilly einen?«

»Dazu kann ich nichts sagen.« Nervös schaute sie die Gasse hinunter. »Ich weiß es einfach nicht. Das müssen Sie mir glauben.«

Sebastian überlegte, ob jetzt der Zeitpunkt gekommen war, von Privat auf Offiziell umzuschalten und dieser Rosi als Polizist zu begegnen, dann könnte er vielleicht mehr aus ihr herausbekommen.

»Fragen Sie mal im Sonnenschein«, sagte sie unvermittelt. »Das ist das Café gleich um die Ecke vom Men's Palace. Und fragen Sie nach Ursula.«

Ohne ihn noch einmal anzusehen, eilte sie durch die Gasse und verschwand.

# 43

Ein Sexshop. Eine Spielhalle. Eine Apotheke, ein Imbiss. Das nächste Haus war gelb gestrichen, und im Fenster, auf Augenhöhe, stand in Schreibschrift: *Café Sonnenschein.* Darunter, etwas kleiner: *Nur für Frauen.*

Die Tür war verschlossen. Sebastian spähte durch die Scheibe, konnte aber hinter den Grünpflanzen und Vorhängen nichts erkennen. Gerade wollte er klopfen, als er einen kleinen Messingknopf entdeckte. Er drückte.

Kein Ton war zu hören, nichts rührte sich. Bis plötzlich eine Stimme aus der Gegensprechanlage schallte: »Ja bitte?«

»Sebastian Fink ist mein Name, ich würde gerne mit Ursula sprechen.«

Zunächst passierte gar nichts, dann sagte die Stimme: »Worum geht es?«

»Rosi schickt mich.«

»Männer haben hier keinen Zutritt.«

»Es wäre nett, wenn Sie für mich eine Ausnahme machen würden, ich bin von der Polizei.«

Es dauerte wieder eine halbe Ewigkeit, bis der Summer ertönte. Sebastian drückte die Tür auf. Im schwach beleuchteten Treppenhaus roch es nach Duftkerzen. Während er noch nach einem Lichtschalter suchte, ging links eine Tür

251

auf, und ein kleines Gesicht, umrahmt von braunem Haar, schaute heraus.

»Guten Tag.« Sebastian hielt ihr seinen Ausweis hin.

Die junge Frau starrte auf das in Plastik eingeschweißte Dokument. »Warten Sie, bitte.«

Die Tür ging wieder zu, und Sebastian konnte hinter dem Milchglas einen Schatten sehen, der immer kleiner wurde. Er zog sein Handy aus der Tasche. Der Empfang war schwach. Er steckte das Telefon wieder ein.

Zwei Minuten später folgte Sebastian der Frau durch einen größeren Raum mit Sesseln und einem großen gelben Sofa voller Stofftiere. Überall lagen Zeitschriften und bunte Kissen. An den Wänden hingen Blumen- und Landschaftsbilder.

In der Küche standen junge Frauen, lachten und schwatzten, während es in den Töpfen auf dem Herd brodelte. Sebastian grüßte, und das Gespräch verstummte.

»Bitte schön.« Die Mitarbeiterin hielt ihm am Ende des Flurs eine Tür auf.

Der Raum, den Sebastian betrat, war winzig und nicht besonders hell, was vor allem an dem kleinen Fenster lag, das ziemlich weit oben angebracht war. Eine Frau mit schulterlangen grauen Haaren und großer Brille tauchte hinter dem Aktenschrank auf und hievte einen schweren Nähkorb auf die Arbeitsfläche.

»Das ist der Herr von der Polizei«, sagte die Mitarbeiterin. »Wie war noch mal Ihr Name?«

»Fink. Mordkommission.«

»Ursula Frey«, sagte die Grauhaarige und begann im Nähkorb zu kramen. »Worum geht's?«

Die Mitarbeiterin verschwand, und Sebastian sagte: »Rosi schickt mich. Sie riet mir, ich solle mich an Sie wenden.«

»Und worum geht's?«

»Ich bin auf der Suche nach Liliana, auch Lilly genannt.«

Die Frau holte einen Teddybären aus dem Regal. Über ihre Brille hinweg schaute sie Sebastian an, und in ihrem Blick, so kam es Sebastian vor, lag irgendetwas Mitleidiges. »Sie können sich gerne setzen«, sagte sie.

Sebastian dankte und nahm Platz. »Ein Mann«, begann er, »verheiratet, zwei kleine Kinder, wurde vor drei Tagen Opfer eines Mordanschlags. Er war mutmaßlich Stammkunde bei Liliana.« Sebastian ließ die Information wirken, aber Ursula Frey spitzte nur die Lippen und sah ihn abwartend an.

»Ich fürchte, ich kann Ihnen nicht weiterhelfen«, antwortete Frau Frey. Sie drehte den Teddy, und Sägespäne rieselten aus ihm heraus. »Ich habe Liliana schon länger nicht mehr gesehen.«

»Liliana könnte eine wichtige Zeugin sein«, meinte Sebastian.

»Ich nehme an, sie ist gar nicht mehr in Hamburg.«

»Haben Sie eine Ahnung, wo ich sie finden kann?«

Sie hob die Schultern und ließ sie gleich wieder herabfallen. »Berlin? Kiel? Düsseldorf? Vielleicht ist sie auch in München oder in irgendeinem Kaff auf dem Land. Ich hab keine Ahnung, der Kontakt zu ihr ist leider abgebrochen.«

Sebastian fuhr sich übers Gesicht. So etwas hatte er befürchtet. »Wann haben Sie Liliana denn zuletzt gesehen?«

Ursula Frey ließ den Teddy sinken und überlegte. »Das muss vor ungefähr drei Monaten gewesen sein.«

»Vor drei Monaten«, wiederholte Sebastian. »Hat sie da etwas von einem Umzug gesagt? Hat sie sich verabschiedet?«

Ursula Frey stopfte Watte in die offene Naht. »Die Mädchen wissen in der Regel nicht, wann ihnen ein Ortswechsel bevorsteht. Sie rotieren, wie man so schön sagt.«

»Könnten Sie etwas deutlicher werden?«

»An den vielen Standorten in Deutschland verlangen die Bordellbesucher ständig nach frischer Ware, sonst bleiben sie weg.« Ursula Frey nähte und fügte hinzu: »Das ist wie beim Metzger. Anders kann man es leider nicht ausdrücken.«

Sebastian war ratlos. »Vielleicht weiß jemand von den Damen in der Küche, wo Liliana sich aufhalten könnte?«

»Es gibt Regeln bei uns.« Ursula Frey drehte den Teddy und erklärte: »Die Frauen können hier ausruhen, Wäsche waschen, kochen, quatschen oder einfach nur schlafen. Für die meisten ist es der einzige geschützte Raum, wo sie sicher sein können, dass ihnen nichts passiert.«

»Und was heißt das?«

»Dass ich die Mädchen jetzt nicht mit Fragen belästigen werde.«

»Es geht um Mord, Frau Frey.«

Sie ließ den Teddy sinken und schaute Sebastian über ihre Brille hinweg nachsichtig an. »Ich verspreche Ihnen«, sagte sie, »ich werde jedes der Mädchen nach Liliana fragen, und zwar dann, wenn ich es für richtig halte. Aber machen Sie sich keine falschen Hoffnungen, wahrscheinlich kommt nichts dabei heraus.«

»Was glauben Sie persönlich? War Liliana auf der Flucht? Wollte sie vielleicht aussteigen?«

»Aussteigen?« Ursula Frey seufzte. »Die meisten Mädchen kommen vom Dorf, irgendwo in Osteuropa, kennen hier keine Menschenseele, sind in keinem Sozialsystem, haben meistens keinen Pass, können kein Deutsch und wissen auch nicht genau, wo sie sind. Sie werden eingesperrt, vergewaltigt, intime Fotos und Filme werden von ihnen gemacht, und damit werden sie dann erpresst. Natürlich wollen die Mädchen aussteigen. Sie wollen alle aussteigen. Aber wie?«

Sebastian nickte betroffen. »Wie kam eigentlich Ihr Kontakt mit Liliana zustande?«

»Ich bin regelmäßig in den Bordellen und Laufhäusern unterwegs, auch im Men's Palace, ich helfe den Prostituierten. Ich rede mit den Mädchen und sage ihnen, dass sie jederzeit zu uns kommen können, wenn sie Hilfe oder einfach nur Ruhe brauchen. Die Chefs dulden mich und lassen mich weitgehend meine Arbeit tun.«

»Wie oft haben Sie Liliana getroffen?«

»Oft.«

»Hat sie Ihnen erzählt, woher sie kommt?«

Ursula Frey hob prüfend den Teddy in die Höhe. »Liliana hatte panische Angst, dass ihre Familie erfährt, womit sie ihr Geld verdient. Die Welten müssen unter allen Umständen voneinander getrennt bleiben. Sie hat nicht erzählt, woher sie kommt. Sie nahm vermutlich Tabletten, die meisten Prostituierten nehmen Tabletten, Antidepressiva, Schmerz- und Schlafmittel, sonst könnten sie das alles gar nicht aushalten.«

Sie legte den Teddy auf den Tisch. »Vielleicht hat Liliana gehofft, einen Freier zu finden, der sie heiratet und hier herausholt. Viele haben einen solchen Traum. Bei Liliana weiß ich, dass sie sogar eine Liste geführt hat mit den Namen der Männer, von denen sie glaubte, dass sie sie retten könnten.«

»Eine Liste möglicher Retter.« Sebastian schüttelte ungläubig den Kopf. »Ist das nicht reichlich naiv?«

»Allerdings. Aber die Mädchen klammern sich alle an diese Hoffnung, anfangs jedenfalls.«

Ohne ihn zu fragen, goss Ursula Frey Sebastian ein Glas Saft ein und schob ihm das Getränk über den Tisch. »Es wäre so einfach«, sagte sie. »Man könnte die ganze Sache innerhalb von einer Minute lösen.«

»Bitte? Was meinen Sie?«

»Wenn man uns Normalbürger hier in Deutschland vor die Wahl stellte: Entweder müssen sich alle für die Prostitution zur Verfügung stellen, jeder muss mal ran, ohne Ausnahme – oder niemand. Dann wäre die Sache sofort erledigt. Niemand will sich selbst prostituieren.«

Sebastian lächelte, und Frau Frey fuhr fort: »In einem Land, wo Männer Frauen kaufen können, ist echte Gleichberechtigung grundsätzlich nicht möglich. Und darum geht es. Ich beobachte es seit Jahrzehnten: Es geht im Grunde um Macht. Ums Herrschen. Und damit meine ich gar nicht Männer, die heimlich in den Puff gehen. Klar, die genießen es, mit einer Frau tun zu können, was sie sonst nicht dürften. In Wahrheit profitieren bei uns aber alle Männer davon, dass sie zum starken Geschlecht gehören, das jederzeit kaufen kann, was es will, und nicht zu dem schwachen Geschlecht, das gekauft wird. Jede Frau gehört potentiell zu dem Geschlecht, das man kaufen kann, und wissen Sie, das ist kein schönes Gefühl. Es ist ein bisschen demütigend, und im entscheidenden Moment schwächt diese Demütigung die Frau, und das nutzt den Männern. Die Prostitution ist bei uns das Fundament, auf dem die Ungleichberechtigung zwischen den Männern und den Frauen aufbaut.«

»Klingt plausibel«, sagte Sebastian, »ist aber vielleicht ein wenig übertrieben?«

»Ich glaube nicht, dass es übertrieben ist, es ist höchstens ein bisschen zugespitzt. In einem Land, in dem Hunderttausende von Frauen den Männern sexuell zu Diensten sein müssen, sie in unwürdigen Verhältnissen leben, wo sie teilweise wie Tiere gehalten werden, und das legal und von der Gesellschaft stillschweigend akzeptiert wird, da gehört jeder Mann qua Geburt zur herrschenden Klasse. Gucken Sie nicht so. Vielen Männern ist das gar nicht bewusst. Sie sind sozusagen heimliche Herrscher. Wir müssen dahin kommen, dass Prostitution nicht als etwas Normales angesehen, sondern im Gegenteil, dass Prostitution geächtet wird.«

»Ich fürchte, das wird nie passieren«, sagte Sebastian. »Man sagt doch immer, Prostitution sei das älteste Gewerbe der Welt.«

»Früher war Sklavenhandel erlaubt, Kindesmissbrauch, Antisemitismus, Kannibalismus, Rassismus, Vergewaltigung in der Ehe – all das war mal erlaubt und ist irgendwann gesetzlich verboten worden, was wir heute ganz selbstverständlich finden. Warum sollte man also ein Gewerbe nur darum erhalten, weil es angeblich das ›älteste der Welt‹ ist? Das ist doch kein Argument.«

»Ist Prostitution in Deutschland nicht auch darum erlaubt, weil die Mehrheit dafür ist?«

Ursula Frey schüttelte den Kopf: »Da verwechseln Sie Ursache und Wirkung. In Ländern, in denen Prostitution verboten wurde, hat sich die Meinung der Mehrheit schnell geändert. Zum Beispiel in Schweden. Dort sind mittlerweile nicht nur die Frauen gegen Prostitution, sondern auch die meisten Männer.«

Sie hob den Nähkorb vom Tisch und stellte ihn neben sich ins Regal. »In Deutschland hinken wir der Entwicklung hinterher. Bei uns wird noch immer gerne weggeschaut«, sagte sie, und es klang ein bisschen müde. »Ist ja nicht das erste Mal.«

»Sie meinen …?«

»Es gibt Untersuchungen, in denen nachgewiesen wird, dass die psychischen Folgen der Zwangsprostitution – das Eingesperrtsein, das Ausgeliefertsein, die Demütigung – die gleichen sind wie die psychischen Folgen des Konzentrationslagers.«

Sebastian schaute betroffen auf den Teddy. »Und das sagen Sie so ruhig?«

Ursula Frey stand auf. »Ich mache diesen Job seit vielen Jahren. Das geht nur, wenn ich meine Emotionen im Griff habe. Wenn ich etwas über den Verbleib von Liliana herausfinde, gebe ich Ihnen umgehend Bescheid. Versprochen.«

## 44

Sebastian überquerte die Reeperbahn und machte einen kleinen Umweg über die Seewartstraße. Von hier hatte man einen offenen Blick auf die Landungsbrücken und die Elbe. Dahinter lag im Dunst die flache Landschaft, und noch etwas weiter hinten begann das Alte Land. Sebastian lehnte sich ans Geländer, schloss die Augen und spürte die Nachmittagssonne auf der Haut, die sanft wärmte.

Von weither waren Stimmen und Gelächter zu hören, Touristen, die unten an den Landungsbrücken nach einer Hafenrundfahrt aus einem der kleinen Schiffe stiegen oder sich erwartungsfroh auf eines begaben. Was in Hamburg hinter manchen schönen Fassaden passierte, wussten sie nicht. Vermutlich wollten sie es auch nicht wissen.

Sebastian nahm sein Handy aus der Tasche, scrollte durch die Namen und wählte.

»Wo warst du denn so lange?«, fragte Jens am anderen Ende.

Sebastian erzählte, was er im Men's Palace und im Café Sonnenschein in Erfahrung gebracht hatte.

Jens hörte zu, überlegte zögernd, bevor er fragte: »Bringt uns das denn weiter?«

Sebastian war noch ganz gefangen von der Welt, in die er für kurze Zeit eingetaucht war – eine Parallelwelt. Aber Jens, der von seinem Schreibtisch im Polizeipräsidium anrief, sah es nüchtern und vielleicht darum richtig: Die Ermittlungen brachte es erst einmal nicht weiter. Sebastian fluchte leise. Dann fragte er: »Was ist mit den Phantombildern? Hat sich was ergeben?«

Jens blies hörbar Luft aus. »Das Pärchen aus Dänemark, das eine Wohnung in Nienstedten gemietet hatte, du erinnerst dich? Haben wir überprüft. Die haben ein Alibi, wasserdicht im wahrsten Sinne: Die waren im Spaßbad. Wurden von vielen gesehen, und auch die Kameras am Eingang haben sie aufgenommen.«

»Okay«, sagte Sebastian, und wie immer in solchen Momenten empfand er Enttäuschung und Erleichterung zugleich. Sie waren zwar nicht weitergekommen, aber sie konnten auch eine Spur streichen. Es war wie das Aufflackern der Flamme nach dem Zünden des Streichholzes: Für einen kurzen Moment steht sie im Zentrum der Aufmerksamkeit, bevor sie wieder erlischt. »Und was ist mit dem Männer-Paar, den Landschaftsgärtnern?«, fragte er.

»Die haben in verschiedenen Parks in Hamburg gearbeitet, aber noch nie im Jenischpark. Und letzte Woche waren sie auf einer Gartenausstellung in der Gegend von Frankfurt.« Jens fluchte. »Was für eine Zeitverschwendung, den Hinweisen all dieser Schwachköpfe nachzugehen, die sich auf ein Phantombild melden, ätzend. Aber weißt du was? Wir sind auch selbst schuld.«

»Was meinst du?«

»Unsere Phantombilder sind einfach zu allgemein. Wir können echt froh sein, wenn wir nicht selbst gemeldet werden.«

»Unsinn«, sagte Sebastian, Jens übertrieb mal wieder.

»Ich mag die Arbeit mit Phantombildern einfach nicht.«

Sebastian ging darüber hinweg und fragte: »Gibt es sonst irgendetwas Neues?«

»Nein«, antwortete Jens. »Aber eine gute Nachricht habe ich noch.«

»Und die wäre?«

»Es hat keinen neuen Mord gegeben.«

»Okay, da hast du eigentlich recht, das ist tatsächlich eine gute Nachricht.«

Sie verabschiedeten sich voneinander, und Sebastian legte auf. Für ein paar Sekunden blieb er noch mit geschlossenen Augen stehen, hörte die Möwen, das Getöse vom Hafen und das Rauschen der Stadt.

Irgendwo, ganz in der Nähe, unterhielten sich zwei Menschen, lachten und entfernten sich.

»Hast du mal einen Euro?«

Sebastian blickte auf, nickte und suchte in seinen Hosentaschen.

»Danke, Mann.« Zufrieden schaute der Typ auf die Münzen in seiner Hand.

Eine halbe Stunde und eine Autofahrt später stieß Sebastian in der Graustraße 22 die Gartenpforte auf.

Ein kleiner roter Ball flog durch die Luft, sprang auf dem Rasen auf und wurde im nächsten Moment durch einen kühnen Sprung von einem Dackel gefangen. Mit dem Ball im Maul blieb der Hund stehen, sah Sebastian an – und raste zurück zum Haus.

»Guten Tag, Herr Fink«, rief Herr Gollenhauer von der

Terrasse, stellte einen Besen zur Seite und kam Sebastian entgegen.

»Wie geht es Ihnen?«, fragte Sebastian. »Haben Sie sich ein bisschen von dem Schock erholt?«

Sie reichten einander die Hand.

»Sie sehen einen müden, alten Mann vor sich«, versuchte Gollenhauer zu scherzen und lächelte etwas gequält.

Es schien jedoch, als hätte der Rentner die Geschehnisse der vergangenen Tage einigermaßen gut weggesteckt. Inzwischen, erzählte er, habe er sogar im Wohnzimmer aufgeräumt und warte nur noch auf den Glaser, der die große Scheibe ersetzen würde. »Nur Guggi ist immer noch ein bisschen durch den Wind.« Gollenhauer bückte sich und tätschelte dem Dackel den Rücken.

Sebastian schaute über die Begonien, die vor den Fichten blühten. »Herr Gollenhauer«, sagte er und wartete, bis der Alte ihn ansah. »Ist Ihnen noch etwas eingefallen, was mir weiterhelfen könnte?«

Gollenhauer stemmte die Hände in die Seiten. »Ich denke pausenlos darüber nach, was hier passiert ist. Aber es ergibt alles keinen Sinn. Es kann sich nur um eine Verwechslung handeln. Die Sache hat nichts mit mir zu tun. Ich bin überzeugt, dass die Täter sich einfach im Haus geirrt haben. Aber ich habe leider keine Ahnung, welches Haus sie sonst gemeint haben könnten.«

Sebastian schwieg. Natürlich hatte er auch schon darüber nachgedacht, und Gollenhauers These war nicht gänzlich aus der Luft gegriffen. Aber etwas Entscheidendes sprach dagegen: Die Täter waren hochprofessionell vorgegangen, und Profis irrten sich nicht in der Tür. Das bedeutete auch, dass Gollenhauer noch immer in großer Gefahr war. Die Täter könnten zurückkommen. Diesen Gedanken behielt Sebastian jedoch für sich. Es war gut, dass der alte Mann sich sicher fühlte, und der Personenschutz würde rund um die Uhr dafür sorgen, dass ihm nichts zustieß.

Als hätte Gollenhauer seine Gedanken erraten, sagte er: »Ihre Leute sind ja wirklich sehr nett, Herr Fink, und der eine hat mir heute sogar beim Aufräumen geholfen. Aber ganz ehrlich: Sie können die Männer jetzt wieder abziehen und woanders einsetzen, wo sie eher gebraucht werden. Ich komme zurecht.«

»Das geht leider nicht«, antwortete Sebastian. »Die Männer müssen noch bis auf weiteres vor Ihrem Haus bleiben, das hat rechtliche Gründe, und davon abgesehen, finde ich es auch besser.«

Gollenhauer schaute auf seinen Dackel hinunter. »Hast du das gehört, Guggi? So einen Aufwand treiben die wegen uns beiden!«

Der Hund stellte die Ohren auf und wedelte mit dem Schwanz.

»Ich wollte Sie noch etwas fragen«, sagte Sebastian.

»Nur zu.«

»Sagt Ihnen der Name Liliana etwas?«

Gollenhauer schaute Sebastian ausdruckslos an. »Wer soll das sein?«

»Eine Prostituierte.«

»Eine Nutte?« Gollenhauer lachte. »Tut mir leid.« Er schüttelte den Kopf. »Ich gehe nicht in den Puff.«

»Sie waren noch nie bei einer Prostituierten?«

»Warum fragen Sie? Natürlich, das gehört zu Ihrem Job.

Aber ich muss Sie leider enttäuschen. Als junger Mann, ja, aber das ist lange her. Damals war das ein Abenteuer. Aber ich muss Ihnen ganz ehrlich sagen: Für mich ist das nichts. Dass Sie mich nicht falsch verstehen: Für andere mag das in Ordnung sein. Ich verurteile niemanden, der zu einer Nutte geht.« Prüfend schaute er Sebastian an. »Wie ist es denn mit Ihnen, wenn ich fragen darf?«

»Es wäre mir fremd«, antwortete Sebastian und dachte, dass er sich als Polizist eigentlich gar nicht auf ein solch persönliches Gespräch einlassen sollte.

»Fremd«, wiederholte Gollenhauer und nickte langsam. »Das ist wohl das richtige Wort. Man wird sich selber fremd, kann ich nur vermuten.«

Sie waren auf dem Weg zur Gartenpforte, als Gollenhauer sich erkundigte: »Wie kommen Sie denn eigentlich auf diese Prostituierte? Hat sie etwas mit dem Überfall zu tun?«

»Wir ermitteln nur in verschiedene Richtungen«, sagte Sebastian vage, während der Dackel den roten Ball vor ihm ablegte und aufmerksam zu ihm aufschaute.

Sebastian bückte sich, aber bevor er zugreifen konnte, schnappte der Hund ihm den Ball wieder weg.

Gollenhauer lachte. »Ich sag's doch: Der Hund mag Sie!«

## 45

Mit kerzengeradem Rücken saß Marissa vor dem Bildschirm ihres Computers. Ihre langen Haare hatte sie zu einem Dutt zusammengebunden, eingedreht und oben auf dem Kopf befestigt. Sie murmelte etwas vor sich hin.

Sebastian stellte seine Einkaufstüten ab.

»Hallo!«

Sie drehte sich um. Er trat zu ihr, gab ihr einen Kuss und legte von hinten beide Arme um sie. Zusammen schauten sie auf den Bildschirm.

»Bremen, 300 Euro – die denken wohl, eine DJane bekommt man günstiger als einen DJ. Mache ich nicht.«

Sie scrollte weiter.

»Da schau, Liefers Club, 500 Euro, das ist okay.« Marissa markierte den Eintrag rot. »Gebongt.«

»Gleich gibt's was zu essen.« Er nahm die Tüten und verschwand damit in der Küche. »Wann musst du los?«

»Gegen zehn.«

Dann musste es jetzt schnell gehen. Sebastian ließ Speck in der Pfanne aus und wusch den Salat. Schnitt Pilze in Scheiben und Zwiebeln in Würfel und warf alles zusammen in die Pfanne. Deckel drauf. Flamme klein. Den nassen Salat legte er auf ein sauberes Spültuch, nahm den Stoff zusammen, so dass sich ein Beutel ergab, und ging damit auf den

Balkon. Mehrmals schwang er ihn durch die Luft. Als er wieder reinkam, sagte Marissa, über die Tastatur gebeugt: »Wir essen aber nicht draußen, oder?«

»Und ob.«

Sebastian holte aus der Küche Gläser und Besteck, wischte draußen den kleinen Tisch ab und deckte. Den Salat verteilte er in der Küche einigermaßen gerecht auf zwei Teller, drapierte Speck, Pilze und Zwiebeln auf den grünen Blättern und fand im Kühlschrank noch eine halbe Flasche Weißwein. Mit dem Tablett ging er durchs Zimmer auf den Balkon hinaus. »Essen ist fertig!«

»Gleich«, rief sie zurück.

Der Balkon war herrlich, perfekt für zwei Personen. Sebastian setzte sich und schaute auf die Elbe. Längliche Wolken zogen über das Wasser hin, die untere Seite schimmerte in einem matten Gold, was von den Hafenlichtern herrührte.

Wenn sie doch nur mit den Ermittlungen weiterkämen. Vier Tote und immer noch keine stichhaltigen Hinweise auf eine Verbindung zwischen den Opfern. Nur, dass es sich immer um dieselben Täter handelte. Was war bloß der Grund dafür, dass sie ihre Opfer gezielt aussuchten und töteten?

Er seufzte. Ob er den Fall je lösen würde? Der Zweifel ließ sich nicht mehr unterdrücken. Der alte Herr Lenz, Sebastians Vorgänger und ein Mann mit viel Erfahrung, hatte mal zu Sebastian gesagt, dass ein Kommissar immer davon ausgehen müsse, dass er sein Ziel erreicht. Nur so könne er den Wettlauf gegen den Mörder gewinnen. Es sei ein Marathon, und da komme es darauf an, wer die bessere

Kondition hat. Zweifel bedeuteten eine Schwächung, und das konnte am Ende den Ausschlag geben.

Sebastian dachte an seine Gegner im aktuellen Marathon. Auf keinen Fall handelte es sich um Menschen, die von irgendwelchen Zweifeln geplagt waren.

»Kommst du?«, rief er nach drinnen.

Irgendwo auf einem der Nachbarbalkone standen Leute und rauchten einen Joint. Das Gemurmel wurde vom Wind zusammen mit dem Rauch herübergeweht.

»Das sieht ja toll aus!«, rief Marissa, als sie heraustrat. »Essen auf dem Balkontisch, und mein neuer Freund, der höflich auf mich wartet – besser geht's nicht.« Sie gab ihm einen Kuss und setzte sich ihm gegenüber. Sie stießen an, und Marissa sagte: »Aber du hast gerade dein Polizistengesicht gemacht. Ich hab's gesehen.«

»Verstehe ich nicht«, sagte Sebastian.

»Na, du hast so ernst geschaut, mit Sorgenfalte.« Sie machte ihn nach, und Sebastian musste lachen.

Nachdem sie gegessen hatten, erzählte Sebastian vom Men's Palace und dem Café Sonnenschein. Von beiden hatte Marissa noch nie etwas gehört.

»Weißt du«, sagte sie und kaute. »Ich denke, es ist gar nicht schlecht, dass es Prostitution gibt. Ich möchte nicht wissen, was manche Männer sonst zu Hause mit ihren Frauen machen würden.«

Sebastian stellte vorsichtig sein Glas ab. Es versetzte ihm einen Stich, dass Marissa so etwas sagte. Andererseits: Noch gestern hatte er ähnlich gedacht. »Könntest du dir denn vorstellen, dich eine Zeitlang als Prostituierte zur Verfügung zu stellen?«, fragte er in Anlehnung an Ursula Freys These.

»Bitte?« Mit einem Salatblatt auf der Gabel sah ihn Marissa irritiert an. »Meinst du das ernst?« Sie machte ein angewidertes Gesicht.

»Wer, findest du, sollte es dann tun?«, fragte Sebastian. »Sich für die Prostitution zur Verfügung stellen.«

Wieder schaute sie ihn an, als würde er eine fremde Sprache sprechen. »Wie meinst du das?«

»Weil du glaubst, dass es gut ist, wenn es Frauen gibt, die sich prostituieren.«

»Aber es gibt doch Prostituierte! Geh mal durch St. Pauli, da gibt es Massen.«

»Aber die wurden nicht als Prostituierte geboren«, sagte Sebastian.

»Natürlich nicht. – Das ist ja eine schräge Unterhaltung«, meinte Marissa. Sie schaute lange Richtung Elbe. »Okay«, sagte sie dann, »so langsam verstehe ich, worauf du hinauswillst.« Sie schaute ihn ernst an. »Aber ich denke doch, dass es schon ein paar Frauen gibt, die lieber als Prostituierte arbeiten, als irgendeinen anderen Job zu machen.«

Tatsächlich, dachte Sebastian: Es sind immer die gleichen Gedanken, die man bei diesem Thema zu hören bekam. Spielte es eine Rolle, ob es ein paar Frauen gab, die den Job lieber machten als einen anderen Job? Warum erwähnte man das? Es war doch klar, dass die meisten Frauen sich mehr oder weniger dazu gezwungen sahen.

»Von mir aus können wir jetzt auch das Thema wechseln«, schlug Marissa vor, »das zieht nämlich ganz schön runter.«

»Sieh es doch mal so«, sagte Sebastian. »Wahrscheinlich würde jede Frau lieber einen anderen Job machen, als sich zu prostituieren – vorausgesetzt, sie hat die Wahl.«

»Hm.« Marissa überlegte. »Natürlich bin ich froh um eine Arbeit, die mir total Spaß macht, und dass ich nicht fremde Männer mit mir machen lassen muss, was die wollen. Mir wird schon bei dem Gedanken übel. Ja, man spricht so leicht von Denken und Glauben, aber vielleicht ist es nur ein Hoffen, dass in den Bordellen alles irgendwie okay ist. Man will ja in Wahrheit gar nicht so genau wissen, was da wirklich los ist.«

»Genau darum müssen viele Frauen und Mädchen Schreckliches durchmachen. Auch hier bei uns in der Nachbarschaft, auch jetzt, genau in diesem Moment.«

Marissa drehte nachdenklich ihr Glas. »Das ist ein furchtbarer Gedanke«, sagte sie leise. »Aber es stimmt, für uns sind es nur furchtbare Gedanken, für die Mädchen ist es Realität. Und meine Realität ist es, dass ich mir meinen Mann aussuchen konnte.« Sie schaute Sebastian an und lächelte. Dann fragte sie: »Warum schließt die Polizei nicht einfach die Bordelle?«

»Wir müssen uns an die Gesetze halten, und die erlauben das. Die erlauben ziemlich viel. Wahrscheinlich zu viel.«

Als Marissa sich wenig später umzog, bereitete Sebastian ihr noch schnell ein paar Butterbrote. Legte ein Salatblatt zwischen die Scheiben und packte alles zusammen mit ein paar Radieschen in eine Tupperdose. Genau wie damals für Leo.

»Dein Schulbrot«, sagte er, als er Marissa die Dose überreichte.

»Wow.« Sie lachte.

Um kurz nach zehn Uhr ging Marissa los. Sie hatte nur eine Tasche dabei, in der sich ihr Laptop und das Mischpult befanden. Mehr brauchte sie nicht für ihren Job. Sebastian sah ihr vom Balkon aus nach. Marissa, seine DJane, die in der Hamburger Nacht verschwand.

## 46

Gollenhauer öffnete die Haustür und schaute hinüber zum Auto der Personenschützer. Um diese Zeit, wenn die Dämmerung hereinbrach und die Tagesschau schon vorbei war, war niemand unterwegs, die Gassi-Geher würden erst später kommen. Einer der Beamten stieg aus dem Wagen und kam über die Straße zur Gartenpforte. »Sie gehen ins Bett?«, fragte er.

Irgendwo bellte ein Hund. Guggi, der neben Gollenhauer aus der Haustür schaute, spitzte die Ohren.

»So langsam gewöhne ich mich daran, dass Sie so hübsch auf mich aufpassen.« Gollenhauer schmunzelte. »Ich wollte Ihnen nur eine gute Nacht wünschen.«

Der Beamte tippte sich an die Mütze. »Ebenso.«

»Also dann.« Gollenhauer nickte dem Beamten noch einmal zu, schloss die Tür und legte die Kette vor.

In der Küche löschte er das Licht über dem Herd, stieg die Treppe hinauf in den ersten Stock, schaltete das Licht im Schlafzimmer an und zog die Vorhänge zu. Dann setzte er sich aufs Bett und wartete.

Nach einer Weile knipste er die Nachttischlampe aus, ging die Treppe wieder hinunter, am Dackel und seinem Körbchen vorbei durch die Diele. »Mach jetzt kein Theater, Guggi, hörst du?« Er öffnete die Tür, die in den Keller führte, und zog sie leise hinter sich ins Schloss. Von Guggi kam kein Laut. Auf den Hund war Verlass.

Die Treppe in den Keller war alt, und Gollenhauer bemerkte zum ersten Mal, wie sehr sie knarrte. Das Licht ließ er lieber ausgeschaltet. Gollenhauer konnte die Hand nicht vor Augen sehen, aber er fand sich in diesem Haus auch blind zurecht. Unten angekommen, orientierte er sich mit der Hand am rohen Mauerwerk und ging den Gang entlang. Die Tür am Ende war offen, das hatte er so vorbereitet. Er hatte auch die Kartons so weit zur Seite geräumt, dass die Passage frei war. In der Tür nach draußen steckte schon der Schlüssel. Gollenhauer trat hinaus.

Die Hortensien gaben ihm Deckung. Maja hatte diese Sträucher toleriert, aber nie gemocht, vor allem dann nicht, wenn sie verblühten und – wie Maja sagte – »so seltsam mumifizierten«. Gollenhauer stieg über die vermoosten Stufen hinauf in den Garten. Er befand sich jetzt an der Längsseite seines Hauses, hinter der Hecke, die seine Terrasse einfasste. Für die Männer, die auf der anderen Seite vor dem Haus Wache schoben, war er hier hinten nicht zu sehen.

Die wenigen Meter zu den Rhododendren lief Gollenhauer trotzdem geduckt. Dort befand sich eine schmale Lücke in der Hecke – wahrscheinlich, weil die Nachbarskinder hier heimlich durchschlüpften, wenn der Fußball in seinem Garten landete. Gollenhauer hatte dafür vollstes Verständnis, und jetzt kam ihm der Schaden sogar gelegen.

Das Laub raschelte, als er durch den Spalt in den angrenzenden Garten trat. Gollenhauer horchte, ob im Nachbarhaus irgendeine Reaktion war, aber da brannte nur das Licht im Obergeschoss, dort, wo die Schlafzimmer waren. Er durchquerte den dunklen Garten und kam auf der anderen Seite bei der Pforte an, die zur Querstraße hinausging. Er drückte die Klinke, aber die Tür war verschlossen. Gollenhauer fluchte leise.

Er beugte sich über das fast brusthohe Gitter und konnte die Straße in beide Richtungen einsehen, nicht die ganze Straße, aber genug. Er stemmte sich mit beiden Armen hoch, zog ein Bein nach, dann das nächste, und sprang. Als er auf der anderen Seite aufkam, durchfuhr ihn ein Schmerz. Seine alten Knochen und Gelenke waren solche Aktionen nicht mehr gewohnt.

Die Straße war menschenleer. Gollenhauer ging zu seinem Auto, das er am Nachmittag vorausschauend hier abgestellt hatte. Er stieg ein, legte den Gurt an, schaltete Motor und Scheinwerfer an und fuhr los.

Die Straßen waren leer, es war ein angenehmes Fahren, und Gollenhauer achtete darauf, die Geschwindigkeitsbegrenzung nicht zu übertreten. Kein Risiko. Er fuhr durch die nächtliche Stadt Richtung Zentrum. Erst hier in seinem Wagen realisierte er, wie sehr ihn die Präsenz der Personenschützer eingeengt und belastet hatte.

Nach nicht einmal zwanzig Minuten war er schon am Hauptbahnhof, hielt sich links, fuhr an der Speicherstadt vorbei Richtung Westen, zur Elbe, bog rechts ab, schlängelte sich durch kleine Straßen und kam schließlich beim Parkhaus heraus, das rund um die Uhr geöffnet hatte. Er hielt an der Schranke, ließ das Fenster herunter, zog einen Parkschein und fuhr über die Rampen auf die dritte Ebene. Hier parkte er am liebsten. Den Parkschein steckte er ins Portemonnaie.

Über die Treppen kam er hinaus auf die Straße und atmete endlich tief durch. Er fühlte sich jung, und eine seltsame Vorfreude durchströmte ihn. Er hatte einen Wunsch, und er hoffte, dass dieser Wunsch heute in Erfüllung gehen würde.

# 47

Der Schnee leuchtete so hell, dass Sebastian die Augen zusammenkniff und trotzdem kaum etwas sah. Er schaute auf seine Skier, die merkwürdig dünn waren. Er raste bergab auf einer Piste, hart wie Marmor. Jetzt entdeckte er, dass die Schnallen seiner Skischuhe offen waren. Er wollte sie zuziehen, aber es war zu spät, er war zu schnell, und es ging immer steiler den Berg hinunter. Egal wo er hinschaute, das Licht blendete. Ein Abgrund tauchte auf. Sebastian flog über die Kante, sah tief unter sich Landschaften, Wolken.

Irgendwo da unten musste ein Dorf sein, er hörte das helle Bimmeln der Kirchenglocken, erst weit weg, dann lauter und lauter, und auf einmal realisierte Sebastian, dass es sein Telefon war, das da klingelte.

Er versuchte sich zu orientieren. Links zwei Fenster, gegenüber ein Schrank, rechts die Tür – er war bei Marissa. Sein Telefon lag auf dem Boden, unter seinem T-Shirt. Die Nummer auf dem Display sagte ihm nichts. Er nahm das Gespräch an.

»Ich muss Sie sprechen«, sagte eine Stimme, die Sebastian bekannt vorkam. Eine Männerstimme. Bevor Sebastian etwas sagen konnte, fuhr die Stimme fort: »Ich muss ein Geständnis machen.«

Sebastian saß kerzengerade im Bett. »Wer spricht denn da?«

»Na, wer schon? Ich bin's, Volker Gollenhauer.«

»Herr Gollenhauer. Worum geht's?«

»Das möchte ich nicht am Telefon besprechen. Können wir uns sehen?«

»Jetzt?« Sebastian schaute auf die Uhr. Kurz vor eins. Er hatte nur eine Stunde geschlafen.

»Jetzt wäre schon ideal.«

»In Ordnung«, sagte Sebastian. »Ich komme zu Ihnen.«

»Ich bin auf der Reeperbahn. Im Kleinen Eckchen.«

»Was?! Sind die Personenschützer bei Ihnen?«

»Ich habe mich davongeschlichen.« Gollenhauer klang ganz ruhig. »Und soll ich Ihnen was sagen?« Er kicherte. »Die Jungs haben nichts bemerkt.«

Sebastian konnte gar nicht glauben, was er da hörte. »Sind Sie verrückt geworden?! Bleiben Sie, wo Sie sind. Hören Sie? Ich bin gleich bei Ihnen.«

Als Sebastian aus dem Haus trat, schlug ihm ein kühler Wind entgegen. Er lief die Antonistraße hinunter, kam über den Hein-Köllisch-Platz zur Lincolnstraße und stieß nach wenigen hundert Metern auf das westliche Ende der Reeperbahn. Entlang der Straße blinkten die Leuchtreklamen. Es hatte geregnet, die Scheinwerfer und Rücklichter der Autos spiegelten sich auf der nassen Fahrbahn. Sebastian wechselte die Straßenseite, ging an Schaufenstern von Sexshops, Klamottenläden und Rauchwarenhandlungen vorbei Richtung Millerntor. Touristen und Schaulustige drängelten sich hier auf dem Gehweg. Sebastian bog in die Große Freiheit ein, was keine gute Idee war. Hier war noch mehr los. Von links und rechts schallte laute Musik aus den bunt illuminierten Eingängen der Etablissements. Grimmige Türsteher standen breitbeinig davor. Über allem lag eine Atmosphäre von Hysterie und Gefahr. Sebastian stemmte sich gegen den Wind, der ihm entgegenblies. Als wollte die Natur daran erinnern, dass es sie auch noch gab, selbst hier, in dieser künstlichen Welt.

Das Kleine Eckchen befand sich im Erdgeschoss eines heruntergekommenen Kastens, der rechts und links von Neubauten eingequetscht war. Das Lokal war eine Raucherkneipe, der Qualm war beißend und trieb Sebastian die Tränen in die Augen. Er schob sich an den Leuten vorbei, die dichtgedrängt an der Theke standen, und suchte die Sitzecken ab. Überall wurde getrunken, gelärmt und geredet. Sebastian stellte sich auf die Zehenspitzen und schaute zurück zum Eingang. Den Tisch neben der Tür hatte er beim Hereinkommen übersehen. Zwei Männer prosteten ihm zu, und die Frauen an ihrer Seite kicherten. Aber wo war Gollenhauer?

Sebastian spürte, wie Angst in ihm hochkroch. Noch einmal suchte er die Bar und die Sitzecken ab und drängelte sich dabei bis nach hinten durch, wo es zu den Toiletten ging.

Dann sah er ihn endlich. Gollenhauer lehnte in einem dunklen Winkel an einer Säule, mit dem Rücken zum Raum. Er saß vollkommen regungslos da, wie tot.

Sebastian bahnte sich durch die rauchschwere Luft den Weg zu ihm. Als er bei ihm war, bewegte sich Gollenhauers Hand. Eine Zigarette kam zum Vorschein, die er abaschte.

Erleichtert zog Sebastian einen Barhocker heran. »Guten Abend«, sagte er und hatte Mühe, es nicht unfreundlich klingen zu lassen.

Gollenhauer nahm noch einen letzten Zug von seiner Zigarette und drückte sie bedächtig aus. Der Aschenbecher war randvoll und wohl seit Tagen nicht geleert worden. »Schön, dass Sie kommen konnten«, sagte Gollenhauer.

Sebastian musste sich beherrschen, ihn nicht anzuschreien. »Was ist passiert?«, fragte er atemlos.

»Ich muss mich bei Ihnen entschuldigen.« Zum ersten Mal sah Gollenhauer ihn an. Er sah müde und traurig aus, aber Sebastian hatte nicht den Eindruck, dass er getrunken hatte. Im Gegenteil, Gollenhauer schien stocknüchtern. »Ich muss mich entschuldigen«, sagte er, »weil ich Sie so spät noch aus dem Bett geholt habe.«

Sebastian deutete mit einer Handbewegung an: geschenkt.

»Aber noch mehr dafür, dass ich Sie angelogen habe«, erklärte Gollenhauer. »Das ist eigentlich nicht meine Art.«

Sebastian schaute zu, wie Gollenhauer gemächlich die nächste Zigarette aus der Packung schüttelte und sie anzündete. Während er den Rauch ausatmete, sprach er weiter: »Ich habe Ihnen erzählt, dass ich als junger Mann einmal bei einer Nutte gewesen bin. Da hatte das ganze Gewerbe noch Klasse. Man wurde von Damen bedient, nicht von Nutten, wenn Sie verstehen, was ich meine. Aber Sie sind jung. Wie alt sind Sie?«

»Also waren Sie heute bei einer Prostituierten? Sind Sie deshalb ausgebüxt?«, fragte Sebastian.

Gollenhauer lächelte. »Nicht ganz. Früher aber war ich

278

nach dem Besuch immer hier im Kleinen Eckchen.« Er sog an der Zigarette und blies den Rauch nach oben. »Wissen Sie, diese jungen Dinger aus Osteuropa …« – Frauen, wollte Sebastian korrigieren, aber er ließ es sein – »… die wollen das eigentlich überhaupt nicht, und das merkt man ihnen auch an.« Er kniff die Augen zusammen. »Ich merke es jedenfalls. Und sie tun mir leid. Können Sie sich vorstellen, wie sich das anfühlt? Die Lust bleibt auf der Strecke, so ist es jedenfalls bei mir. Darum gehe ich eigentlich kaum mehr ins Bordell, nur noch ganz selten. Und wenn ich dann doch mal gehe – man hat ja schließlich seine Bedürfnisse –, dann sehe ich zu, dass ich bei einer der älteren Damen unterkomme, von denen es aber auch nur noch ganz wenige gibt. Die sterben aus, wenn ich das so sagen darf.«

»Hat das alles irgendetwas mit Liliana zu tun?«, fragte Sebastian.

Gollenhauer nahm einen langen Zug von seiner Zigarette und schaute an Sebastian vorbei auf eine der alten Schwarzweiß-Fotografien an der Wand, eine Szene vom Hamburger Hafen. »Ja. Ich kenne sie.«

Sebastians Puls beschleunigte sich. »Sprechen Sie weiter«, forderte er.

Gollenhauer lehnte sich ein wenig zurück, seine Augen wanderten nach oben, ins Leere, als könne er sich so besser erinnern. »Liliana war jung, blutjung, sie war wie Milch und Honig, und sie kam aus Rumänien. Sie war anders als die anderen Mädchen. Obwohl sie so jung war, hatte sie Klasse und Selbstbewusstsein, sie war intelligent und hatte Pläne für die Zukunft.« Gollenhauer zuckte mit den Schultern. »Ich bin vor einem Jahr auf sie gestoßen, zufällig, sie hat sich mal im Men's Palace neben mich gesetzt.« Gollenhauer seufzte.

»Waren Sie Stammkunde bei Liliana?«

Gollenhauer kniff die Augen zusammen, lächelte und wiegte den Kopf. »Ich weiß eigentlich kaum etwas über sie. Vielleicht hatte sie auch noch gar keine konkreten Pläne. Sie war noch am Sparen, weil sie fest vorhatte, später etwas anderes zu tun, und auf diese Zeit hat sie sich gefreut.« Gollenhauer zuckte mit den Schultern. »Soweit ich verstanden habe, war sie dabei, ihren Ausstieg vorzubereiten. Wie genau – darüber habe ich mir, ehrlich gesagt, keine Gedanken gemacht.«

»Natürlich nicht.« Sebastian beherrschte sich. »Warum sollten Sie auch?«

Gollenhauer schaute nachdenklich auf die Glut seiner Zigarette. »So hätte ich es jetzt nicht formuliert, aber wahrscheinlich haben Sie recht: Ich wollte gar nicht erst darüber nachdenken.« Er drückte seine Zigarette aus.

»Warum erzählen Sie mir das alles nun doch noch?«, fragte Sebastian.

»Als Sie mich nach Liliana gefragt haben«, erklärte Gollenhauer, »da bin ich erschrocken. Es hat mir keine Ruhe gelassen. Ich wollte schauen, ob ich Liliana finde, ein letztes Mal. Aber sie ist weg. Einfach verschwunden. Als hätte es sie nie gegeben.«

»Wann haben Sie sie das letzte Mal gesehen?«

Gollenhauer überlegte. »Das muss vor drei Monaten gewesen sein, im Februar. Danach nicht mehr.«

Sebastian holte sein Telefon hervor, tippte eine SMS an Jens: *Bitte zwei Personenschützer ins Kleine Eckchen, Gol-*

*lenhauer abholen. Erklärung später.* Trotz der vorgerückten Stunde reagierte Jens prompt: *Okay.*

Sebastian steckte das Telefon wieder ein und bat Gollenhauer, Liliana zu beschreiben.

Gollenhauer holte ein Foto aus der Innentasche seiner Jacke und legte es vor Sebastian auf den Tisch. Es war ein Selfie, ein alter Mann, der das Leben hinter sich hatte, und eine junge Frau, gerade am Erblühen. Wie lebensfroh diese Frau wirkte. Ihre Augen schimmerten, als ob sie überzeugt wäre, dass da draußen ein großartiges Leben auf sie wartete. Wimpern und Lippen sahen aus wie gemalt und hatten eine Frische, nach der sich manche Menschen wohl ein Leben lang sehnten. Dieses Gesicht war gerade fertig geworden, und es war wirklich schön.

»Super«, schoss es aus Sebastian heraus. »Das wird mir sehr helfen.« Er steckte das Foto ein.

»Das Foto brauche ich«, protestierte Gollenhauer. »Es ist das Einzige, was mir von ihr geblieben ist.«

»Sie bekommen es zurück.« Sebastian stand auf. »Wobei, das überlege ich mir noch mal.«

»Warum?«

Einen Moment lang schaute Sebastian Gollenhauer genauso ratlos an wie der ihn. Dann wandte er sich ab, sah am Eingang die Kollegen hereinkommen, gab ihnen ein Zeichen und erklärte ihnen, als sie sich aneinander vorbeidrückten, wo Gollenhauer saß.

## 48

Es war zwei Uhr morgens. Sebastian war von der Reeperbahn direkt zum Präsidium gefahren. Er hatte Liliana bundesweit zur Fahndung ausschreiben lassen. Jetzt konnte er nichts anderes tun als abwarten. Er drückte den kleinen Kippschalter an der Maschine und blieb in der Teeküche, bis es röchelte und sich der Duft von frischem Kaffee ausbreitete.

Mit der Thermoskanne und einer Tüte H-Milch ging er durch das menschenleere Großraumbüro und entdeckte auf dem Tisch von Kollegin Meyer eine Tafel Schokolade. Sie war sogar schon geöffnet und angebrochen. Sebastian nahm sich einen Riegel heraus. Er würde ihr eine neue Tafel schenken, sobald er sich selbst wieder einen Vorrat anschaffte.

Es war ein seltsames Gefühl, ganz allein im Büro zu sein. Stille, wo sonst Stimmen durcheinandergingen, Telefone klingelten, ein einziges Hin und Her war. Aber Sebastian spürte eine positive Spannung, die in ihm vibrierte und die er in den vergangenen Tagen nicht mehr empfunden hatte.

Er schloss hinter sich die Tür, setzte sich an seinen Schreibtisch, zog die Turnschuhe aus, legte die Füße auf den Tisch und genoss den Kaffee zusammen mit der Schokolade. Es gab keine bessere Kombination.

Er nahm das Foto von Liliana in die Hand und betrachtete es. Hohe Wangenknochen, eine fast kantige Gesichtsform, nicht sehr große Augen, Stupsnase. Plötzlich kam ihm ein Gedanke, und er fragte sich, warum er nicht früher darauf gekommen war.

Er nahm die Füße vom Tisch, rückte mit dem Stuhl näher an den Bildschirm, klickte mit dem Cursor und zog die beiden digitalisierten Phantombilder auf den Bildschirm. Mit der Hand hielt er das Foto von Liliana neben den Bildschirm. Drei Gesichter, nebeneinander.

»Ist ja ein Ding«, flüsterte er und zog jetzt die digitalisierte Fassung von Lilianas Foto aus dem Ordner auf den Desktop. Er ließ den Mann auf dem Phantombild verschwinden und setzte Liliana neben das Phantombild der Frau. Er lehnte sich zurück und ließ die Bilder auf sich wirken.

Oberflächlich betrachtet, war eine Ähnlichkeit zwischen den beiden Frauen kaum zu bestreiten. Aber noch frappierender war der gleiche Ausdruck in den Gesichtern. Wenn es stimmte, was er dachte, würde es bedeuten, dass die von Gollenhauer beschriebene Liliana – oder wie auch immer sie in Wahrheit hieß – der eine Part des Mörder-Duos sein könnte.

Er drehte seinen Stuhl und starrte aus dem Fenster. Es gab ein Argument, das gegen diese Schlussfolgerung sprach: Laut Gollenhauer war Liliana etwa 170 cm groß, die Frau im Jenischpark laut Einschätzung der Zeugin Brigitte Sommer jedoch 180 cm. Ein Größenunterschied von zirka zehn Zentimetern, der sich nicht wegdiskutieren ließ. Doch es handelte sich um die Schätzungen von zwei Zeugen, und bei

Schätzungen musste man eine Fehlertoleranz einberechnen. Zum Beispiel konnte Liliana 175 cm groß sein, dann hätte Gollenhauer sie etwas kleiner und Brigitte Sommer sie etwas größer geschätzt, als sie in Wirklichkeit war.

Sebastian trank einen Schluck. Irgendetwas gefiel ihm nicht an seiner Rechnung. Er stand auf, trat zwei Schritte zurück und ließ die beiden Gesichter aus der Entfernung auf sich wirken. Sie blieben sich nicht nur ähnlich, sie sahen jetzt sogar fast identisch aus.

Verblüfft setzte er sich wieder, lud nun das Phantombild des Mannes hoch und schob Liliana daneben. Sebastian staunte. Vielleicht war er einfach übermüdet, aber jetzt hatte er plötzlich das Gefühl, dass auch der Mann Liliana sehr ähnlich war. Damit wäre man wieder bei Jens' Theorie angekommen, dass ein Phantombild einfach zu vielen Leuten ähnlich sah.

Sebastian schaute in seinen Posteingang, aber keiner der Kollegen in den anderen Bundesländern hatte bisher auf die Anfrage des Erkennungsdienstes reagiert. Es war bald halb drei Uhr morgens.

Die Stille in seiner Abteilung machte Sebastian jetzt nervös. Er hätte einen Ansprechpartner gebraucht oder zumindest etwas Bewegung, aber er mochte seinen Platz nicht verlassen. Er ging aus seinem Zimmer, spazierte im Großraumbüro zwischen den Schreibtischen der abwesenden Kollegen hin und her, ging wieder zurück, schaute noch einmal in seinen elektronischen Posteingang, dann auf sein Telefon, aber keiner der Kollegen hatte sich gemeldet.

Er stieg im Neonlicht durch das leere Treppenhaus hinunter ins Erdgeschoss zum Automaten neben der Cafeteria, um sich dort etwas Essbares zu holen. Die Kollegen von der Nachtschicht hatten sich offenbar in ihren Büros verschanzt. Im Vorbeigehen sah Sebastian sein Spiegelbild in der Scheibe und kam sich vor wie ein bleiches Gespenst.

Er warf eine Münze ein und nahm das Schokocroissant aus dem Ausgabefach. Wieder im Büro tunkte er das trockene Teil in den Kaffee, aß es Stück für Stück auf und spürte, wie ihm trotz Zuckerzufuhr die Müdigkeit in die Glieder kroch. Er ging in die Teeküche, wusch sich die Hände und hörte, dass irgendwo ein Telefon klingelte. In seinem Büro?

Er rannte zurück, riss den Hörer hoch und meldete sich atemlos.

»So spät noch wach?«, sagte eine Stimme mit leichtem bairischem Akzent. Es war, wie sich herausstellte, ein Kollege aus Regensburg, Hartmann. »Ich habe hier Stallwache, und als ich Ihre Nachricht sah, hat's bei mir geklingelt«, sagte der Kollege. »Und stellen Sie sich vor: Ich habe eine gute Nachricht.«

Sebastian hielt die Luft an.

»Wir kennen die Frau. Sie heißt Ioana Rădulescu.«

Sebastian setzte sich, nahm einen Stift zur Hand und ließ sich den Namen buchstabieren. »Wo ist sie?«, fragte er und hatte zum ersten Mal das Gefühl, dass das hier jetzt der Durchbruch sein könnte. »Und was wissen Sie über die Frau?«

»Nicht besonders viel«, antwortete Hartmann. »Ioana Rădulescu, zweiundzwanzig Jahre alt, wurde in Rumänien geboren, in einem Ort, der sich Aninoasa nennt, dreihundert Kilometer westlich von Bukarest. Dort lebte sie, bis sie vor vier Jahren nach Deutschland kam. Die Umstände sind nicht klar. Und dann …«

»Was?«, fragte Sebastian in die Stille hinein.

»Dann hat sie sich umgebracht.«

»O Gott«, entfuhr es Sebastian.

»Vor den Zug gesprungen ist sie. Vor anderthalb Monaten«, erklärte der Kollege, und man konnte Bedrückung in seiner Stimme hören. »Eine so junge Frau. Gerade mal so alt wie meine Tochter. Entschuldigen Sie bitte den Kommentar.«

»Kein Problem.«

Sebastians Gedanken rotierten. Wenn Ioana Rădulescu, alias Liliana, vor anderthalb Monaten Suizid begangen hatte, konnte sie natürlich nicht Teil des Mörder-Duos sein. Damit war diese Hypothese schon wieder vom Tisch. »Was wissen Sie noch?«, fragte er leise.

Hartmann erzählte, dass der Lokführer keine Chance mehr gehabt hatte zu bremsen. Die Autopsie habe ergeben, dass die Frau keine Medikamente oder Alkohol im Blut hatte.

»Sie hat als Prostituierte gearbeitet«, erklärte Sebastian.

»Tatsächlich? Das hatten wir auch schon vermutet, aber aus Rücksicht auf die Familie haben wir diesen Gedanken nicht weiterverfolgt. Bringt ja auch nichts.«

»Und den Leichnam?«

»Haben wir zurück in die Heimat geschickt.«

Mehr konnte Hartmann nicht sagen.

»Haben Sie den Fall selbst bearbeitet?«, fragte Sebastian.

»Nein. Das war mein Kollege, Franz Huber.«

»Wann kann ich ihn sprechen?«

»Er ist ab sieben am Platz.«

Sebastian bedankte sich und legte auf. Er erhob sich, öffnete das Fenster. Frische Morgenluft strömte herein.

Seine Finger waren eiskalt, als er einen Auftrag für Interpol verfasste. Er brauchte sämtliche Informationen, die es zu Ioana Rădulescu gab. Dringlichkeitsstufe: hoch.

## 49

Entschuldigung!«, sagte eine Frauenstimme. »Hallo?«
Sebastian öffnete die Augen. Wo war er? Das Sofa –
die Farbe, der Stoff – kamen ihm bekannt vor. Er drehte
sich herum. Sein Nacken schmerzte. Da drüben stand sein
Schreibtisch, daneben die Putzfrau mit einem Lappen in der
Hand.

Sie schaute ihn an. »Warum schlafen Sie nicht zu Hause in
Ihrem Bett?«, fragte sie und begann, mit dem Lappen über
das Gehäuse des Computers zu wischen. »Oder haben Sie
kein Zuhause? Das ist doch kein Leben so!«

»Danke«, sagte Sebastian, und seine Stimme klang, als
hätte er die Nacht durchgesoffen, dabei hatte er keinen
Tropfen getrunken, und geraucht hatte er auch nicht. »Nur
keine Sorge, mir geht's gut«, sagte er.

Er schaute auf die Uhr. 6:04 Uhr. Immerhin zwei Stunden Schlaf. Die Putzfrau nahm kopfschüttelnd ihren Eimer
und schloss die Tür.

Sebastian stand auf, stopfte sein T-Shirt in die Hose und
suchte in der unteren Schublade nach seiner Zahnbürste. Sie
lag ganz hinten, und Zahnpasta war auch noch da. Er ging
damit über den Gang zur Toilette, putzte sich die Zähne,
wusch sich mit kaltem Wasser das Gesicht.

Zurück im Büro entdeckte er die Thermoskanne. Er

schraubte sie auf. Der Kaffee war sogar noch einigermaßen warm und duftete. Sebastian goss sich einen Becher voll, trank einen Schluck, aber er schmeckte doch abgestanden. Nicht der richtige Geschmack, um einen neuen Tag zu beginnen. Er brachte Kanne und Becher in die Teeküche, schaufelte Kaffee in den Filter der Maschine, stellte sie an und ging zurück in sein Büro.

Er öffnete das Fenster, lehnte sich hinaus und sog die frische Morgenluft ein. Der Himmel war noch grau und diesig, und es war nicht zu erkennen, ob es ein schöner oder ein regnerischer Tag werden würde. Er schaute im Computer nach einer Antwort von den Kollegen. Immer noch nichts. Aber gut, es waren ja auch nur zwei Stunden vergangen. Die Kollegen kamen erst jetzt in die Büros, und natürlich hatte jeder Beamte seine eigenen Fälle, die ihm wichtiger waren.

Es war kurz nach sieben Uhr, als Jens und Pia eintrafen, beide gleichzeitig, wie ein altes Ehepaar. Sebastian hatte ihnen eine SMS geschrieben, dass er schon im Präsidium sei und Neues zu berichten habe.

Sie setzten sich um den ovalen Tisch im Besprechungsraum, und Sebastian legte das Foto von der jungen blonden Frau auf den Tisch. »Liliana«, sagte er und berichtete: Gollenhauers Geständnis in der Kneipe, der nächtliche Anruf aus Bayern, die Nachricht von Lilianas Selbstmord.

Als er fertig war, lehnte Pia sich zurück und sagte nur »Wow«. Jens machte ein skeptisches Gesicht, kratzte sich am Kopf, wollte etwas sagen, hielt sich aber zurück.

»Was ist?«, fragte Sebastian ihn. »Was denkst du?«

Jens seufzte. »Okay«, sagte er. »Vielleicht ist es noch zu früh am Morgen, da bin ich immer etwas skeptischer ...«

»Sag schon«, sagte Pia, »ich bin frühmorgens immer etwas ungeduldiger.«

Jens erklärte: »Sowohl Peer Wolfsohn als auch Volker Gollenhauer kannten diese Liliana also. Aber mal ehrlich: Was soll daran so besonders sein? Hamburg ist zwar groß, doch dass zwei Typen, die regelmäßig zu Prostituierten gehen, dieselbe Frau kennen, soll schon mal vorkommen. Das beweist leider noch gar nichts. Wir müssen herausfinden, ob eines der anderen Opfer ebenfalls diese Liliana kannte.«

»Erstens werden wir genau das tun, und zweitens kannten Gollenhauer und Wolfsohn Liliana nicht nur, sie waren beide Stammkunden bei ihr«, erklärte Sebastian.

»Da ist ja schon der Haken«, sagte Jens.

»Welcher Haken?«

»Die anderen Opfer.«

»Warum?«

»Zum Beispiel die Zahnärztin.« Jens verschränkte herausfordernd seine Arme vor der Brust. »Diese Frau Dr. Krüger-Lepinsky ist wohl kaum in den Puff gegangen, oder?«

»Moment«, wandte Pia ein. »Es könnte doch umgekehrt sein –«

»Umgekehrt?«, unterbrach Jens gereizt.

»Lass mich doch ausreden. Es könnte sein, dass Liliana zu Frau Krüger-Lepinsky als Zahnärztin gegangen ist und sie daher kannte.«

»Zum Beispiel.« Sebastian nickte. »Das könnte eine Erklärung sein.« Er reichte Jens eine Kopie des Fotos von Liliana und sagte: »Du sprichst bitte mit den Freunden von Jan-Ole Sievers und findest heraus, ob er Liliana von möglichen Bordellbesuchen kannte.«

Jens nahm das Bild, steckte es in seine lederne Tasche und stand auf. »Mit achtzehn in den Puff – ob das Taschengeld dafür reicht?«

»Ist dort alles ziemlich billig. Leider«, antwortete Sebastian. »Und du, Pia, versuchst Informationen aus Rumänien zu bekommen. Wir wollen alles wissen, was über Liliana bekannt ist. Vielleicht kriegst du die rumänischen Kollegen sogar dazu, dass sie zu den Eltern hinfahren und mit der Familie sprechen.«

Pia nickte, nahm ihren Becher Kaffee in die Hand, ihren Notizblock und den Stift und stand auf.

»Ich versuche herauszufinden, ob es eine Verbindung zwischen Katharina Krüger-Lepinsky und Liliana gibt«, sagte Sebastian, »und ich spreche noch einmal mit Monika Packer. Vielleicht weiß sie ja, ob ihr Exmann Kontakt zu Liliana hatte.«

»Ha!«, machte Jens. »Na, da wünsche ich viel Spaß! Da wäre ich ja zu gerne dabei, wenn du Monika Packer mit dieser flotten Blondine und deiner Theorie konfrontierst. Die wird dir den Kopf abreißen.«

Zusammen verließen sie den Besprechungsraum. Als Sebastian in sein Büro zurückkam, wählte er die Nummer von Franz Huber, dem Kollegen in Bayern, der den Selbstmordfall an den Gleisen übernommen hatte.

Es tutete zwei-, dreimal, dann wurde abgenommen. »Wos für a Depp!«, rief eine Stimme am anderen Ende. »Sagt's ihm, er soll sich schleichen!« Dann auf einmal näher: »Grüß Gott?«

»Fink, hier«, sagte Sebastian, »Kripo Hamburg.«

»Ah, der Herr Fink!« Jetzt änderte sich der Tonfall,

wurde ruhig, ein wenig getragen: »Ich weiß schon Bescheid. Heftige Sache. Ein armes Madl war das.«

Kollege Huber erzählte auf Sebastians Nachfrage von dem Koffer, den die Verstorbene nahe den Gleisen abgestellt hatte. In ihm hatten sich die Habseligkeiten der Verstorbenen befunden: gewaschene und ordentlich zusammengefaltete Kleidung, Fotos, vermutlich von Familienmitgliedern. Es sah so aus, meinte der Kollege, als hätte die Verstorbene den Koffer für die Eltern gepackt und neben den Gleisen abgestellt, und diese Vermutung wurde dann von dem Abschiedsbrief bestätigt, der allerdings nicht an die Eltern, sondern an die deutschen Behörden gerichtet war. Sie sei am Ende, Deutschland habe ihr kein Glück gebracht, stand da. Außerdem bat sie darum, den Koffer ihren Eltern zukommen zu lassen. »Das haben wir dann auch gemacht«, beendete Huber seinen Vortrag. »Mit allem, was dazugehört.«

»Was hat denn dazugehört?«, fragte Sebastian.

»Na, alles. Auch der ganze Papierkram.« Huber berichtete, dass in der Seitentasche des Koffers zusammen mit den Fotos auch Briefe steckten und eine Namensliste.

»Eine Namensliste?«, fragte Sebastian.

»Eine Liste halt. Namen mit Telefonnummer, vielleicht war auch mal eine Adresse dabei.«

»Deutsche Namen?«

»Glaub' schon.«

»Erinnern Sie sich an einen?«

Am anderen Ende war es einen Moment lang still. Dann sagte Huber bedauernd: »Ich höre und sehe täglich so viele Namen … Das ist bei euch oben im Norden ja auch nicht anders.«

»Wie viele Namen waren es?«

»Fünf, glaube ich.«

»Eine Kopie habt ihr nicht gemacht?« Sebastian bemühte sich, seine Ungeduld zu verbergen.

»Warum hätten wir das tun sollen? Lag ja kein Fremdverschulden vor. Die Sache war glasklar. Die Aussage des Lokführers lag vor, der alles mit ansehen musste, und dann noch dieser Abschiedsbrief.«

Sebastian atmete einmal tief durch. Er bat den Kollegen, sich ein paar Namen anzuhören, vielleicht würde er sich dann doch an einen oder sogar mehrere erinnern.

»Na, dann schießen Sie mal los«, antwortete Huber.

Sebastian sprach langsam und deutlich: »Dirk Packer?«

Am anderen Ende der Leitung folgte auf jeden Namen erst mal Stille und dann ein langgezogenes »Nee«. Als Sebastian den Namen »Katharina Krüger-Lepinsky« nannte, sagte Huber plötzlich: »Stopp! Es waren nur Männernamen, daran erinnere ich mich jetzt. Keine einzige Frau.«

»Sind Sie sich sicher?«, fragte Sebastian. »Das ist jetzt sehr wichtig für uns.«

»Hundert Pro. War mir noch aufgefallen, eine Liste – nur mit Männernamen.«

»Aber Sie erinnern sich an keinen einzigen?«, versuchte Sebastian es noch mal.

»Hm«, machte Huber am anderen Ende. »Eben dachte ich: Ob da etwas von einem Martin stand?«

»Schade.«

»Was ist schade?«

Sebastian seufzte. Der Name »Martin« kam bei seinen Ermittlungen leider überhaupt nicht vor. »Falls Ihnen später doch noch einer der Namen einfällt, melden Sie sich bitte gleich.«

»Ja, freilich. Und nichts für ungut. Grüß Gott in den hohen Norden, Herr Fink!«

Nachdem er aufgelegt hatte, trat Sebastian ans Fenster. Weiße Wolken hingen im Himmel – wie zerrupfte Wolle, dachte Sebastian. Er hatte das Gefühl, dass er irgendwann in der letzten Zeit etwas Wichtiges gehört hatte. Er drehte der Scheibe den Rücken zu und lehnte sich an den Fenstersims. War das jetzt Wunschdenken? Was hatte er gehört? Wo? Von wem?

Er setzte sich wieder. Er war übermüdet. Seine Gedanken drehten sich im Kreis. Er stützte die Ellbogen auf den Tisch, legte sein Gesicht in die Hände, schloss die Augen und konzentrierte sich auf seinen Atem. Ein, aus. Da war etwas, ein Bild, diffus noch, aber eindeutig ein Bild.

Sebastian lehnte sich zurück, verschränkte die Hände am Hinterkopf.

Plötzlich war es da.

Das Gespräch mit Ursula Frey in ihrem Büro. Liliana habe eine Liste angefertigt. Freier, die ihr den Ausstieg aus ihrem Leben als Prostituierte ermöglichen könnten. Adresse, Telefonnummer.

Die Liste. Welche Namen standen darauf? Gollenhauer und Wolfsohn? Vielleicht auch Sievers und Packer? Das würde sich bald herausstellen. Hatten die Killer die Liste einfach von oben abgearbeitet?

Das könnte eine These sein. Aber warum hätten sie dann Frau Krüger-Lepinsky umgebracht, die garantiert nicht auf der Liste stand?

Sebastian tippte mit einem Stift auf ein weißes Blatt Papier, winzige Punkte entstanden. Er begann sie miteinander zu verbinden, ohne ein einziges Mal den Stift abzusetzen.

Was wäre, wenn die Täter Lilianas Liste falsch gedeutet hätten? Sie könnten gedacht haben, dass die Männer auf der Liste für ihren Selbstmord verantwortlich waren.

Sebastian überlegte weiter. Wer könnte gemeinsam Rache für Lilianas Tod nehmen wollen? Es müssten zwei Menschen sein, die Liliana nahestanden. Menschen, die sie liebten. Enge Freunde. Familie.

Sebastian dachte an die beiden Phantombilder. Liliana und die beiden Täter. Die große Ähnlichkeit. Waren die drei Geschwister? Und die beiden zurückgebliebenen Geschwister mordeten aus Rache?

Sebastian legte ein neues Blatt Papier vor sich und schrieb die Namen der Opfer, Lilianas mutmaßlichen Freiern, untereinander:

*Gollenhauer*

*Sievers*

*Wolfsohn*

*Packer*

Als fünften Namen schrieb er, mit etwas Abstand: *Martin*

Wer war dieser Martin, der fünfte Mann und Lilianas Kunde? Und warum war er von den Mördern verschont geblieben und stattdessen war Frau Krüger-Lepinsky getötet worden? Sebastian schaute aus dem Fenster. Hatten die Täter ihr Opfer verwechselt? War Frau Krüger-Lepinsky nur aus Versehen gestorben? Und wenn ja, wo war der fünfte Mann jetzt?

Sebastian stand auf und nahm seinen Autoschlüssel.

# 50

An der Hallerstraße war wieder alles ruhig. Kein Absperrband erinnerte mehr an den Morgen, an dem sich die Leute die Augen aus dem Kopf gegafft hatten. Eine Frau schob ihren Kinderwagen vorbei, und hinter ihr her schnüffelte ein Hund, als wäre es nie anders gewesen.

Sebastian fand einen Parkplatz schräg vor dem Blumenladen und ging über die Straße. Er hatte Glück, die Haustür, das große Portal, stand offen. Er nahm die Treppe und kam etwas atemlos im dritten Stock an. Hier hatte bis vor wenigen Tagen Frau Krüger-Lepinsky gelebt.

Sebastian horchte. Das Treppenhaus war leer, und aus den Wohnungen drang auch kaum ein Laut. Da war der Korridor, in dem die Tote vor ihrer Wohnungstür gelegen hatte. Er war gerade so groß, dass dort ein Körper auf dem Boden liegen und so darin verschwinden konnte, dass man ihn von der Treppe aus nicht unbedingt sah, vor allem wenn man sich auf die Stufen konzentrierte. Sebastian schätzte den Weg vom Treppenabsatz zum Korridor auf zweieinhalb Meter. Frau Krüger-Lepinskys Wohnung lag links, rechts davon war die des Nachbarn.

Sebastian bückte sich und schaute auf das Klingelschild. Britz. Richtig, den hatten sie damals überprüft. Er klingelte. Nichts. Keine Antwort, kein Laut von drinnen.

Sebastian drehte sich um und stellte sich mit dem Rücken zur Wohnungstür. Hier ungefähr mussten die Mörder gestanden haben, wahrscheinlich in der Ecke, so dass Katharina Krüger-Lepinsky sie erst im letzten Moment sehen konnte, als sie im Halbdunkel von der Treppe oder dem Fahrstuhl kommend hier eintraf. Oder war nur einer der beiden hier gewesen? Vielleicht stand die zweite Person unten Schmiere? Sebastian überlegte. Eigentlich spielte es keine Rolle, ob nur einer oder zwei Täter hier gewartet hatten. Vielmehr stellte sich die Frage, wem hier aufgelauert werden sollte. Frau Krüger-Lepinsky? Oder jemand anderem? Das Treppenhaus war groß, viele Wohnungen gingen von ihm ab. Hatte der Mörder plötzlich Schritte im Dunkeln gehört und sich hier in den Korridor zurückgezogen und versteckt? Oder hatte er von Anfang an hier gestanden und gewartet, aber nicht auf die Frau, die in der linken Wohnung wohnte und von der der Mörder vielleicht gar nichts wusste, sondern auf den Nachbarn, den Mann in der rechten Wohnung?

Sebastian versuchte sich den möglichen Tathergang auszumalen. Der Mörder stand also hier in der Nische. Die Schritte auf der Treppe kamen näher. Im Halbdunkel konnte er nicht sehen, wer heraufkam. Als die Person in den Korridor einbog, ging er davon aus, dass es seine Zielperson war, und drückte ab. Dann wäre es ein tragischer Irrtum, der Frau Krüger-Lepinsky das Leben gekostet hatte. Und das wiederum bedeutete, dass dieser Herr Britz noch immer die Zielperson des Mörderpaares war. Der Mann war in Lebensgefahr!

Auf dem Weg die Treppe hinunter rief Sebastian im Präsidium an. Er wies an, Herrn Britz zur Fahndung auszuschreiben, und bat die Kollegin Meyer, ihm den vollständigen Namen sowie die Kontaktdaten zu besorgen. Dann beendete er die Verbindung, trat aus dem Haus, als ein Piepton den Eingang einer SMS meldete.

Sebastian öffnete die Nachricht, sie war von Marissa: *Hoffe, du hast wenigstens etwas geschlafen,* schrieb sie. *Bin ganz beunruhigt. Pass auf dich auf. Bis später, Hase. Küsschen.*

Sebastian lächelte, drückte auf *Antworten,* als eine Stimme hinter ihm fragte: »Sind Sie nicht der Polizist?«

Er schaute sich um. Die Frau trug eine orangefarbene Brille auf der Nase und ein weites Kleid mit buntem Muster. »Frau Hansen, vom Blumenladen, richtig?«

»Sie haben ja ein gutes Gedächtnis!« Frau Hansen lächelte. »Gibt es etwas Neues? Weiß man schon, wer es war?«

Sebastian ließ das Telefon in seiner Hosentasche verschwinden. »Wir stecken leider noch mitten in den Ermittlungen.«

»Natürlich. Verzeihen Sie. Ich wollte nicht neugierig sein, aber der Tod von Frau Krüger-Lepinsky beschäftigt uns alle noch sehr.« Die Frau wandte sich zum Gehen.

»Eine Frage.« Sebastian ging einen Schritt hinter ihr her. »Kennen Sie den Nachbarn von Frau Krüger-Lepinsky, einen Herrn Britz?«

Frau Hansen blieb stehen. »Ich kenne einige aus dem Haus, aber ein Herr Britz ist mir nicht bekannt. Wieso?«

»Reine Routine. Wir versuchen gerade, seine Kontaktdaten zu ermitteln, und da dachte ich, falls Sie …«

Frau Hansen schüttelte den Kopf. »Tut mir leid. Nie gehört.« Sie zuckte bedauernd die Schultern.

Sebastian schaute hinter ihr her, wie sie schräg über die Straße ging und nach wenigen Schritten in ihrem Blumenladen verschwand.

Nervös trat Sebastian von einem Bein auf das andere. Noch einmal im Präsidium anrufen hatte keinen Sinn, am besten ließ er die Kollegen ihre Arbeit machen, sie würden sich sowieso bald melden. Aber ihm fiel etwas anderes ein, was er tun konnte.

Als er den Blumenladen betrat, bimmelte melodisch eine kleine Glocke. Die Luft war etwas feucht, warm und duftete herrlich. Eine Mitarbeiterin war dabei, für einen Kunden einen großen Blumenstrauß zusammenzustellen. Frau Hansen kam überrascht hinter der Theke hervor. »Na, so schnell hätte ich Sie aber nicht wieder erwartet«, sagte sie, und Sebastian fiel auf, was für ein hübsches Lächeln sie hatte.

»Ich hätte gerne eine einzelne Blume«, begann Sebastian. »Etwas Besonderes.«

»Etwas Besonderes«, wiederholte Frau Hansen und schaute sich um. »Haben Sie an etwas Bestimmtes gedacht? Vielleicht eine Rose?«

Sebastian wiegte den Kopf. »Gibt es nicht eine Blume, bei der man automatisch an Italien denkt?«

Frau Hansen spitzte den Mund. »Italien«, wiederholte sie im Flüsterton, während ihr Blick über die Eimer, Tröge und Behälter mit all den Schnittblumen wanderte. »Oleander ist ja immer sehr schön«, erklärte sie, »aber in Ihrem Fall vielleicht ein bisschen zu einfallslos.«

Plötzlich machte sie einen entschlossenen Schritt, bückte sich und zog aus einem Eimer, der unterhalb einer Glyzinie neben einer kleinen Holzbank stand, ein paar Blumenstengel mit vielen Verästelungen heraus, an denen eine Unmenge von kleinen blauen Blüten leuchteten. »Was halten Sie davon?«, fragte Frau Hansen. »Anchusa azurea.«

Sebastian betrachtete die Blüten. Die kleinen Blütenblätter waren von einer intensiven, kräftigen blauen Farbe, und in der Mitte befand sich eine winzige Perle, die Staubgefäße. Die Blume wirkte so fröhlich und angenehm unprätentiös. »Anchusa azurea, sagten Sie?« Sebastian lächelte. »Meine neue Lieblingsblume. Sie ist perfekt.«

Sie kamen überein, dass fünf Zweige ein hübsches Sträußchen ergaben. Während Frau Hansen die schönsten auswählte, klingelte Sebastians Telefon. Die Kollegin aus dem Präsidium. Er entschuldigte sich, trat einen Schritt beiseite und nahm das Gespräch an.

»Manuel Britz«, sagte die Kollegin am anderen Ende. Telefonnummer und weitere Kontaktdaten würde sie Sebastian gleich aufs Telefon senden.

Sebastian atmete auf. Wieder einen kleinen Schritt weiter. »Danke.« Er legte auf, und Frau Hansen befestigte mit einem Klebestreifen ein kleines Plastiktütchen am Blumenpapier. »Macht genau zwölf Euro fünfzig«, sagte sie.

Auf dem Weg zum Auto rief Sebastian noch einmal in Bayern an. Kollege Franz Huber bestätigte, dass er statt dem Namen *Martin* auch *Manuel* gelesen haben könnte, und die Kombination mit Britz kam ihm tatsächlich bekannt vor: Manuel Britz. Sebastian ballte die Faust.

Dann traf bereits die Telefonnummer ein. Sebastian wählte sie sofort an. Während am anderen Ende das Freizeichen ertönte, öffnete er die Autotür, setzte sich, legte die Blumen auf den Beifahrersitz, und eine automatische

Ansage verkündete, der Anrufer sei zur Zeit leider nicht erreichbar. Eine Mailbox sprang nicht an.

Er legte das Telefon in die Ablage zwischen den Sitzen, und sein Blick fiel auf die Blumen. Er nahm den Strauß, öffnete das Papier und schloss die Augen. Es war der Duft einer Blumenwiese.

Vorsichtig legte er die Blumen zurück auf den Beifahrersitz und ließ den Motor an. Bald würde er mit Marissa in Italien sein.

## 51

Jens war noch nicht zurück, als Sebastian ins Präsidium kam und sich mit Pia im kleinen Besprechungsraum zusammensetzte. Nachdem er die Blumen für Marissa in eine Vase mit Wasser gestellt hatte, wählte Sebastian Jens' Nummer, um den Stand der Dinge abzufragen, und stellte den Apparat auf »laut«.

Den Hintergrundgeräuschen nach zu urteilen, befand sich Jens irgendwo auf der Straße. Er berichtete, er habe mit Freunden von Jan-Ole Sievers gesprochen. »Sie haben natürlich behauptet, sie wüssten nichts, aber auch gar nichts von Puffbesuchen, die haben eine so demonstrative Unschuldsfresse aufgesetzt, dass man schon daran erkennen konnte, dass sie wahrscheinlich schon alle mal im Puff waren.«

»Dann laden wir sie doch gleich vor«, sagte Sebastian. »Einen nach dem anderen.«

»Ich hatte eine bessere Idee«, meinte Jens. »Ich habe mir nämlich Leila Vaziri geschnappt und sie dazu befragt. Ich meine, immerhin war sie seine Freundin.«

»Und?«, fragte Pia.

»Sitzt ihr?«, fragte Jens.

»Auf heißen Kohlen«, antwortete Sebastian.

»Also«, begann Jens. »Laut Leila haben die Jungs den

18. Geburtstag von Jan-Ole in der Bar vom Men's Palace nachgefeiert. ›Herrenabend‹ – so haben sie es genannt.«

»Geburtstag im Bordell?«, fragte Pia ungläubig.

»Dafür machen die vom Men's Palace sogar offensiv Werbung: 18. Geburtstag oder Abifeier – für wenig Geld«, berichtete Jens. »Ist wohl eine Strategie, um die Jungs früh mit dieser Welt vertraut zu machen.«

»Zum Kotzen«, schimpfte Pia.

»Und Leila denkt wirklich, die Jungs hätten dort nur ein paar Bier getrunken«, fuhr Jens fort. »Und wenn sie eine böse Ahnung gehabt haben sollte, dann hat sie sich wahrscheinlich noch dafür geschämt.« Jens' Stimme aus dem Lautsprecher klang jetzt wütend: »Egal wie die Sache ausgeht, es ist doch einfach unfassbar, dass die netten Jungs von nebenan ihren Geburtstag im Puff feiern, wo Mädchen wie Tiere gehalten werden. Und das Ganze ist auch noch legal! Wo sind wir hier eigentlich?«

»In Deutschland«, antwortete Sebastian ruhig.

»Okay«, sagte Pia. »Dann können wir also davon ausgehen, dass Jan-Ole mit Liliana bekannt war.«

»Richtig«, sagte Jens. »Er hat sie wahrscheinlich an seinem Geburtstagsabend kennengelernt, und Liliana könnte ihm so gut gefallen haben, dass er danach vielleicht noch ein paarmal heimlich zu ihr gegangen ist.«

Sebastian berichtete von dem Telefonat, das er auf der Rückfahrt von der Hallerstraße zum Präsidium geführt hatte. »Monika Packer wollte nicht ausschließen, dass ihr Dirk den einen oder anderen Besuch im Puff absolviert haben könnte – natürlich erst nach ihrer Trennung. Das hat sie hervorgehoben. Wir haben zwar keinen Beweis, dass Dirk

Packer mit Liliana bekannt war, aber für mein Verständnis reicht es trotzdem. Ich halte also fest: Liliana ist die Verbindung zwischen den Todesopfern. Und zwei Menschen sind unterwegs, um sie zu rächen, und zwar ausgerechnet an den Personen, die Liliana als mögliche Retter auf ihrer Liste notiert hatte. Was meint ihr?«

Pia nickte. Jens stimmte ebenfalls zu.

Sebastian streckte den Rücken. »Dann kommen wir jetzt zu Rumänien«, sagte er.

»Ich habe ein paarmal mit den Kollegen in Rumänien telefoniert«, erzählte Pia. »Sie waren sehr hilfsbereit und schnell. Liliana hat offenbar zwei Geschwister. Einen älteren Bruder mit dem Namen Florin und eine jüngere Schwester, die Anca heißt.«

## 52

Es klirrte, als sie ihre Arme vor sich auf den gläsernen Schreibtisch legte und ihre goldenen Armreifen das kalte Glas berührten. »Das klingt plausibel«, sagte Eva Weiß, nachdem Sebastian sie über den neuesten Ermittlungsstand informiert hatte. Sie nickte ihren Worten hinterher und sagte: »Ja, das klingt gut. Wann wissen wir mehr über dieses Geschwisterpaar?«

»Das Team arbeitet unter Hochdruck.« Sebastian versuchte, seiner Stimme einen entschlossenen und zuversichtlichen Klang zu geben.

Die Chefin, die in den letzten Tagen von Sebastian so wenig gute Nachrichten bekommen hatte, klopfte mit dem Kugelschreiber auf die Glasplatte. »Ich habe nachher ein Gespräch mit dem Innensenator, gut, dass wir eine ernstzunehmende Spur vorweisen können.«

Vor der Tür waren auf einmal Stimmen zu hören. Es klopfte.

»Darf ich kurz stören?« Pia steckte ihr blasses Gesicht durch den Türspalt.

»Kommen Sie herein«, rief Eva Weiß und reckte den Hals, um zu sehen, wer sich noch hinter Pia befand. »Ach, Herr Sander«, stellte sie fest. »Alle mal reinkommen!«

»Was gibt's?«, fragte Sebastian.

»Sie sind in Deutschland.« Pia öffnete jetzt ganz weit die Tür. »Florin und Anca Rădulescu sind in Deutschland.«

Für einen kurzen Moment war es totenstill. Alle vier waren wie versteinert, wie für ein bizarres Foto aufgestellt.

»Okay«, sagte Eva Weiß, und in ihrer Stimme war so etwas wie Erleichterung zu hören.

»Der Bruder wohnt seit zwei Jahren in Münster, die Schwester ist vor drei Wochen eingereist«, erklärte Pia. »Und der erste Mord der Serie ist vor neun Tagen begangen worden.«

»Holla, die Waldfee!«, sagte Jens laut, und Eva Weiß sah ihn überrascht an. Dann sagte sie: »Sehr gut. An die Arbeit.«

Sebastian ging in sein Büro, griff zum Telefon und erteilte den Auftrag, zusätzlich zur Fahndung nach Manuel Britz eine weitere nach Florin und Anca Rădulescu herauszugeben.


Vier Stunden später, gegen sechzehn Uhr, traf die Nachricht von den Kollegen aus Münster ein, dass die Wohnung von Florin Rădulescu in Gievenbeck, einem Stadtteil von Münster, gestürmt und durchsucht worden sei. Es seien keine Schusswaffen gefunden worden. Aber eine Nachbarschaftsbefragung hatte ergeben, dass Florin Rădulescu Besuch von einer Verwandten bekommen hatte und dass die beiden seit einigen Tagen nicht mehr gesehen worden waren, weil sie anscheinend verreist seien. Darüber hinaus wussten sie zu berichten, dass Florin als Kellner im Restaurant Gaillard arbeitete und sich laut dem Geschäftsführer zur Zeit im Urlaub befand.

Inzwischen hatten die Kollegen aus Rumänien Fotos der beiden Geschwister aufgetan, eingescannt und geschickt.

Pia hatte die Informationen sogleich an alle Dienststellen in Hamburg weitergeleitet und die Bilder ausgedruckt. Jetzt lagen sie vor Sebastian auf dem Schreibtisch.

Die Wirkung der Fotos, die zum ersten Mal klar und deutlich das Antlitz der Täter zeigten, war stark. Entschlossenheit lag in ihrem Blick. Was für Augen! Sebastian konnte sich ihnen schwer entziehen.

Die Geschwister waren wie vom Erdboden verschluckt. Aber klar war ihr nächstes Ziel: Manuel Britz.

Über ihn lagen inzwischen genauere Informationen vor. Pia hatte recherchiert und herausgefunden, dass der sechsunddreißigjährige Manuel Britz als freier Übersetzer tätig und derzeit im Auftrag eines Stuttgarter Verlages dabei war, einen Roman aus dem Englischen zu übertragen. Pia hatte ein bisschen bohren müssen, dann aber von der Verlagsmitarbeiterin erfahren, Herr Britz sei wohl, weil die Zeit dränge, »in Klausur«, habe sich zurückgezogen, würde seine Mails »höchstens alle paar Tage« checken und auch telefonisch »nicht zu erreichen« sein. Auf Pias Frage, ob Herr Britz zu Hause arbeite, erklärte die Mitarbeiterin verblüfft, davon gehe sie aus, aber im Grunde könne er »auch überall sonst« sein. Auf der Internetseite des Verlags hatte Pia ein Foto von Manuel Britz gefunden und heruntergeladen: rundliches Gesicht, hohe Stirn, kleine Augen, dünnes blondes Haar, Seitenscheitel, auffallend kleiner Mund und viele Sommersprossen.

Sebastian bat Pia, das Foto an alle Hamburger Polizeidienststellen zu schicken.

»Wird erledigt.« Pia verschwand.

Jens hatte die Füße auf den Tisch gelegt und schaute zu,

wie Sebastian die Unterlagen auf seinem Schreibtisch ordnete. »Wenn die Leute im Verlag nicht wissen, wo Britz sich aufhält«, meinte er, »dann wissen die Rumänen es wohl auch nicht.«

Sebastian hatte gerade etwas anderes gedacht. Wenn Pia das Porträt des Übersetzers im Internet gefunden hatte, dann mussten auch die Geschwister wissen, wie der Mann, den sie suchten, aussah. Und dass der Verlag keine Ahnung hatte, wo sich Britz befand, hieß nicht, dass die beiden Täter es nicht doch wussten.

Eva Weiß hatte Sebastian mehrere Beamte in Zivil zur Verfügung gestellt, um das Haus in der Hallerstraße zu überwachen. Außerdem war – zumindest für die kommenden achtundvierzig Stunden – ein Sondereinsatzkommando in der Nähe des Hauses postiert: Falls das rumänische Geschwisterpaar oder Manuel Britz am Zielort auftauchte, würde es sofort zur Stelle sein.

Sebastian holte seine Waffe aus der Schublade und steckte sie in seinen Schultergurt. »Ich fahre jetzt in die Hallerstraße«, sagte er.

Jens nahm die Füße vom Tisch. »Ich komme mit.«

Als sie zwanzig Minuten später ankamen, schlenderte ein Pärchen – Mann und Frau – auf dem Bürgersteig entlang. Nur das geübte Polizistenauge erkannte, dass es sich um zwei Kollegen in Zivil handelte. Und das Sondereinsatzkommando hockte in dem alten, etwas verrosteten vw-Bus, der schräg gegenüber parkte.

Sebastian hielt an der Straßenecke unter einer Trauerweide und ließ sich telefonisch vom Einsatzleiter bestätigen, dass bisher keine der drei Zielpersonen aufgetaucht und auch sonst nichts Auffälliges registriert worden sei. Nachdem er den Kollegen informiert hatte, dass er selbst mit dem Kollegen Sander bis auf weiteres ebenfalls vor Ort sei, legte er auf.

Jens schob seinen Sitz zurück und verschränkte seine Hände hinter dem Hinterkopf.

Sie schwiegen eine Weile, dann fragte Jens: »Bist du eigentlich mal ins Bordell gegangen? Nicht zum Ermitteln, meine ich, zum Spaß?«

»Nein«, antwortete Sebastian, und es stimmte wirklich. »Ich glaube, mir wäre das peinlich, ich meine, vor der Frau. Und hast du mal für Sex bezahlt?«

»Nein, auch nicht. Ich glaube, mir wäre das peinlich vor mir selbst.«

Drüben räumte Frau Hansen die Paletten mit Topfblumen in ihren Laden. Die Mitarbeiterin begann, den Gehweg zu fegen.

»Schau mal«, sagte Jens plötzlich.

Eine Frau stieg von ihrem Fahrrad. Sie hatte graue Haare – Sebastian schätzte sie auf Mitte sechzig, vielleicht auch etwas älter – und sah trotz ihres Alters sehr sportlich aus. Sie nahm die Tüten vom Lenker, stellte sie neben der Kellertreppe ab und hob das Fahrrad hoch.

»Bleib du bitte hier«, bat Sebastian und öffnete seine Tür.

Rasch lief er über die Straße zur Treppe und sah gerade noch, wie das Rücklicht des Fahrrads unten um die Ecke verschwand. Er sprang die Stufen hinunter und stellte einen Fuß in die Tür, bevor sie ins Schloss fiel.

Verängstigt drehte sich die Frau zu ihm herum.

»Entschuldigen Sie«, sagte Sebastian. »Ich wollte Sie nicht erschrecken.«

»Raus!«, rief die Frau. Mit einer Hand hielt sie sich am Lenker fest, mit der anderen hatte sie schon ihr Handy aus der Jackentasche gezogen. »Sofort! Ich rufe sonst die Polizei!«

»Ich bin von der Polizei«, erklärte Sebastian und präsentierte seinen Ausweis. Er nannte seinen Namen und sagte: »Wir ermitteln im Fall Krüger-Lepinsky, Sie wissen vielleicht Bescheid?«

Die Frau starrte wie versteinert auf Sebastians Ausweis. Dann blinzelte sie und sagte: »Jetzt haben Sie mich aber erschreckt. Man fühlt sich hier ja seines Lebens nicht mehr sicher. Die arme Frau Krüger-Lepinsky! Wir stehen hier alle noch unter Schock.«

Sebastian entschuldigte sich noch einmal – dann fragte er, ob sie Manuel Britz kenne, der auch hier im Haus Nummer 74c wohnte.

Sofort verdüsterte sich ihre Miene. »Hat Herr Britz etwa mit dem Mord zu tun?«, fragte sie misstrauisch und trat einen Schritt zurück.

Er schüttelte den Kopf. »Mit dem Mord hat er nichts zu tun, aber wissen Sie, wo ich ihn finden kann? Ich würde ihn gerne sprechen.«

»Sie meinen, als Zeugen?« Die Frau nickte wissend. »Ich kenne Herrn Britz nur vom Sehen. Wir wechseln manchmal ein paar Worte, wenn wir uns im Treppenhaus oder hier im Fahrradkeller begegnen. Ist er nicht vielleicht oben in seiner Wohnung?«

Sebastian verneinte, das hatten die Kollegen schon überprüft, und fragte noch einmal: »Haben Sie eine Ahnung, wo er sein könnte?«

Die Frau legte einen Finger an ihre Lippen. »Herr Britz arbeitet manchmal in der Bibliothek, das hat er mir mal erzählt.«

»Gut möglich«, sagte Sebastian. »Das ist ein wertvoller Hinweis. Wissen Sie, in welcher?«

Die Frau öffnete ihr Fahrradschloss. »So detailliert habe ich mich nun auch wieder nicht mit ihm unterhalten. Aber heute Morgen …«, mit dem geöffneten Schloss in der Hand stand sie da und schaute in die Ferne, »da habe ich gesehen, wie er mit dem Fahrrad weggefahren ist.«

»Wann?«

»Das kann ich Ihnen genau sagen: Um kurz vor acht.« Während sie ihr Fahrrad abschloss, berichtete sie, dass Herr Britz mit seinem kleinen Rucksack auf dem Rücken die Hallerstraße hinauf zur großen Kreuzung geradelt sei. In welche Richtung er dann abgebogen sei, konnte sie aber nicht sagen.

Sebastian überlegte. An der Kreuzung ging es rechts nach Eppendorf, links zur Innenstadt, geradeaus zur Schanze und Altona. Mit anderen Worten: in alle Himmelsrichtungen. Der Mann konnte also überall sein.

»Können Sie sein Fahrrad beschreiben?«, fragte Sebastian.

Ja, das konnte sie. Bei dem Fahrrad handele es sich um ein schlichtes silberfarbenes Modell mit schmalen Reifen. Sie kannte es aus dem Fahrradkeller. »Jetzt entschuldigen Sie mich aber bitte«, sagte sie. »Sonst klaut mir noch jemand meine Tüten.«

Sebastian verabschiedete sich von der Frau, doch bevor er zum Auto zurückkehrte, erkundigte er sich noch nach ihrem Namen: Sibylle Pfefferkorn.

»So nahe liegen Glück und Pech beieinander«, sagte er zu Jens im Auto. »Plötzlich gibt es eine Zeugin, die Manuel Britz gesehen und sogar mit ihm gesprochen hat, aber leider weiß sie nicht, wo er arbeitet und wohin er gefahren ist.«

»Und wenn wir jetzt mal die nächstgelegenen Bibliotheken abklappern und dort die Fahrradständer checken?«, schlug Jens vor.

Sebastian überlegte, griff wieder zum Telefon und wählte noch einmal die Nummer von Manuel Britz.

Wieder keine Antwort.

Wo war der Mann?

## 53

Draußen hatte die Dämmerung eingesetzt. Hier drinnen, im schmalen Raum mit den hohen Decken, nahm die Dunkelheit zu. Er mochte das Neonlicht nicht, und die Stehlampe in der Ecke war leider nur Dekoration. Noch konnte er die Buchstaben auf den aufgeschlagenen Seiten erkennen, die Sätze lesen. Seine Augen waren gut, im sechsunddreißigsten Lebensjahr keine Selbstverständlichkeit, vor allem nicht, wenn man so viel und so genau lesen musste. Unter seinen Übersetzerkollegen kannte er keinen, der in seinem Alter noch ohne Brille zurechtkam.

Manuel Britz versuchte sich zu konzentrieren, zog das Buch etwas näher zu sich heran, nahm den Bleistift in die Hand und las: *She pulled the black cloth over the animal who squeaked bitterly.* Er überlegte einen Moment und tippte: »Sie stülpte das schwarze Tuch über das schreiende Tier.«

Hörte sich irgendwie schräg an. Manuel Britz löschte und schrieb: »Sie zog das schwarze Tuch über das Tier, das traurig quiekte.« Nein, das war nicht besser, und es steckte auch ein Hauch zu viel Interpretation darin. Er schob den Stuhl zurück, stand auf und streckte sich. Das Kreuz tat ihm weh. Kein Wunder, seit Wochen war er nur noch am Übersetzen, tat nichts anderes mehr. Der Abgabetermin drückte, in zehn Tagen war Sense, und er hatte noch – wie viele Seiten zu übersetzen? Er blätterte. Einundsechzig.

Er seufzte, nahm die kleine Gießkanne und gab der Pflanze Wasser. Alle paar Tage ein paar Tropfen, so hatte Stephanie es ihm eingeschärft. Die Glückliche war für drei Monate in die USA gereist, nach Kalifornien, wo sie ein Stipendium ergattert hatte. Er hatte Stephanie erst kürzlich kennengelernt. Sie saß im Café Knuth am Nachbartisch, und irgendwie waren sie ins Gespräch gekommen. Über das Wetter? Den Zucker? Er erinnerte sich nicht. Besonders attraktiv war Stephanie nicht, was ihm ganz recht war. Es hätte ihn nur abgelenkt und möglicherweise auf dumme Gedanken gebracht.

Sie hatten über ihre Arbeit gesprochen, die sich ähnelte und doch ganz anders war. Stephanie schrieb Liebesromane. Er hatte mal, vor langer Zeit, am Anfang seiner Karriere einen übersetzen müssen, und wie der Zufall es wollte, suchte Stephanie nach jemandem, der ihr Büro und die Zimmerpflanze im Auge behielt. Spontan schlug sie vor, dass er, während sie fort war, ihren Büroraum benutzen könne, hier im Stadtteil Ottensen, in den Zeisehallen. Das alte Fabrikgelände mit Kino und Restaurants, früher ein Zentrum der Hamburger Filmschaffenden, mit seinen kleinen Büros und langen Gängen war perfekt. Es war genauso ruhig, wie es Stephanie beschrieben hatte, man sah keine Menschenseele, ihr Büro am Ende eines langen Korridors war der ideale Ort, um konzentriert zu arbeiten. »Man kann dort sterben, und kein Schwein würde es mitbekommen«, hatte Stephanie gesagt und gelacht, und da sah sie plötzlich ganz hübsch aus.

Manuel sagte spontan zu, und die Schlüsselübergabe fand schon am folgenden Tag statt. Eine Woche später war

Stephanie auf und davon. Seither kam Manuel jeden Tag hierher, außer wenn er wie neulich mal kurzzeitig verreisen musste. Er kam schon in der Frühe, und er blieb meistens bis spätabends, und wenn es ganz spät wurde, schlief er einfach auf dem schrecklich geblümten Sofa, das in der Ecke neben der Tür stand und bequemer war, als es aussah.

Er machte halbherzig ein paar Liegestütze und merkte, dass er hungrig war. Er musste etwas essen, eine kurze Pause machen, bevor er noch eine Nachtschicht einlegte. Er zog die Bürotür hinter sich zu, öffnete die schwere Brandschutztür gegenüber, vergewisserte sich, ob er auch wirklich seinen Schlüsselbund dabeihatte, und schlenderte den langen Gang hinunter. Weiße Wände, ein Schlauch, grauer, abgetretener Teppichboden, der jeden Schritt dämpfte, doch man hörte das brüchige Holz darunter leise knarren. Fast wäre er über seinen Schnürsenkel gestolpert, der sich entweder gelockert hatte oder den er vergessen hatte zuzubinden. So etwas passierte ihm in letzter Zeit häufiger.

Wo der Gang nach rechts abzweigte, war etwas Platz, ein Quadrat, in dem drei Stühle standen. Hier warteten tagsüber die Bewerber der Castingagentur, die sich eine Tür weiter befand. Manuel setzte sich, beugte sich vor und band den Schuh zu. Super, dachte er, schon erledigt. Wenn sich doch nur jedes Problem so einfach lösen ließe. »Sie stülpte den schwarzen Stoff über das schreiende Tier« – das stimmte so einfach noch nicht.

Das Licht im Herrenklo ließ er ausgeschaltet, noch kam durch die kleinen Oberlichter genügend Licht, so dass er den Schalter nicht drücken musste.

Die Wände waren rundum weiß gekachelt, die kleinen

Fenster gekippt, und während er pinkelte, drang von draußen Gelächter herein: Feierabendstimmung an den gedeckten Tischen auf der Friedensallee, ein lauer Abend.

Kurz darauf verließ Manuel das alte Gebäude, überquerte den gepflasterten Hof und die kleine Straße, kam an Restaurants und vollbesetzten Tischen vorbei, die den halben Gehweg einnahmen, ging quer über den Alma-Wartenberg-Platz – direkt hinein ins Restaurant. Aber zu seiner Enttäuschung war auch hier alles besetzt, und laut war es außerdem. Blieb eigentlich nur der arabische Imbiss drüben an der Kreuzung. In dem winzigen Laden war es immer ruhig. Kaum Menschen, leise orientalische Musik. Manuel bestellte einen großen Teller Falafel, dazu Tee, und setzte sich an den kleinen Tisch am Fenster.

Während er wartete, kam ihm plötzlich wieder die schreckliche, völlig absurd anmutende Nachricht von Frau Pfefferkorn in den Sinn. Zuerst hatte er gedacht, die Frau sei jetzt völlig übergeschnappt, als sie ihm erzählte, dass Frau Krüger-Lepinsky, seine direkte Nachbarin, die er eigentlich nur vom Sehen kannte, vor ihrer Tür – also auch vor seiner Tür – erschossen worden war. Unglaublich! Er selbst war an jenem Abend nicht zu Hause gewesen. Er war in Dresden. Als er zwei Tage später von seiner Kurzreise nach Hause kam, waren schon alle Spuren beseitigt, die Blutlache verschwunden. Hätte ihm Frau Pfefferkorn die ganze Geschichte nicht in allen Details geschildert, hätte er vielleicht gar nichts davon mitbekommen. Die Polizei, berichtete Frau Pfefferkorn mit gesenkter Stimme, habe den Täter noch nicht geschnappt und wisse nicht einmal etwas über die Beweggründe des Mörders.

Manchmal war Manuel froh, dass er jederzeit Zuflucht in die Welt der Romane finden konnte.

Der Imbissmann mit der Schürze kam mit einem dampfenden Teller um den Tresen herum und stellte Manuel das Essen mit einer Feierlichkeit auf den Tisch, dass Manuel lächeln musste. Tomaten, Rotkohl, Gurken, Hummus und sechs dampfende Falafelbällchen auf großen Salatblättern – genau das Richtige. Manuel durchstach mit der Gabel die frittierte Kruste, Dampf stieg auf, und er begann zu essen.

## 54

Sebastian war durch den großen Lesesaal der Staatsbibliothek gegangen, war systematisch die Gänge zwischen den Bücherregalen abgelaufen und hatte im Vorbeigehen jeden Studenten gemustert. An den Arbeitsplätzen waren einige in ihre Bücher vertieft, andere blätterten gelangweilt, manche hielten ein Schläfchen, wieder andere suchten einen Platz oder packten gerade ihre Sachen zusammen. Aber Manuel Britz war nicht hier. Niemand sprach ein Wort, nur hier und da wurde geflüstert. Sebastian hörte seinen eigenen Atem. Er überprüfte die Herrentoiletten, sah vorne an den Schaltern an der Ausleihe nach und ging dann noch einmal denselben Weg zurück.

Als er ins Foyer zurückkam, stand Jens, der die Fahrradständer vor dem Gebäude und das untere Stockwerk inspiziert hatte, schon da. Die Hände in die Seiten gestemmt, schüttelte er den Kopf.

»Dann fahren wir gleich weiter«, sagte Sebastian. »Welches ist die nächste Bibliothek?«

»Die Martha-Muchow-Bibliothek, drüben in der Binderstraße«, antwortete Jens.

Nebeneinander gingen sie zum Ausgang, waren bereits auf dem Weg zum Auto, das an der Schlüterstraße im Parkverbot stand, als Pia anrief.

»Gute Nachricht!«, sagte sie, und ihre Stimme kippte fast vor Aufregung.

»Schieß los«, sagte Sebastian.

»Zwei Kollegen von der Streife glauben, dass sie unser rumänisches Geschwisterpaar gesehen haben.«

»Wo?«

»In Ottensen. Am Spritzenplatz.«

»Wie sicher ist die Info?«

»Die Kollegen sahen sie vom Auto aus, sie gingen gerade in die Fußgängerzone, wo zur Zeit ein Stadtteilfest stattfindet mit vielen Buden und Ständen. Die Kollegen sind ihnen hinterher, haben die beiden aber aus den Augen verloren.«

Ottensen, dachte Sebastian, ausgerechnet. Da war immer viel los, alles unübersichtlich, erst recht an einem lauen Frühlingsabend wie heute. Er bat Pia, im Präsidium die Stellung zu halten, und ordnete an, ein Großaufgebot von 24 Mann zum Spritzenplatz zu schicken, die die Arbeit der Kollegen von der Streife vor Ort unterstützen sollten, welche ebenfalls umgehend instruiert werden mussten.

In der Zwischenzeit waren sie eingestiegen und fuhren Richtung Dammtor. Jens, auf dem Beifahrersitz, den Laptop auf den Knien, hatte die Stadtkarte geöffnet und den Spritzenplatz und Umgebung aufgerufen.

Die Sirene auf dem Autodach heulte, Sebastian fuhr über Rot, bog in die Stresemannstraße ein und gab Gas.

»Mist!«, sagte Jens.

»Was ist los?«

»Da sind viele kleine Straßen, Restaurants, Cafés, Geschäfte, die Zeisehallen, das Altonaer Museum, Alma-Wartenberg-Platz. Die könnten überall sein …«

»Okay. Wir brauchen noch mehr Kollegen.« Sebastian wählte die Durchwahl von Eva Weiß.

Sie war sofort dran, hatte eben den aktuellen Stand von Pia erfahren und gab für alle Maßnahmen, die Sebastian jetzt für richtig hielt, grünes Licht.

## 55

Manuel Britz legte die Gabel neben den Teller. Er war satt, aber er hatte sich nicht überfressen. Darum mochte er vegetarische Gerichte. Während er aß, hatte er sogar vergessen, dass er die Übersetzung möglicherweise nicht termingerecht würde fertigbekommen. Das war ihm noch nie passiert, und es wäre eine absolute Katastrophe. Er würde beim Verlag seinen bisher tadellosen Ruf aufs Spiel setzen, und, ruckzuck, schon war man nicht mehr gefragt. Die Kollegen standen schließlich Schlange und warteten nur darauf, bei den Verlagen einen Fuß in die Tür zu kriegen. Manuel suchte in der Hosentasche nach seinem schönen Montblanc-Kugelschreiber, und dann fiel ihm ein, dass er ihn im Herrenklo kurz auf die Fensterbank gelegt und dann vergessen hatte. Kein Problem, die Büros in den Zeisehallen waren um diese späte Zeit schon verlassen, sein Stift würde sicherlich noch da liegen.

Er knüllte seine Serviette zusammen und rechnete im Kopf: Knapp über sechzig Seiten waren es noch bis zum Ende des Romans. Am Tag schaffte er, wenn es gut lief, fünf Seiten, also brauchte er mindestens noch zwölf Tage, bis er den letzten Satz übersetzt und den Text noch einmal überarbeitet hatte. Danach musste die Lektorin seine Übersetzung redigieren, und je länger er für seine Arbeit brauchte, desto weniger Zeit hatte sie, weshalb sie ihn bei der nächsten Auftragsvergabe womöglich nicht mehr berücksichtigen würde. Das Buch war bereits für das Herbstprogramm angekündigt, man konnte es sogar schon im Internet vorbestellen, weshalb an Aufschub nicht zu denken war.

Das bedeutete dann wohl: Nachtschichten! Manuel griff nach den Zahnstochern und schob einen aus dem Papier.

Das Problem war: Er konnte in der Nacht zwar gut arbeiten, aber am folgenden Tag war er dann zu nichts mehr zu gebrauchen. Außer er tankte sich dann mit Kaffee voll. Aber einen solchen Arbeitsrhythmus hielt er nicht lange durch, das ging eigentlich nur auf den letzten Metern. Manuel zog seine Jacke an. Es führte kein Weg daran vorbei, er musste doch mit seiner Lektorin sprechen. Vielleicht könnte er wenigstens zwei Tage, achtundvierzig Stunden, herausschlagen.

Draußen fuhren hintereinander zwei Polizeiwagen mit Blaulicht vorbei. Manuel schaute ihnen durch das Fenster hinterher.

Kurz darauf legte er das Geld auf den Plastikteller neben der Kasse und verabschiedete sich. Als er auf die Straße trat, waren in der Ferne weitere Polizeisirenen zu hören. Da war offenbar irgendeine größere Geschichte passiert, eine unangemeldete Demo im Schanzenviertel vielleicht, Randale oder etwas am Altonaer Bahnhof.

Er schlenderte die Straße hinauf, bog an der Ecke in die Friedensallee ein und verschwand zwei Minuten später durch die Seitentür im Bürotrakt der Zeisehallen. Als die Brandschutztür hinter ihm zuging, war von den Sirenen und der Außenwelt nichts mehr zu hören.

Zurück im Büro zog er seinen Rucksack hinter dem Sofa hervor, wühlte darin nach seinem Handy, setzte sich an den Schreibtisch und scrollte durch die Namensliste. Seine Lektorin hatte ihm für Notfälle ihre private Handynummer gegeben, und die hatte er eingespeichert, er wusste nur nicht, ob unter ihrem Vor- oder ihrem Nachnamen.

Plötzlich begann das Gerät zu vibrieren und gleichzeitig zu klingeln, und eine Zahlenfolge erschien auf dem Display, Hamburger Nummer. Manuel hatte sie noch nie gesehen. Womöglich sein Bankberater oder vielleicht sein Vermieter, den er schon seit Wochen zurückrufen sollte? Er legte das Telefon auf den Tisch und ließ es klingeln.

Dann wurde ihm klar, dass ja schon längst Büroschluss war, es konnte also nicht sein Bankberater sein, und dass es sein Vermieter war, war auch eher unwahrscheinlich. In diesem Moment hörte das Klingeln wieder auf. Nun gut, es würde Zeit bis morgen haben.

Manuel scrollte wieder durch die Liste, da vibrierte und klingelte das Gerät erneut. Dieselbe Nummer. Er drückte auf die Taste, nahm das Gespräch an und sagte zögernd: »Hallo?«

»Spreche ich mit Manuel Britz?«, fragte eine strenge Männerstimme am anderen Ende.

»Warum?«

»Sebastian Fink, Kripo Hamburg. Wir suchen Sie.«

Manuel überlegte, ob er richtig verstanden hatte, da fragte die Stimme: »Wo sind Sie gerade?«

»Worum geht es denn überhaupt?«, fragte er.

»Sie befinden sich möglicherweise in akuter Gefahr«, sagte der Mann und wiederholte: »Wo sind Sie?«

»Ottensen«, antwortete Manuel mechanisch. Ihm kam es vor, als wäre er in einen Film geraten.

»Straße?«

»Ich würde doch gerne wissen, worum es geht, bevor ich Ihre Fragen beantworte«, sagte Manuel mit Herzklopfen und fügte zögernd hinzu: »Ich weiß ja gar nicht, ob Sie der sind, für den Sie sich ausgeben.«

»Wir ermitteln in einer Mordserie«, sagte der Mann. »Sind Sie noch dran?«

»Ich verstehe nicht, wovon Sie sprechen«, stotterte Manuel. »Wollen Sie mir Angst machen, oder was?«

»Wir brauchen Ihren genauen Standort!«

Manuels Gedanken überschlugen sich. Sollte er wirklich verraten, wo er war? Das konnte ja schließlich auch ein ganz billiger Trick sein.

»Bitte antworten Sie!«

»In den Zeisehallen«, hörte Manuel sich sagen. »In meinem Büro.«

»Gut«, sagte die Stimme, und Manuel hörte im Hintergrund ein Rauschen. »Können Sie die Tür abschließen?«

»Warum fragen Sie?«

»Bitte tun Sie, was ich Ihnen sage. Schließen Sie die Tür ab und bleiben Sie, wo Sie sind. Haben Sie mich verstanden?«

»Okay, okay, ich mache alles, was Sie sagen.«

»Steht Ihr Name an der Tür oder an der Klingel?«

»Nein«, krächzte Manuel. »Aber wie kommen Sie darauf …?«

»Bleiben Sie ganz ruhig und antworten Sie mir: Welcher Name steht da?«

»Stephanie Taubner.«

»Sind Sie sicher?«

»Ich bin hier nur zu Gast, sozusagen.«

»Also gut«, sagte die Stimme. »Wir kommen jetzt zu Ihnen.«

»Hallo?« Stille am anderen Ende. Manuel schaute auf das Telefon in seiner Hand, das kleine Gerät, und fragte sich: Träumte er? Oder drehte er langsam durch? War er doch schon total überarbeitet?

Sein Hals war trocken. Er hatte Durst. Richtig, er hatte im Imbiss nichts getrunken. Er brauchte jetzt erst einmal ein Glas Wasser. Manuel langte nach der Flasche unter seinem Tisch, aber sie war leer. Ausgerechnet. Er stand auf.

Was hatte der Mann am Telefon gesagt? Er solle die Tür abschließen? Manuel starrte auf die Stahltür, die Klinke und machte zwei Schritte nach vorn.

Er öffnete die Tür und lauschte. Im Gang war alles wie immer. Totale Ruhe, Frieden, kein Laut zu hören. Hastig packte er die Flasche und ging den Korridor hinunter. Als er zur Teeküche kam, stellte er fest, dass sie verschlossen war. Verdammt.

Dann musste er eben in die Teeküche ein Stockwerk tiefer. Er stieg die hintere Treppe hinunter – und tatsächlich: Hier stand die Küche offen. Er hielt die Flasche unter den Hahn, das Wasser rann den Flaschenhals hinunter, und es schien heute ewig zu dauern, bis das Ding voll war.

Dann eilte er über den langen Gang im unteren Stockwerk zurück zur vorderen Treppe, wollte gerade die erste Stufe nach oben nehmen, als er Stimmen hörte.

Es waren zwei Stimmen. Eine Frauen- und eine Männerstimme. Sie sprachen leise, Manuel verstand kein Wort, glaubte aber, dass es sich um eine fremde Sprache handelte. Er hielt den Atem an und horchte.

Bestimmte Lautverbindungen kamen ihm bekannt vor. Er war einmal in Rumänien gewesen, ein wunderbares Land. Er hatte damals ein wenig die Sprache gelernt, schließlich wollte er nicht wie der letzte Depp dastehen.

Sein erster Gedanke war, einfach nach oben zu gehen und die Leute anzusprechen. Oder sollte er einfach an ihnen vorbei? Fakt war: Die beiden Menschen da oben standen genau zwischen ihm und seinem Bürozimmer. Was sollte er tun? Der Anrufer, dieser vermeintliche Polizist, hatte ihn total verunsichert.

Jetzt verstand er einen Satz, der von dem Mann ganz klar ausgesprochen wurde: »*Ne vedem afară*« – wir sehen uns draußen, hieß das. Eine Person ging jetzt oben den Gang hinunter, das konnte er gut hören, wahrscheinlich handelte es sich um die Frau. Das bedeutete, dass der Typ immer noch vor der Eisentür stand. Wenn Manuel noch zwei, drei Stufen höher stieg, könnte er ihn sehen. Er überlegte.

Nein, er würde sich nicht von der Stelle rühren und hier warten, bis der Typ abgezogen war.

In diesem Moment fiel ihm sein schöner Montblanc-Kugelschreiber auf dem Herrenklo ein. Kurzentschlossen drehte Manuel sich um, ging die Stufen wieder hinunter, den unteren Gang entlang zur Toilette. Als er um die Ecke kam, stand da jemand. Die Frau hatte sich offenbar verlaufen. Langsam drehte sie sich zu ihm um, und Manuel erschrak.

Fast hätte er gesagt: »Hallo, Liliana!« Die fremde Frau

sah ihr so ähnlich, dass ihm der Atem stockte. Nur die Augen waren anders, nicht so warm, ein harter Ausdruck, und das Outfit passte auch nicht. Manuel machte einen Schritt und fragte: »Kann ich Ihnen helfen?«

Die Frau musterte ihn ein, zwei Sekunden lang ganz eigenartig, dann drehte sie sich um und ging ins Treppenhaus. Noch einmal schaute sie über die Schulter, dann verschwand sie aus seinem Sichtfeld.

Als er mit dem Kugelschreiber in der Hand wieder zurückging, war er verunsichert. Wahrscheinlich hatte er in den vergangenen Wochen zu viel gearbeitet, keine Frage. Dazu kam, dass er zu wenig Kontakt hatte zu echten Menschen – er war immer nur mit Romanfiguren beschäftigt. Der Anrufer eben hatte ihn völlig aus der Bahn geworfen, auch wenn Manuel sich langsam sicher war, dass er mit einem Spinner gesprochen hatte. Absurd. Und doch blieb ein ungutes Gefühl. Liliana. Er schüttelte den Kopf. Das konnte einfach nicht sein.

Er nahm die Treppe nach oben, blieb auf halbem Wege stehen und lauschte. Mehrere Sekunden vergingen, und er hörte überhaupt nichts, keinen Laut. Er ging weiter und bemühte sich, möglichst wenig Lärm zu machen. Es war albern. Und oben war niemand.

Rasch öffnete er die Eisentür und zog sie ebenso rasch wieder hinter sich zu. Jetzt fühlte er sich doch sicherer, hier, hinter der dicken Stahltür. Er betrat sein Büro, ging ans Fenster und schaute hinaus. Wie viele Meter waren es bis zum Erdboden? Zehn? Fünfzehn? Er sah die Autodächer der parkenden Wagen, den Gehweg, den Verlauf der kleinen Straße. Im Notfall aus dem Fenster zu klettern kam nicht in Frage. Manuel setzte sich wieder an den Schreibtisch und rieb seine Handflächen an der Hose trocken.

Am besten tauchte er einfach wieder in den Roman ein und ignorierte den Scherzbold am Telefon. Hier konnte ihm jedenfalls niemand etwas anhaben.

Er überflog den Text, las Satz für Satz, versuchte sich zu konzentrieren – aber er verstand gar nichts. Die Wörter tanzten vor seinen Augen. Er beugte sich tiefer über die Seiten und fuhr plötzlich herum.

An der Stahltür klopfte es.

Manuel stand langsam auf. »Hallo?«, sagte er, und seine Stimme hörte sich ängstlich an.

Als Antwort klopfte es wieder, dieses Mal energischer.

»Wer ist da?«, fragte Manuel.

# 56

Sebastian hatte den Kollegen in den Einsatzfahrzeugen die Anweisung gegeben, Sirene und Blaulicht abzustellen und sich den Zeisehallen zu nähern, ohne Aufsehen zu erregen. Im Idealfall sollten Anwohner und Passanten nichts von der bevorstehenden Aktion mitbekommen und die Zielpersonen nicht gewarnt werden.

Kurz bevor sie Ottensen erreichten, ging ein Anruf ein: Die Nummer von Manuel Britz. Jens und Sebastian tauschten einen schnellen Blick, dann stellte Jens den Lautsprecher an, und machte lauter, weil Britz offenbar im Flüsterton sprach. »Hier steht jemand vor der Tür und klopft«, sagte er, anscheinend völlig verängstigt. »Sind Sie das?«

»Bitte gehen Sie von der Tür weg«, sagte Sebastian. »Haben Sie mich verstanden? Wir sind gleich da.«

»Okay. Verstanden«, flüsterte Britz.

»Bleiben Sie ruhig.«

Sie bogen von der Barner Straße in die Friedensallee ein. Jens biss sich auf die Unterlippe.

Rund um die Zeisehallen saßen die Leute gemütlich draußen an den gedeckten Tischen der Restaurants, spazierten auf dem Gehweg, hockten mit Bierflaschen in der Hand auf dem Bordstein. Lauter ahnungslose Menschen. Aber woher sollten sie auch wissen, dass sich in dem alten Gebäude, noch dazu in einem höchst unübersichtlichen Komplex, mutmaßlich zwei Serienmörder befanden? Dass die Leute ahnungslos waren, war gut, und dabei musste es auch unbedingt bleiben.

Sebastian hielt den Wagen neben der Zufahrt, die auf den Hof der Zeisehallen führte. Er wollte keine Zeit verlieren, durfte aber auch nicht den Zufahrtsweg für die Einsatzfahrzeuge blockieren. Ganz wohl war ihm nicht, als er mit Jens an all den vollbesetzten Biertischen und Sitzbänken entlangeilte.

Plötzlich spürte er, wie Jens vorsichtig nach seinem Arm fasste.

»Ich glaub's nicht«, sagte Jens.

Am anderen Ende des Hofs, an der Wand, im Schatten, stand eine Frau, die dem Bild von Liliana auf den ersten Blick zum Verwechseln ähnlich sah. Sie wirkte nervös, als würde sie auf etwas warten. Es musste die Schwester sein, Anca Rădulescu, da bestand eigentlich kein Zweifel.

Jens sagte leise: »Erst sucht man tagelang die Stecknadel im Heuhaufen, und nun steht die Frau da – wie bestellt und nicht abgeholt.«

Ohne seine Blickrichtung zu ändern, fragte Sebastian: »Siehst du ihren Bruder?«

In diesem Augenblick wandte die Frau den Kopf, schaute quer über den Hof zu ihnen herüber und musterte Jens.

»Wir müssen uns unterhalten«, sagte Sebastian.

Jens gab sich entspannt und sagte: »Im Kino war ich schon länger nicht mehr. Du?«

Im Augenwinkel beobachtete Sebastian, dass die Frau sich von ihrem Platz entfernte. Sie kam über den Hof, den

Kopf leicht gesenkt, aber den Blick starr geradeaus gerichtet. Sie kam jetzt tatsächlich in ihre Richtung, wollte vermutlich auf die Friedensallee hinaus.

Sebastian überlegte und musste in Bruchteilen von Sekunden eine Entscheidung treffen. Wenn sie die Frau hier überwältigten, würde vor dem Restaurant ein Chaos ausbrechen, die Menschen würden möglicherweise in Panik geraten, und das musste unter allen Umständen vermieden werden.

In diesem Moment trafen drei Kollegen in Zivil ein. Sebastian gab ihnen übers Handy die Anweisung, stehenzubleiben und nicht auf den Hof zu kommen, die Zielperson bewege sich direkt auf sie zu.

Mit hochgezogenen Schultern ging Anca Rădulescu an Sebastian und Jens vorbei, blieb an der Ecke stehen, holte ihr Handy hervor und begann darauf zu tippen. Sebastian erteilte den Befehl: »Zugriff!«

Sofort traten die Kollegen – zwei Männer, eine Frau – von unterschiedlichen Seiten an die Frau heran. Unbeachtet von den Menschen im Hof, überwältigten sie Anca Rădulescu so schnell, dass sie nicht einmal schreien konnte. Sie wurde in den Polizeibus gezogen, der nur wenige Meter entfernt stand, und Sekunden später schlossen sich die Türen. Niemand der Passanten schien von dieser Aktion Notiz genommen zu haben.

Gleich darauf erhielt Sebastian die Nachricht, dass das Sondereinsatzkommando in sechs Minuten eintreffen würde.

Sechs Minuten, das kam Sebastian wie eine Ewigkeit vor.

»Ich geh rein«, sagte er.

Jens reagierte sofort: »Ich komme mit.«

Mit schnellen Schritten gingen sie über den Hof. Rechts, am Klingelbrett, der Name: Stephanie Taubner, zweites Obergeschoss, Büro Nummer zwölf. Sie öffneten die Tür und verschwanden im Seiteneingang, der zu den Büros führte. Geräuschlos zogen sie ihre Waffen, sprangen hintereinander die Stufen hinauf und blieben am oberen Ende der Treppe stehen.

Ein langer Gang, schwach beleuchtet. Sie schauten sich an, lauschten. Stille.

Die Waffe im Anschlag schlichen sie nebeneinander den Gang hinunter, leicht versetzt, Sebastian vorn, Jens schräg hinter ihm.

Am Ende des Gangs befand sich eine graue Stahltür. Den Nummern nach zu urteilen, müsste das die Tür sein, hinter der Manuel Britz sich versteckte. Aber wo war Florin Rădulescu?

Sie bewegten sich langsam und lautlos durch den Korridor. Ungefähr fünf Meter trennten sie noch von der Stahltür, als sie etwas hörten. Sie blieben stehen. Eine Männerstimme. Nur kurz, dann wieder Stille.

Sebastian gab ein Zeichen, und sie bewegten sich weiter. Jetzt sahen sie, dass sich der Gang vor der Stahltür zu einem kleinen Vorraum weitete, an dessen Ende, rechts, eine Treppe hinunterführte. Vielleicht war Rădulescu runtergegangen. Aus dem unteren Stockwerk waren jetzt wieder Stimmen zu hören. Eine Frau sagte etwas, ein Mann antwortete. Musik erklang.

Jens formte mit Lippen lautlos ein Wort: »Kino«.

Richtig. Die Zeisekinos befanden sich im selben Gebäude. Jens schaute vorsichtig die Treppe hinunter, gab dann Sebastian zu verstehen, dass er niemand sehe.

Einfach an die Stahltür klopfen und nach Manuel Britz rufen war zu gefährlich. Florin Rădulescu, der sich möglicherweise ganz in der Nähe aufhielt, wäre gewarnt. Sebastian trat leise an die Treppe. Der Mann könnte ins untere Stockwerk gelangt und dort über den Gang zurück zum Ausgang gelaufen sein. Leider hatte die Zeit nicht gereicht, sich einen Lageplan und einen Überblick über die Gegebenheiten in diesem verwinkelten Gebäude zu verschaffen.

Sebastian gab Jens ein Zeichen, der sofort verstand und sich auf den Rückweg machte, um Florin Rădulescu gegebenenfalls am vorderen Treppenhaus abzufangen.

Stufe für Stufe bewegte Sebastian sich nach unten, blieb immer wieder stehen, horchte und ging weiter. Die Treppe endete an einer weißgestrichenen Wand, rechts und links ging ein Flur ab. Irgendwo knackte es. Sebastian horchte, schaute nach oben.

An der Decke verlief ein Metallrohr, wahrscheinlich die Entlüftung. Hier unten gab es kein Fenster, und es war deutlich dunkler als im oberen Stockwerk. Die einzige Lichtquelle war ein leuchtender Glasblock mit der Aufschrift: *Exit.*

Die gedämpften Stimmen aus dem Kinosaal waren jetzt deutlicher zu hören. Sebastian machte zwei Schritte in den Gang hinein. Rechts befand sich eine Tür mit dem Schild: *Notausgang freihalten.* Dahinter befand sich offenbar das Kino. Dass sich hier, in unmittelbarer Nähe so viele Menschen aufhielten, war ein großes Problem.

Sebastian schaute auf die Uhr. In knapp drei Minuten müsste das Einsatzkommando da sein. Er entschied, den

Rückzug antreten und sich mit den Kollegen zu koordinieren.

Da hörte er Schritte.

Sebastian drehte sich um. Die Schritte waren nicht laut, aber forsch. Sebastian presste sich an die Wand, die Pistole im Anschlag.

Er versuchte zu orten, woher die Schritte kamen.

Dann wurde es klar: Die Person kam über den Gang, der um die Ecke führte. Sebastian würde keine Zeit haben, herauszufinden, ob es wirklich Florin Rădulescu war. Er musste den winzigen Vorsprung nutzen, den er durch den Überraschungseffekt hatte, und die Person dazu bringen, falls sie bewaffnet war, die Waffe sofort fallen zu lassen. Und er würde in Sekundenbruchteilen entscheiden müssen, ob er das Feuer eröffnen und schießen würde.

Egal, was passierte, Sebastian musste die richtige Entscheidung treffen.

Er spürte einen Windhauch, eine Gefahr, die ihn anwehte, und wusste plötzlich, dass Florin Rădulescu gleich vor ihm stehen würde.

Da war auch schon sein Schatten, da kam die dunkle Silhouette.

Aus dem Kinosaal war ein Lachen zu hören.

»Stehen bleiben!«, schrie Sebastian.

Ihre Blicke kreuzten sich. Augen wie auf dem Foto.

»Hände hoch!«

Florin Rădulescu hob die Hand, darin blitzte die Waffe.

Sebastian drückte ab. Der Knall in dem schmalen Gang war ohrenbetäubend.

## 57

Sebastian stützte die Hände auf die Knie und atmete schwer. Seine Beine wogen Zentner, und die Lungen waren kurz davor zu platzen. Normalerweise schaffte er es einmal um die Außenalster herum, sieben Kilometer.

Nach einer kurzen Verschnaufpause richtete er sich auf, streckte die Arme und dehnte den Rücken. Am Himmel war eine kleine Wolke. Ganz allein und strahlend weiß.

Die Sonne blinzelte durch die Blätter, und ein Duft nach Frühling lag in der Luft, nach Blumen und frischer Erde. Sebastian ging ein paar Schritte. Bei jedem Schritt spürte er seine Waden, aber es war kein unangenehmer Schmerz.

Vor der Bäckerei hatte eine alte Dame Schwierigkeiten, die schwere Eingangstür zu öffnen. Sebastian half ihr und ließ ihr den Vortritt. Er stellte sich in die Reihe der Wartenden, Frühaufsteher, die sich auf dem Weg zur Arbeit ihr Frühstück holten. Eine Maschine ratterte, es roch nach Kaffee.

Es war noch früh, nicht mal acht Uhr. Mit dem Kaffeebecher in der Hand schlenderte Sebastian durch die Johnsallee. An der roten Ampel wartete er.

Plötzlich, wie aus dem Nichts, war das Bild wieder da: Florin Rădulescu, der die Waffe auf ihn richtete. Es war noch keine achtundvierzig Stunden her. Sebastian rieb sich die Augen. Das Bild würde er vielleicht nie wieder aus seinem Kopf bekommen.

Polizisten, die einen Menschen erschossen hatten, fanden sich plötzlich in einer ganz anderen Welt wieder, von deren Existenz sie vorher keine Vorstellung hatten. Die Kollegen, die diese Erfahrung hatten machen müssen, teilten ihr Leben in ein »Davor« und ein »Danach«. Es gab Polizisten, die gelernt hatten, mit ihrer Tat zu leben. Aber es gab andere, die daran zerbrachen. Sie schieden aus dem Dienst aus, gingen in Frührente, verfielen in Depressionen. Kein rationales Argument konnte sie vor der Trauer schützen, die sich über ihr Leben legte, die sie lähmte und die nie wieder vollständig verschwand.

Bevor Sebastian die Tür zu seinem Haus öffnete, schaute er noch einmal in den Himmel. Die kleine Wolke war verschwunden. Das morgendliche Blau über Hamburg hatte noch diesen silbrigen Schimmer.

Die Kugel aus Sebastians Dienstwaffe hatte Florin Rădulescu zwischen Schulter und Brustkorb getroffen. Dass sie gerade dort eindrang, war letztlich reiner Zufall gewesen. Sebastian war keine Zeit geblieben zu zielen. Hätte er nur einen Augenblick gezögert, hätte sein Gegenüber geschossen. Sebastian hätte das wahrscheinlich nicht überlebt.

Er ließ den Fahrstuhl stehen und nahm die Treppe, zählte die Stufen. Auf jeder Etage dreiundzwanzig. Oben angekommen, steckte er den Schlüssel ins Schloss, musste wie immer am Griff ruckeln, bevor sie aufging. Drinnen fiel er erschöpft auf den Stuhl hinter der Tür.

Wäre die Kugel aus seiner Waffe nur ein paar Zentimeter weiter links in Rădulescus Körper eingedrungen, wäre der

Mann jetzt tot. Er hatte sofort das Bewusstsein verloren, Sebastian hatte ihn entwaffnet, in die stabile Seitenlage gelegt und Jens informiert. Später trafen Ärzte und Kollegen ein, wann genau, konnte Sebastian nicht mehr sagen.

In der Dusche ließ Sebastian das heiße Wasser auf seine Schultern prasseln. Am liebsten würde er hier ewig so stehen bleiben, alle Gefühle und Gedanken einfach wegspülen.

Polizisten mussten mit allen Mitteln ihr eigenes Leben schützen, das gehörte zu ihrem Beruf. Aber es war nur Theorie, ein logisches und rationales Konstrukt. Die Praxis sah anders aus. Sebastian hatte eine Unschuld verloren, die ihm zuvor gar nicht bewusst gewesen war. Und was wäre, wenn er beim nächsten Einsatz nicht so viel Glück hatte? Wenn er das nächste Mal in einer solchen Situation tatsächlich einen Menschen tötete?

Bis zur Gerichtsverhandlung würde Florin Rădulescu wohl wieder gesund sein. Er hatte Glück gehabt, und Sebastian auch. Sie waren beide mit dem Leben davongekommen.

Anca Rădulescu, Florins Schwester, war dem Haftrichter getrennt von ihrem Bruder vorgeführt worden. Sie hatte ein umfassendes Geständnis abgelegt und erzählt, ihr Bruder habe den Umgang mit der Waffe beim Militär gelernt. Sie waren der Reihe nach vorgegangen, nach Liste: Dirk Packer, Jan-Ole Sievers, Peer Wolfsohn. Der Tod der Zahnärztin, der Nachbarin von Manuel Britz, war nicht eingeplant gewesen. Die Frau habe plötzlich vor Florin gestanden, und er hatte einfach abgedrückt. Ein »tragisches Versehen«.

Auch den Mordversuch an Volker Gollenhauer gestand sie. Die Reihe wäre mit Manuel Britz abgeschlossen gewesen. Doch sie hatten Mühe gehabt, ihn zu finden. Bis sie ihn schließlich in den Zeisehallen aufgespürt hatten.

Sebastian faltete T-Shirts und legte sie in den Koffer. Anca hatte ihren Bruder bei allem unterstützt, bestärkt und ihm den Rücken freigehalten. Sie war bei der Vernehmung in Tränen ausgebrochen, hatte nur stockend und mit vielen Unterbrechungen vom Schicksal ihrer Schwester Liliana erzählen können. Dass Liliana als Prostituierte in Deutschland gearbeitet hatte, davon erfuhr die Familie erst durch ihren Tod. Daraufhin hatten die Geschwister beschlossen zu handeln.

Sebastian klappte den Koffer zu und verließ die Wohnung. Sein Auto stand fast direkt vor der Tür. Die Straßen auf der Fahrt zum Präsidium waren so früh am Morgen noch frei.

Aus den Vernehmungsprotokollen ging nicht hervor, ob Anca Rădulescu und ihr Bruder ihre Taten bereuten. Es schien, als hätten die Geschwister trotz allem das Gefühl gehabt, das Richtige zu tun. Was Sebastian nicht verstand und worauf er auch keine befriedigende Antwort bekommen hatte: Wenn sie den Tod ihrer Schwester Liliana rächen wollten, warum nahmen die Geschwister dann nicht die Zuhälter und Bordellbesitzer ins Visier? Waren nicht sie die wirklich Schuldigen, die die Mädchen in die Prostitution lockten und mit brutalsten Mitteln zwangen, den Freiern zu Diensten zu sein? Die Geschwister sahen die Schuldigen offenbar in den Männern, die das Geld bezahlten und sich keine Gedanken machten. Vielleicht würden sie während der nächsten Jahre im Gefängnis zu einem anderen Schluss kommen. Vielleicht würden sie bereuen.

Den letzten Tag vor seinem Urlaub wollte Sebastian nutzen, um Liegengebliebenes aufzuarbeiten. Er grüßte den Pförtner, stieg in den Fahrstuhl. Im Büro hängte er die Jacke auf, griff zum Telefon und wählte die Nummer, die er auswendig wusste.

»Habe ich dich geweckt?«, fragte er zärtlich in den Hörer. Marissa bejahte schlaftrunken.

»Hast du überhaupt schon gepackt?«, fragte Sebastian.

Marissa gähnte und sagte, sie würde immer erst in letzter Minute packen. Es gehe irgendwie nicht anders. Vielleicht schaffe sie es noch heute Abend, sonst eben morgen früh.

»Hauptsache, du vergisst nicht die Hälfte«, meinte Sebastian.

»Wenn ich schnell packe, vergesse ich weniger«, erklärte sie gelassen. »Außerdem habe ich ja dich, was brauche ich denn sonst noch?« Sie gab ihm einen Kuss durchs Telefon, und Sebastian fühlte sich schon besser.

Kaum hatte er aufgelegt, da klingelte das Telefon wieder. Er zögerte, bevor er den Hörer abnahm.

Es war Jens. »Kommst du rüber?«, fragte er. »Wir stoßen an.«

»Worauf?«

Jens lachte. »Warum so misstrauisch? Nichts Schlimmes. Pia hat Geburtstag.« Er wechselte in einen Flüsterton: »Sie hat sogar einen Kuchen mitgebracht, kannst du dir das vorstellen? Angeblich selbstgebacken.«

»Bin gleich da.« Sebastian legte auf. Er schaute noch in seine Mails, in die Wettervorhersage für Neapel, dann ging er rüber.

Pia war von Kollegen umringt, hatte rote Wangen und

wirkte etwas unentschieden, ob sie sich über die ungewohnte Aufmerksamkeit freuen sollte oder ob sie es schon bereute, zum Geburtstagskuchen eingeladen zu haben.

»Alles Gute«, sagte Sebastian. »Wie alt bist du jetzt eigentlich?«

Pia reichte ihm einen Teller mit einem Stück Kuchen. »Weißt du was?«, sagte sie. »Dass wir vorgestern noch den Fall gelöst haben – das ist für mich das größte Geschenk.«

Eva Weiß stand etwas abseits, nickte Sebastian zu, und das Stück Kuchen wirkte in ihrer Hand wie ein Fremdkörper. Sebastian beobachtete, wie sie ein winziges Stück abbiss und vorgab, das mit Genuss zu tun.

Ein Kollege erzählte, dass er sich jetzt einen »neuen Gebrauchten« holen würde. Und während die anderen ihn nach Details fragten, schweiften Sebastians Gedanken ab zu Marissa, Italien und den drei Wochen, die vor ihnen lagen.

Und plötzlich fühlte er sich ganz frei.

*Bitte beachten Sie*
*auch die folgenden Seiten*

# Friedrich Dönhoff
## im Diogenes Verlag

### Savoy Blues
#### Ein Fall für Sebastian Fink
Roman

Sommer in Hamburg – und ein Lied in aller Ohren: *Savoy Blues*. Der Swing-Song von Louis Armstrong aus den dreißiger Jahren in der brandneuen Coverversion von DJ Jack ist der Megahit des Jahres. Auch dem jungen Hauptkommissar Sebastian Fink schwirrt das Lied im Kopf herum, während er sich an die Aufklärung seines ersten eigenen Falls macht: den Mord an einem pensionierten Postboten. Ein Krimi, der trügerisch leicht daherkommt und uns unbemerkt in die Untiefen jener Zeit lockt, als die Swing-Musik verboten war.

»Ein spannender Krimi mit einem grandiosen Finale.«
*Westdeutsche Allgemeine Zeitung, Essen*

### Der englische Tänzer
#### Ein Fall für Sebastian Fink
Roman

Das erfolgreiche Musical *Tainted Love* kommt von London nach Hamburg. Doch vor der Premiere wirft ein seltsames Ereignis einen unheimlichen Schatten voraus: Eine Backstage-Mitarbeiterin sieht im Theatersaal einen Toten von der Kuppel hängen. Als Kommissar Fink am Tatort eintrifft, ist die Leiche aber verschwunden. Alles nur eine Halluzination? In seinem zweiten Fall ermittelt Sebastian Fink hinter den Kulissen der Musicalwelt. Es geht um Eitelkeiten, versteckte Rivalitäten und sehr viel Geld. Jeder beobachtet jeden. Und doch will niemand gesehen haben, wie ein Mensch aus ihren Reihen zu Tode kam.

»Bitte weitere Missionen für Sebastian Fink!«
*Die Welt, Berlin*

## Seeluft
### Ein Fall für Sebastian Fink
Roman

Zwischen den Aktivisten von Ökopolis und der Hamburger Reederei Köhn herrscht Streit. Den einen geht es um die Umwelt, den anderen um ihre Konkurrenzfähigkeit. Als am Fischmarkt die Leiche eines Reeders gefunden wird, nimmt Kommissar Sebastian Fink die Ermittlungen auf.
Der Fall führt ihn zu einem verbitterten Manager in einem modernen Glaspalast hoch über dem Hafen, zu einer sportbesessenen Witwe auf dem Land und zu einem frischverliebten Studentenpaar in St. Pauli. Sebastian hat alle Hände voll zu tun, als eines Morgens unverhofft seine Großmutter vor der Tür steht – und ihn mit einem gut gehüteten Familiengeheimnis konfrontiert.

»Friedrich Dönhoff hat einen kristallklaren Stil. Mit Sebastian Fink hat er einen sehr zeitgeistigen Ermittler geschaffen, der in ungewöhnlichen ›Familienverhältnissen‹ lebt und Erfahrungen in der Single-Szene macht. Ein aufsteigender Stern!«
*New Books in German, London*

## Die Welt ist so, wie man sie sieht
### Erinnerungen an Marion Dönhoff
Mit zahlreichen Farbfotos

Marion Dönhoff, gesehen durch die Augen des 60 Jahre jüngeren Großneffen: Diese Erinnerungen sind das Dokument einer generationenübergreifenden Freundschaft.
Viele Jahre lang war Marion Dönhoffs Großneffe Friedrich einer der Menschen, die ihr am nächsten standen. Er begleitete sie im Alltag und auf Reisen. Wenn er davon erzählt, ist die tiefe Vertrautheit in jeder Zeile spürbar. Humor und Streitlust, Offenheit

und Neugierde prägten diese ungewöhnliche Freundschaft – auch die eingestreuten Fotos aus dem Familienalbum vermitteln das.

Das Buch enthält auch ein letztes Gespräch, das der Autor wenige Wochen vor ihrem Tod mit Marion Dönhoff führte. Darin erzählt sie von ihrer ostpreußischen Heimat, spricht über Familie und Glauben und zieht ein Resümee ihres Lebens.

»Selten war Marion Gräfin Dönhoff derart persönlich zu erleben.« *Die Zeit, Hamburg*

Auch als Diogenes Hörbuch erschienen,
gelesen von Friedrich Dönhoff

### Ein gutes Leben ist die beste Antwort
#### Die Geschichte des Jerry Rosenstein

Lange hat Jerry Rosenstein geschwiegen. »Aber jetzt«, sagt er, »muss ich erzählen. Weil ich zu den letzten Zeugen gehöre.« In der hessischen Provinz geboren, wuchs Jerry in Amsterdam auf, bis er im Alter von fünfzehn Jahren deportiert wurde und über mehrere Lager nach Auschwitz kam. Mit unendlich viel Glück und dem richtigen Instinkt hat er diese Zeit überlebt. Danach wollte Jerry nur noch eins: frei sein. Und das hat er auch geschafft: Er hat sich finanzielle, sexuelle und geistige Freiheit erkämpft.

Packend und mit viel Feingefühl erzählt der Autor Friedrich Dönhoff von einer gemeinsamen Reise, die quer durch Europa und bis nach San Francisco führt, auf den Spuren von Jerrys Vergangenheit. Es ist die Geschichte eines Menschen, der sich entschieden hat, glücklich zu sein – eine berührende Geschichte mit Happy End.

»Darf ein Buch über den Holocaust unterhalten? Darf es zwischendurch immer wieder von einer fast angenehmen Leichtigkeit sein? *Ein gutes Leben ist die beste*

*Antwort* von Friedrich Dönhoff ist ein solches Buch, das inmitten der nicht enden wollenden Fülle an Büchern über die Schoa noch einmal besonders hervorsticht.« *Frank Keil / Jüdische Allgemeine, Berlin*

»Ein eindrücklicher Bericht von einem, der nach einer furchtbaren Jugend ein gutes Leben fand.«
*Kathrin Meier-Rust / Bücher am Sonntag, Zürich*

»Ein anrührendes Begegnungsbuch.«
*Martin Marko / Die Welt, Berlin*

## Christian Schünemann & Jelena Volić im Diogenes Verlag

### Kornblumenblau
*Ein Fall für Milena Lukin*

Roman

In der Nacht vom elften auf den zwölften Juli machen zwei Gardisten der serbischen Eliteeinheit ihren Routinerundgang auf dem Militärgelände von Topčider. Am nächsten Morgen werden sie tot aufgefunden. Sie seien einem unehrenhaften Selbstmordritual zum Opfer gefallen, behauptet das Militärgericht. Und stellt die Untersuchungen ein.
Im Auftrag der Eltern der jungen Männer beginnt der Anwalt Siniša Stojković zu ermitteln. Er bittet seine Freundin Milena Lukin, Spezialistin für internationales Strafrecht, um Unterstützung. Ihre Nachforschungen sind gewissen Kreisen ein Dorn im Auge, Milena Lukin gerät dabei in Lebensgefahr. Und es erhärtet sich ein fürchterlicher Verdacht: Die beiden Gardisten hatten vermutlich etwas gesehen, was sie nicht sehen durften. Hatte es mit dem Jahrestag des größten Massakers der europäischen Geschichte seit dem Zweiten Weltkrieg zu tun?

»*Kornblumenblau* entwirft ein Bild von Serbien, das ganz weit weg ist von allem, was einen sonst Berührungsängste entwickeln lässt.«
*Susan Vahabzadeh / Süddeutsche Zeitung, München*

### Pfingstrosenrot
*Ein Fall für Milena Lukin*

Roman

Was geschah in jener Nacht, als ein serbisches Ehepaar, Miloš und Ljubinka Valetić, in seinem Haus im Kosovo brutal ermordet wurde?

Milena Lukin wäre dieser Frage vielleicht nie nachgegangen, wenn nicht ihr Onkel Miodrag in der Ermordeten seine Jugendliebe wiedererkannt hätte. Sie
nimmt Kontakt zu den hinterbliebenen Kindern auf,
wagt sich an den Ort des Verbrechens und in die Nie-
derungen der Politik. Und allmählich erhärtet sich der
Verdacht, dass die Täter nicht in der Ferne, sondern
ganz in ihrer Nähe zu finden sind – im schönen Bel-
grad.

In *Pfingstrosenrot* wird erzählt, wie ein politischer
Konflikt hinter den Kulissen geschürt und aufrecht-
erhalten wird, weil beide Seiten kräftig davon profitieren.

»Das deutsch-serbische Autorenduo Jelena Volić und
Christian Schünemann schildert in *Pfingstrosenrot*
kenntnisreich kriminelle Energie hinter serbisch-alba-
nischen Kulissen.« *Börsenblatt, Frankfurt am Main*

# Martin Suter
## im Diogenes Verlag

### Allmen und die Libellen
Roman

Allmen, eleganter Lebemann und Feingeist, ist über die Jahre finanziell in die Bredouille geraten. Fünf zauberhafte Jugendstil-Schalen bringen ihn und sein Faktotum Carlos auf eine Geschäftsidee: eine Firma für die Wiederbeschaffung von schönen Dingen.

»Martin Suter hat mit *Allmen und die Libellen* mal wieder ein kleines Meisterwerk geschaffen – mit einem Ermittlerduo, das einfach in Serie gehen muss!«
*Brigitte, Hamburg*

»Suter unterhält zuverlässig – mehr mit feiner Beobachtung als mit turbulenter Action. Und er amüsiert mit Eigenarten von Superreichen und Möchtegernreichen. Allmen und Carlos – das könnte ein starkes Duo unter den Paartänzern der Krimiliteratur werden.«
*Kölner Stadt-Anzeiger*

»Jeder meiner Romane ist eine Hommage an eine literarische Gattung. Dieser ist eine an den Serienkrimi, Fortsetzung folgt.«   *Martin Suter*

Auch als Diogenes Hörbuch erschienen,
gelesen von Gert Heidenreich

### Allmen und der rosa Diamant
Roman

Ein äußerst wertvoller rosa Diamant ist verschwunden und ebenso ein mysteriöser Russe mit Wohnsitz in der Schweiz, der verdächtigt wird, ihn entwendet zu haben. Das Duo Allmen/Carlos soll ihn ausfindig machen. Die Spur führt von London über diverse schäbige Zürcher Außenquartiere zu einem Grandhotel im deutschen Ostseebad Heiligendamm und zurück zum Gärtnerhaus der Villa Schwarzacker. Wo es bald sehr ungemütlich wird…

»Suter schreibt so lässig und ironisch elegant, wie Allmen lebt. Johann Friedrich von Allmen ist kein gewöhnlicher Detektiv, aber ein echter Suter-Held.«
*Martin Halter / Tages-Anzeiger, Zürich*

»So souverän, so überzeugend war Suter noch nie. So kann's weitergehen.«
*Elmar Krekeler / Berliner Morgenpost*

»Martin Suter hat ein untrügliches Gespür für Komposition und Spannungsaufbau; er lässt seine Figuren zwei, drei Sätze sagen, und schon treten sie in schönster Anschaulichkeit hervor.«
*Roman Bucheli / Neue Zürcher Zeitung*

Auch als Diogenes Hörbuch erschienen,
gelesen von Gert Heidenreich

## Allmen und die Dahlien
Roman

Ein Dahliengemälde von Henri Fantin-Latour, einige Millionen wert, wurde entwendet. Die steinreiche alte Dame, der es gehörte, Dalia Gutbauer, hat ein auffallend emotionales Verhältnis zu diesem Bild. Johann Friedrich von Allmen soll es wiederbeschaffen – um jeden Preis. Fall Nummer drei führt ihn und Carlos in das Labyrinth eines heruntergekommenen Luxushotels. Und damit in die Welt der Reichen und Schönen – umschwirrt von all denen, die auch dazugehören wollen.

»Kaum kreiert, ist Martin Suters Ermittlerduo schon Kult.« *Dagmar Kaindl / News, Wien*

Auch als Diogenes Hörbuch erschienen,
gelesen von Gert Heidenreich

*Allmen und die
verschwundene María*

Roman

Die Geschichte um das wertvolle Dahlienbild von
Fantin-Latour erreicht einen weiteren Höhepunkt:
María Moreno gegen das Bild, fordern die Entfüh-
rer. Carlos zittert um seine Liebe und bringt Johann
Friedrich von Allmen dazu, Dinge zu tun, die dieser
sich nie hätte träumen lassen. Doch auch zwei exzen-
trische alte Damen sorgen für Überraschungen. Und
nicht zuletzt die Geisel selbst – eine starke Frau, die
alles zu verlieren hat. Ein raffinierter Krimi voller
Action und Spannung.

»Martin Suters Stil ist wie gewohnt lässig, elegant und
ironisch, aber keinesfalls oberflächlich, bei allem Un-
terhaltungswert geht es um existenzielle Werte wie
Treue, Liebe über den Tod hinaus, Gläubigkeit und
Zuverlässigkeit.«
*Gerhild Heyder / Die Tagespost, Würzburg*

Auch als Diogenes Hörbuch erschienen,
gelesen von Gert Heidenreich